KB037056

디아망

DIAMANT

디아망 DIAMANT

초판 1쇄 찍은 날 | 2016년 5월 26일
초판 1쇄 펴낸 날 | 2016년 5월 31일

지은이 | 문희
펴낸이 | 예경원

편집 | 유경화 · 안유진

펴낸곳 | 예원북스
등록번호 | 제396-2012-000132호
등록일자 | 2012. 7. 25
YRN | 제1-0147호

주소 | 경기도 고양시 일산동구 호수로 646-24 위너스21-Ⅱ 206A호 (우) 10401
전화 | 031-819-9431 팩스 | 031-817-9432
http://cafe.naver.com/yewonromance
E-mail | yewonbooks@naver.com

ISBN 979-11-5845-159-2 03810

문희 장편 소설

디아망
DIAMANT

YEWONBOOKS
ROMANCE
STORY

예원

프롤로그

앞뒤 옆으로 사람들이 해인을 에워싸고 있었다. 그들 역시 일면 식도 없는 해인을 감싸고 있는 게 좋지는 않겠지만 한 발짝 디딜 공간도 허락되지 않는 아침의 지하철에선 어쩔 수 없는 일이었다. 너무 많은 사람들이 꽉 들어차 있어서 지하철의 손잡이도 필요가 없었다. 지금이 겨울이니까 망정이지 여름이었다면 진짜로 힘들 었을 것이다.

매일 반대 방향으로 학교를 다녀서 출근 시간에 도심이 이렇게 붐빌 줄은 몰랐다. 말로만 듣던 출근 전쟁이었다. 첫 출근 날인데 지옥철은 도움을 조금도 안 주고 있었다.

이렇게 사람이 많아서야 명동역에서 내릴 수나 있을지 해인은 걱정이 태산이었다.

[이번 역은 충무로, 충무로역입니다. 내리실 문은…….]

내릴 문이 왼쪽인지 오른쪽인지 듣지도 못 하고 사람들에 쓸려서 내려온 해인은 한 정거장을 남겨두고 다시 지하철을 기다릴 수가 없어서 내리는 사람들을 밀치고 다시 안으로 들어왔다.

"죄송합니다."

"내렸다가 타요."

"죄송합니다."

그녀의 불안한 마음을 알 리가 없는 사람들은 내렸다가 타라고 난리였다. 이미 해인은 내렸다가 탔는데도 말이다. 그리고 잠시 후 해인은 알았다. 충무로에서 사람들이 거의 다 내린다는 사실을 말이다.

괜히 붉어진 얼굴로 컴컴한 창을 바라보다 다음 역에서 내린 해인은 일찍 출근하기 위해서 뛰기 시작했다. 원래 출근 시간은 9시였지만 첫 출근인데다가 막내인 그녀는 1시간 일찍 출근을 해야 했다.

"헉헉헉."

그래도 면접 때 한 번 온 곳이라 길을 잊지 않고 곧바로 찾을 수 있었다.

"아이고, 숨차다."

입에서 하얗게 김이 나올 정도로 추운 날씨였지만 해인은 열기로 후끈거렸다. 양쪽 무릎을 짚고 허리를 접어 숨을 고르던 해인은 고개를 들어 이제부터 그녀의 꿈을 펼치게 될 꿈의 직장을 쳐다보았다.

'DIAMANT' 이라고 써진 금색 간판이 그녀의 눈에 들어왔다. 아직 문을 열지 않아서 셔터가 내려져 있었지만 우리나라 보석의 메카인 이곳 명동 1번가에서 가장 빛나는 곳이 이곳 디아망이었다.

디아망을 바라보며 해인은 뿌듯한 마음이 들었다. 이곳에 들어오기까지 정말 눈물 나는 노력을 했다.

아버지가 보석 세공을 하셨기 때문에 그녀는 어려서부터 공방이 놀이터였다. 그래서 어깨너머로 세공하는 법을 배우긴 했지만 아버지처럼 명장이 되기 위해 해인은 남들보다 피나는 노력을 했다.

아버지가 살아계셨다면 형편이 조금 더 나았을지 모르지만 어린 나이에 가족까지 부양해야 하는데 대학은 꿈도 못 꿀 일이었다. 그래서 그녀는 4년제 대학을 갈 실력임에도 불구하고 2년제의 인성대학을 선택했다. 그것도 1년은 아르바이트를 해서 돈을 모아 힘겹게 들어간 곳이었다.

솔직히 우리나라에선 보석 디자인을 전공해도 대부분은 장사로 빠지는데 그녀는 정말로 운이 좋게 디아망의 디자이너로 올 수 있게 되었다. 우리나라 최고의 주얼리숍인 디아망의 디자이너라니,

정말로 그 기쁨이란 말로 다 형용할 수가 없었다.

오늘은 보석 디자이너로서 첫발을 내딛는 아주 중요한 순간이었다. 그것도 국내의 부잣집 사모님들만이 온다는 이곳 디아망. 해인은 어젯밤 너무나 떨려서 뜬눈으로 밤을 지새웠다.

핸드폰으로 시간을 보니 8시 15분이었다. 차가워진 손을 주머니에 넣으며 해인은 문 앞을 계속 서성였다.

"여기서 뭐 하나?"

170cm에 가까운 키에 5cm 구두를 신은 해인이 자신의 가슴 정도밖에 안 오는 남자를 내려다보았다.

"디아망 직원들이 출근하길 기다리고 있습니다."

"왜?"

"네?"

분명히 면접 때는 보지 못한 어르신이었다. 진짜로 옛날 스머프 만화에 나오는 파파 스머프처럼 인자하면서 귀엽게 생긴 아저씨가 그녀를 올려다보며 물었다.

"오늘 첫 출근입니다. 그런데 아저씨는……."

"이거 들고 있어."

자신의 가방을 해인에게 맡긴 남자는 카드를 주머니에서 꺼내더니 경비장치를 해제시켰다. 그리고 손에 있던 열쇠꾸러미에서 열쇠를 찾더니 셔터에 달린 열쇠를 하나씩 열기 시작했다. 해인은 아차 하는 생각이 들어서 그에게 다가가 인사를 했다.

"경비 아저씨셨구나. 안녕하세요. 정해인입니다."

"……."

남자는 대꾸도 하지 않고 자물쇠를 계속해서 열었다. 총 3개의 셔터에 자물쇠만 아홉 개였다. 작은 체구의 아저씨가 열쇠를 만지작거리니 꼭 소인국의 사람 같았다.

드르륵.

셔터가 요란한 소리를 내며 올라갔다. 이런 경험이 전혀 없는 해인은 셔터 소리에 화들짝 놀랐다.

"놀라기는. 가방 줘."

"네."

남자가 가게 안으로 들어가자 해인도 따라 들어갔다. 디아망에 들어서면 지난번 면접 때처럼 번쩍번쩍 빛이 나는 보석들이 있을 줄 알았는데 진열장 안은 텅 비어 있었다.

"보석이 없네요."

해인이 멍하게 말하자 남자가 해인에게 기다란 빗자루를 쥐어 주었다.

"가게 앞부터 쓸어."

"네?"

"바깥부터 쓸고 있으면 사람들 올 거야."

"네."

해인은 빗자루를 받고는 자신의 가방을 그대로 멘 채 밖으로 나갔다. 골목 사이를 휘몰아치는 바람이 3월의 추위를 제대로 느끼게 하고 있었다.

"호~"

내일부터는 꼭 장갑을 끼고 와야겠다고 생각하며 열심히 바깥을 쓸었다. 이곳에서는 디자이너도 청소부터 해야 되는 것 같았다.

일단은 조금 정신이 없기는 했지만 아무것도 안 하고 가만히 있는 것보다는 나은 해인이었다.

"어어, 막내네."

잠시 후, 이렇게 말하며 지난번 스치듯이 보았던 선배 한 사람이 왔다.

"안녕하십니까? 정해인입니다."

"그래."

짧은 대답 후 디아망 안으로 무심히 들어가는 남자를 보며 해인은 한숨을 내쉬고는 다시 빗자루질을 했다. 또 한 명의 사람이 왔고 방금 전의 남자와 똑같이 말하고는 디아망으로 들어갔다. 이렇게 여섯 명을 들여보내고 나니 바깥의 빗자루질이 끝이 났다.

힘도 들고 마음도 상한 해인이 빗자루를 들고 디아망 안으로 들어갔다. 해인의 얼굴은 차가운 바람으로 인해 빨갛게 얼어 있었고 손도 마찬가지였다.

짝짝짝짝.

갑작스러운 박수 소리에 해인은 너무나 깜짝 놀랐다. 모두가 2줄로 서서 그녀를 향해 박수를 쳐주고 있었다.

"환영합니다, 정해인 씨."

해인은 선배들의 박수 소리와 따뜻한 인사에 하마터면 눈물이 나올 뻔했다. 앞으로 같이 일할 사람들이 텃세를 좀 부리는구나 생각을 했었는데 다들 따뜻한 사람들인 것 같아서 다행이었다.

"정식으로 인사드립니다. 정해인입니다."

해인이 인사를 하자 모두가 반갑게 맞아주었다.

"일단은 오픈 준비부터 하고 오픈 후에 조회시간을 따로 갖도록 합시다. 정해인 씨가 뭘 해야 하는지 성훈이가 알려주고."

지난번 면접 때 보았던 매니저라는 사람이 성훈이라는 직원에게 해인에게 할 일을 가르쳐 주라고 지시를 했다.

"네."

모두가 각자의 자리로 돌아가자 성훈이 해인을 데리고 어디론가 갔다.

"난 박성훈이고 스물네 살이야. 스물셋이라며?"

"네."

"말 편하게 해도 되지?"

"네."

서글서글한 인상의 성훈을 따라간 곳은 화장실이었다.

"여기서 걸레를 빨아서 디아망에 있는 모든 유리를 다 닦는 게 우리의 임무야. 아주 중요한 임무지."

비장한 표정으로 성훈이 말했다.

"네? 유리를 다요?"

디아망은 입구서부터 온통 유리였다.

"어제까지는 나 혼자 했는데 오늘부터는 동지가 생긴 거지. 둘이니 더 빠르겠지?"

해인은 잠시 멍해졌다. 훤칠한 키의 성훈은 와이셔츠에 넥타이 차림이 굉장히 잘 어울렸는데 말을 내뱉을 때마다 좀 실없어 보였다. 선배가 이러니 앞으로가 걱정인 해인이었다.

"저, 제 가방은 어디다 두나요?"

아직도 코트와 가방을 그대로 메고 있던 해인이 물었다. 손걸레를 빨다 말고 성훈이 해인을 쳐다보았다.

"여자 라커룸이 따로 없어서 남자 라커룸을 써야 해. 모두 복장은 갖추고 출근해서 옷을 따로 갈아입지는 않으니까 갈아입으려면 문을 잠그고 입으면 되고. 예전에는 여자 라커룸이 따로 있었는데 대표님이 여직원들을 좋아하지 않으셔서 몇 년 전에 라커룸까지 아예 없애 버렸다고 들었어. 여자들한테 인기가 아주 많아 골치 아파서 여직원도 안 뽑기 시작했다고 들었는데 해인이를 뽑은 건 의외이긴 해."

"네."

디아망의 근무 복장은 남자들은 검은색 정장 바지에 흰색 와이셔츠 그리고 디아망에서 지급하는 똑같은 넥타이만 매면 되는 것이었고 여자는 검정색 바지 정장을 입으면 됐다.

성훈이 가르쳐 준 곳에 코트를 걸고 가방을 둔 해인은 쉴 틈도 없이 성훈과 출입문부터 닦기 시작했다. 이건 보석 디자인을 배우러 온 게 아니라 청소를 하러 온 기분이었다.

"선배님, 매일 이렇게 해요?"

"응, 청소는 막내의 숙명이다."

이렇게 말하며 열심히 창을 닦고 있던 성훈에게 해인은 아까부터 궁금한 걸 물었다.

"선배님, 아침에 디아망 문 여시는 아저씨요."

"어?"

"왜, 파파 스머프처럼 작고 귀엽게 생긴 아저씨 있잖아요?"

"문 여는 분? 스머프?"

성훈은 유리를 닦다 말고 자지러지게 웃었다.

"하하하!"

"왜요?"

한참을 웃던 성훈이 해인에게 다가와 귀에다 대고 말했다.

"다른 사람들에게는 회장님이 그렇다고는 얘기하지 마."

해인의 두 눈이 커졌다. 파파 스머프가 디아망의 주인이자 보석계의 마이더스의 손인 김만석 보석협회 회장이었던 것이다. 아침에 그녀는 다른 사람들은 선약을 해도 얼굴 보기 힘들다는 그분과 함께 디아망의 문을 연 것이었다. 까딱 잘못했다가는 출근하자마자 잘릴 뻔했던 위기의 순간이었다.

"아침에 설마 회장님에게 파파 스머프라고 하진 않았지?"

"제, 제가요? 아니오. 경비 아저씨라고는 했어요."

해인은 풀이 죽은 표정으로 이실 직고를 했다.

"하하하!"

여전히 성훈은 웃고 있었고 해인은 몸 둘 바를 모르고 연신 가게의 유리문만 닦고 있었다. 아무래도 이곳의 생활이 순탄하지만은 않을 것 같은 불길한 예감이 들었다.

비행기가 난기류를 만났는지 흔들리고 있었다. 스케치북에 오더를 받은 반지의 디자인을 하던 우혁이 연필을 바닥으로 떨어뜨렸다. 그의 손에서 떨어진 연필은 옆 좌석으로 굴러갔다.

"이거, 당신 건가요?"

여자의 목소리가 깊게 잠겨 그에게 연필을 내밀었다. 깊게 파인 가슴을 쓸데없이 그의 앞으로 숙이며 말이다.

"감사합니다."

우혁은 간단하게 인사를 하고 시선을 다시 스케치북으로 옮겼다. 날이 갈수록 시간이 부족했다. 밀려드는 주문 때문에 그는 몸이 열 개라도 부족할 판이었다. 이런 때 이태리 출장은 아무리 돈이 된다고 해도 그리 반가운 일이 아니었다.

"보석 디자이너, 김우혁 씨죠?"

여자가 그를 알아본 모양이었다. 시간도 없는데 이렇게 적극적인 여자들은 사양이었다. 우혁이 고개를 들자 여자가 그를 훑어내리듯이 쳐다보았다.

우혁은 여자의 감탄 어린 시선을 아무렇지 않게 받아들였다. 지난달 유명 잡지에서 그를 '가장 사귀고 싶은 독신남'으로 뽑는 바람에 요즘 여기저기서 그를 알아보는 여자들이 더더욱 많아졌다.

잡지에선 187cm의 큰 키에 보석 세공으로 생긴 그의 노동 근육들을 찬사했으며 그의 각진 턱과 날카로운 눈을 샤프하다는 표현과 함께 모델보다 더 사람을 끄는 매력이 있는 남자라는 식의 표현을 했었다.

그때의 글이 생각나자 그는 온몸이 오글거리는 느낌이었다. 인터뷰 당시에 기자의 넋 빠진 표정도 기억이 나고 말이다.

지금 옆의 여자도 거의 그 기자와 같은 표정이었다. 정말로 개성이 없는 한결같은 표정들.

이번처럼 비행기에서 옆 좌석이 여자일 경우에는 더더구나 힘이 들었다. 그들의 유혹의 강도는 점점 도를 지나치고 있었다.

"괜찮으십니까?"

옆에 앉은 여자 못지않게 그에게 과잉 친절한 승무원이 그의 굳은 얼굴을 보고는 괜찮은지를 물었다. 우혁이 괜찮다고 고개를 끄덕이자 승무원이 시원한 물을 가져다주었다. 언제나 그에게 여자들은 친절했다.

우여곡절 끝에 한국에 도착한 우혁은 공항에 대기해 있던 택시에 몸을 실었다. 일주일 간의 일정이라 짐이 많지 않았기 때문이었다.

"어디로 모실까요?"

"명동이요."

택시기사에게 이렇게 말을 하고 그는 눈을 감았다. 몹시도 피곤한 상태였기 때문이었다.

Rrrrrrrr—

전화가 계속 울리자 우혁은 인상을 쓰며 핸드폰을 보았다. 그리고 그의 얼굴은 방금 전 비행기 안에서처럼 창백해지고 있었다. 그가 지금 가장 피하고 싶은 사람의 전화였기 때문이다.

"여보세요."

[자기야, 어디야?]

"공항."

[자기 한국 왔어? 온다고 말했으면 내가 마중 나갔잖아.]

전화기 너머 여자의 목소리가 꼭 모기가 앵앵거리는 소리 같다 생각한 우혁은 미간을 찌푸렸다.

[나는 자기 오기만을 손꼽아 기다렸는데 너무하는 거 아니야?]

"안 바빠?"

[바빠, 지금도 광고 촬영 중이야.]

전화 속 주인공은 톱스타인 현지였다.

"나 중요한 약속이 있어."

그의 무심한 목소리에 애가 타는 현지는 전화기에 대고 소리를 지르기 시작했다.

[나보다 더 바빠? 왜 전화를 끊으려고 해? 가면서 통화하면 되잖아!]

"우리 사이가 이런 식의 얘기를 할 사이인가?"

그가 생각하는 여자들과의 만남은 집착이 없는 가벼운 관계였지만 여자들은 항상 생각이 다른 것 같았다. 조용히 넘어가려 했던 우혁은 현지의 이런 신경질적인 소유욕을 더 이상 받아줄 수가 없었다.

"우린 그냥 아는 사이일 뿐이야. 더 이상은 오버야."

확실하게 못을 박아둔 우혁은 핸드폰을 끊어버렸다.

현지는 톱스타였기 때문에 매일 만나야 하는 다른 여자들과는 다르게 서로 시간이 될 때 가끔 만나는 관계여서 좋았다. 그렇다고 그녀를 여자친구라고 생각해 본 적은 단 한 번도 없었다. 하지만 현지의 입장은 다른 모양이었다.

직업상 그는 여자들을 상대해야 했기 때문에 친절과 매너가 몸에 배어 있었다. 하지만 그건 어디까지나 그의 돈 많은 여성 고객에 한한 문제였다. 그의 무심한 태도에도 그의 섹시함에 끌려 접근하는 여자들은 많았지만 아직 그를 사로잡는 여자를 만나지 못

해서 그런지 아니면 그에게 일이 우선이라서 그런지 깊은 관계를 맺은 여자 역시 없었다.

우혁은 택시의 창밖으로 보이는 서울의 번화한 모습을 잠시 바라보았다. 이태리의 이국적인 모습에서 갑자기 익숙한 도심의 풍경으로 바뀌니 현지 때문에 좋지 않았던 기분을 전환시킬 수가 있었다.

어쩌면 같은 하늘 아래인데도 두 도시가 이렇게 다를까? 물론 나라가 다르고 문화가 다르니까 그렇겠지만 신이 창조한 같은 창조물인데 이렇게 다르다는 게 가끔은 신기하게 느껴지는 우혁이었다.

이번 출장은 이태리의 최대 갑부인 안토니오의 네 번째 결혼반지를 주문 받기 위해서였다. 한 달 뒤의 결혼식에 맞추기 위해 일정을 조정했고 그의 네 번째 부인인 이태리의 배우는 신랑과 무려 서른 살의 나이 차이가 났다.

우혁은 이십대 초반인 신부의 철없는 모습을 보고 왠지 다섯 번째 부인의 반지를 조만간에 만들지 않을까라는 생각이 들었었다.

안토니오의 집은 밀라노에서도 알아주는 고급 저택이었다. 그런 저택이 피렌체에도 있었고 베네치아에도 있다고 했다.

우혁은 밀라노에서 안토니오를 만났는데, 그를 보면 이태리 남자들은 길가의 거지들도 모델 뺨친다는 소문이 모두에게 해당되는 것은 아니라는 생각이 들었다. 작은 키에 대머리인 그는 인상 좋은 아저씨 같은 느낌의 사람이었다.

그의 어린 신부는 우혁을 보자마자 하트를 남발했고 안토니오에게 이런 모습을 보일까 그는 노심초사했었다. 그녀와 디자인을 상담했을 때는 갑자기 그의 입술에 키스를 하는 바람에 우혁은 처음으로 고객에게 화를 냈었다. 그런 신부의 행실을 알 리가 없는 안토니오는 자신의 어린 신부에게 지극정성이었다.

반지의 모양을 그리고 보여주며 계속해서 수정해 나가던 바쁜 일정 중에 갑자기 한국에서 급한 일이 터져서 일정을 당겨 들어오느라 우혁은 너무나 지친 상황이었다.

피곤한 몸을 이끌고 우혁은 디아망으로 향했다. 한 번도 아버지의 뜻을 거스른 적이 없는 그였다.

드르륵.

자동문이 열리고 그가 들어서자 직원들이 일제히 그를 향해 인사를 했다. 접객 중인 직원들은 손님과 대화 중이었고 그 외의 직원들은 정자세로 서 있었다. 우혁은 언제나처럼 가벼운 목례만을 하고 그들 사이를 지나쳐 아버지에게로 향하기 위해 고개를 돌리려는 찰나, 한 여자와 눈이 마주쳤다.

그 순간, 마치 시간이 멈춘 듯 그녀의 검은 눈동자와 그의 갈색 눈동자가 공중에서 부딪쳤다. 아름다운 그녀의 얼굴이 그의 시선을 잡기도 했지만 그의 발을 붙잡은 건 그녀의 검은 유니폼에서 반짝이는 금색 명찰이었다.

그녀는 그가 그토록 꺼려하는 여직원이었던 것이다.

'뭐지? 이 거슬리는 느낌은?'

그가 본격적으로 디아망의 일을 하기 시작하면서부터 디자이너로서의 최고의 명성과 함께 따라다녔던 말은 플레이보이였다. 여자를 만날 시간도 거의 없는 그에게 문제를 일으킨 건 손님들도 아니고 협찬을 해주는 연예인들도 아닌, 그의 직원들이었다.

그의 작업실은 매장에서 독립된 공간인 2층에 자리 잡고 있는데 그가 혼자 있을 때면 육탄전으로 그에게 돌진해 오는 여직원들 때문에 그는 항상 곤혹을 치러야 했다. 직원을 바꿔봐도 소용없이 그런 일은 계속되었다.

그러던 중, 3년 전에 그가 구애를 안 받아준다는 이유로 허위로 그를 성폭행범으로 경찰에 고소한 여직원 때문에 정말로 큰 곤혹을 치른 후 그는 여직원들을 절대로 뽑지 않았다.

그들이 그에게 덤벼드는 이유는 까칠한 성격의 그가 손님들과 직원들에게는 유난히 친절했기 때문이었다. 그의 외모와 매너 때문에 그들은 모두 짝사랑에 빠져서 그를 곤란하게 만들었다.

그런데 지금 매장에 직원 이름표를 단 여자가 있었다. 골치 아픈 여자는 껌딱지처럼 붙어서 그를 귀찮게 하는 디자이너 유빈만으로도 충분했다. 그녀의 실력에 감탄한 그가 스카웃했으니 그 정도는 그로서도 감수할 일이었다.

지나치게 예민한 그의 레이더였지만 이번 여직원은 뭔가 조금 다른 느낌이 있었다. 그를 보고 놀란 게 남자로서라기보다 진짜 그를 보고 깜짝 놀란 것 같아 보였다. 커다란 눈이 두 배는 커져서 그를 보고 있었다.

언제 만난 적이 있었나 할 정도의 표정이었다. 인상적일 정도로 예쁘게 생긴 저 외모라면 그도 분명히 기억하고 있을 텐데 기억나지 않았다.

여자치고는 큰 키에 이곳 직원들의 드레스 코드인 올 블랙 정장을 입은 여직원은 한눈에 띄었다. 단정하게 묶은 머리는 망으로 완벽하게 마무리되어 그 머리모양이 오히려 얼굴을 단아하게 보이게 하고 있었다.

"어흠."

그는 자신의 이런 행동이 멋쩍어 헛기침을 했다. 아버지의 사무실로 발길을 옮기면서도 계속 그녀가 떠올랐다. 이상하다는 생각이 들었지만 그는 서둘러 아버지의 사무실로 향했다.

매장의 한쪽 구석에 있는 아버지의 사무실은 상당히 작았다. 2층 전체를 쓰고 있는 그의 작업실에 비해 너무 협소한 공간이었다.

똑똑.

문을 열고 들어가자 아버지가 루페(확대경)를 눈에 대시고 뭔가를 들여다보고 있었다.

"다녀왔습니다."

"……."

그의 인사에도 아버지는 대답이 없었다.

하지만 지금 우혁은 대답 없는 아버지보다 여직원의 존재가 더 신경이 쓰였다.

"아버지, 지금 들어오다 보니 여직원이 있던데 언제 뽑으신 거예요?"

"너무 남자들만 득실거린 지 오래돼서 뽑았다."

"아버지, 제가 왜 여직원들을 뽑지 않는지 아시잖아요?"

"알지, 이제 시간도 많이 흘렀고 그때처럼 너를 귀찮게 하지 않을 아이다."

"아버지!"

아버지는 본인이 한번 맞다고 생각하시면 그대로 밀고 나가시는 분이었다. 집안에서는 다정하신 분이 일을 할 때는 180도 달라지셨다. 이럴 때는 우혁이 한발 물러서는 게 상책이었다.

"무슨 일인데 그렇게 급하게 찾으셨습니까?"

이런저런 말로 시간을 허비하고 싶지 않은 우혁은 아버지 김 회장에게 단도직입적으로 물었다.

"이건 블루 티어스다."

"네?"

우혁은 너무 놀라 그 자리에서 얼어붙었다. 푸른 눈물이라는 애칭을 가진 청다이아인 블루 티어스는 몰락한 러시아 왕가의 보석으로, 이것을 가지고 있는 사람은 꼭 망하거나 죽는다는 불운을 상징하는 대표적인 전설의 보석이었다.

이번 국립박물관에서 러시아 왕가의 미술품을 전시하며 같이 전시를 하게 되었는데 한국에 도착한 날 러시아의 직원의 실수로 목걸이가 끊어지는 사태가 생기고 말았다.

전시의 메인 작품이라 전시품에서 뺄 수도 없는 상황이었고 그걸 빠른 시간 내에 고칠 수 있는 장인은 우혁이 알기에는 러시아에는 없었다.

지금 러시아의 문화부 장관까지 나서서 사태를 수습하고자 은밀하게 장인들을 알아보았지만 허사인 상황이었다. 그래서 지금은 그 자리에 모조 작품이 전시되고 있었고 진품은 디아망에 있는 것이었다.

"비밀리에 복원을 의뢰받았다."

"아버지, 우리가 유물 복원팀도 아니고 오래되어서 레이저 땜도 어려운 제품을, 그것도 천억 원이 넘는 30캐럿짜리 블루 티어스와 수많은 청다이아로 되어 있는 목걸이를 복원하기는 사실상 불가능합니다."

"해야 한다."

"못 한다고 하세요."

우혁은 건드려 봐야 좋을 게 없는 일이라는 판단이 들었다.

"이걸 성공시키면 은밀히 진행되는 일이지만 러시아 정부 쪽에서 우리의 러시아 진출에 힘을 실어주겠다는구나. 물론 사례도 크고 말이야. 하지만 제일 중요한 건 너의 입지가 그만큼 더 높아진

다는 데 있지."

아버지는 지금 그가 보석 디자이너와 세공사로서 아무도 따르지 못하는 세계 최고가 되길 원하시는 것 같았다. 그건 지나친 욕심이었다.

"네가 이걸 복원시켜 봐."

"아버지!"

우혁은 보석 세공에 있어서는 나이에 비해 완벽한 디자이너이자 신이 내린 세공사였지만 몇백 년 된 목걸이를 복원한 적은 없었다.

우혁 앞에 문제의 블루 티어스 양장 목걸이가 놓여졌다. 너무나 아름다워 혀를 내두를 정도였다. 중앙에는 물방울 형태의 오백 원짜리 동전 크기의 블루 티어스와 그 주변으로 수백 개의 블루 다이아들이 빼곡하게 박혀 있는 목걸이는 메인에서 3cm 되는 곳이 완벽하게 반 토막이 나 있었다.

몇백 년 전에 만들어진 목걸이라 합금 기술이 좋지 않아서 부식이 되어 소실된 부분도 있었다. 목걸이는 이번에 완벽하게 끊어진 게 아니라 전에도 소실된 부분을 빼고 억지로 연결한 적이 있는 것 같았다. 완벽하게 좌우 대칭이 되어야 하는데 그렇지 않은 걸 보면 말이다.

"아버지, 이건 좀……."

"일주일이다."

"네?"

더군다나 날짜마저 그를 도와주지 않고 있었다. 완벽하게 블루 티어스에 몰입을 해도 부족한데 거기에 안토니오의 반지와 우리나라 재벌 총수의 예물 반지도 만들어야 해서 시간이 부족했다.

"못 합니다."

"해야 해. 반드시."

우혁의 얼굴이 굳어졌다. 아버지가 이렇게까지 그를 몰아붙인 적도 처음이었고 이렇게 어려운 작업도 처음이었다.

"하고 싶어도 예전의 합금기술이 워낙 떨어져서 지금의 합금으로 만든 제품과는 달리 거의 땜이 불가능합니다. 불만 대면 녹아버릴 거라고요."

"안다. 벌써 공방 김 실장에게 물어봤으니까."

"그러다 제가 더 못쓰게 만들면 어쩌려고 그러세요."

"내가 지금 믿을 건 너밖에 없다."

그의 약점을 너무나도 잘 아는 아버지였다. 약한 자에게 한없이 약한 우혁이었다. 아버지가 이렇게 저자세로 나오면 그의 마음이 흔들릴 거라는 걸 아버지는 알았다.

"아버지~"

우혁은 거칠게 머리카락을 쓸어 올렸다. 자신의 큰 키에 비해 아버지는 그의 반이라고 하면 맞을 정도로 작으셨다. 하지만 오늘따라 아버지의 왜소한 키가 더욱더 작게 느껴지는 그였다.

"디아망을 위한 일이야. 아비는 우리 우혁이만 믿는다."

아버지의 말이 위안이 되기는커녕 우혁의 입에서 더 깊은 한숨만이 흘러나왔다.

"역사에 블루 티어스를 망친 세공사로 기록이 되겠네요."

우혁은 아버지 책상 위의 서비스 판에 놓인 블루 티어스를 판째 집어 들었다. 그리고 한숨을 쉬며 자신의 작업실로 향했다. 행운이 따라주기를 기도하면서 말이다.

1

디아망의 출근 첫날 감상은 생각 이상으로 청소하는 일이 많다는 것이었다. 물걸레를 빨아오기가 무섭게 손님들이 다녀간 진열대를 다시 다 닦아야 했다. 유리세정제를 쓰지 않는 관계로 지문하나 남지 않도록 물걸레로 닦아냈다.

"우리 막내 정말 잘해."

이런 칭찬 소리를 좋아해야 하는 건지 어째야 하는 건지 모르겠지만 해인은 열심히 진열장을 닦았다.

디자이너가 꿈인 그녀에겐 디아망의 수습 기간은 영 느낌이 달랐다.

"막내, 이쪽 정리 좀."

또 한 명의 손님이 물건을 구매하고 나가셨다. 물건을 정리하는 선배와 진열장을 열심히 닦는 해인의 손발이 잘 맞고 있었다. 열심히 걸레질을 하던 해인은 선배의 자리에서 야스리(작은 쇠톱)를 보았다. 매장에 있을 물건이 아닌데 신기해서 한참을 바라보자 그 모습을 보고 선배가 씩 웃으며 야스리를 집어 들며 그녀에게 알려 주었다.

"이거, 대학 때 쓰던 건데 약간 부적 같아. 이거 옆에 놓고 있으면 손님이 잘 붙거든."

해인은 갑자기 이곳에 오기 전까지 자신이 얼마나 열심히 야스리질을 했는지가 떠올랐다. 학비를 벌기 위해 공장에서, 그리고 학점을 따기 위해 학교에서 그녀는 팔이 떨어져 나가도록 야스리질을 했었다.

해인은 손걸레질을 다한 후에도 선배의 야스리를 다시 한 번 멍하게 바라보았다. 그녀의 귓가에 야스리 소리가 들리는 것 같았다.

쓱삭쓱삭.

어두운 공간에서 작은 불빛 사이로 무언가를 갈아내는 소리가 소름 끼치게 들리고 있었다. 작은 불빛이 새어 나오는 곳에서는 한 여자가 의자에 앉아 정신없이 무언가를 야스리(작은 쇠톱)로 갈고 있었다.

쏴악!

"야, 공포영화 찍냐?"

친구인 영희가 커튼을 열어젖히며 성질을 내고 있었다.

"왔어?"

이렇게 한마디를 건성으로 한 해인은 여전히 자신의 일에 몰두해 있었다.

"뭐 해?"

"난집(보석을 고정시키는 것) 만들어."

금은 돈이 너무 많이 들어서 은을 가지고 작업 중인 해인이었다.

"이렇게 열심히 해도 우리같이 2년제 졸업하면 밖에 나가서 판매뿐이 못 해."

영희는 언제나 현실적인 얘기만을 해서 해인의 김을 확 빼는 데 선수였다.

"시끄러우니까 가라."

"나도 가고 싶다마는 첫 강의가 이곳이다."

집안 사정이 좋지 않은 해인은 장학금을 받아야 학교를 다닐 수가 있었다. 그래서 언제나 과수석이었지만 그래도 안심할 수가 없어서 매일 아침 2시간씩 일찍 나와서 실습실에서 부족한 부분을 연습했다.

저녁에는 춘삼이 삼촌 공장에서 아르바이트를 했기 때문에 시간이 오전에만 가능했다. 해인의 실력은 대학 내 모두가 공인하는 것이었지만 스스로는 항상 부족함을 느꼈다.

"근데 너 그 소식 들었어? 오늘 학교에 엄청난 유명 인사가 뜬대."

"……."

영희의 말에 해인은 대답도 안 하고 자신의 일만을 하고 있었다.

"김우혁이라고 알아? 세계 보석 디자이너 중에 가장 섹시한 남자."

"김우혁, 이태리 밀라노에 있는 세계적인 보석학교를 수석으로 졸업. 이태리 까르망의 수석 디자이너로 있다가 지금은 프리랜서로 전 세계 부자들의 보석들을 책임지고 있는 사람이지. 잘생기기도 해서 모두의 시선을 받지만 그는 확실한 예술가야. 그가 유명한 건 디자인이 독창적인 것도 한몫하지만 명장들도 혀를 내두르는 그의 세공 기술 때문이지. 자신이 디자인한 건 반드시 자신이 만드는 아주 특별한 디자이너야."

"진짜? 지금 그럼 어느 회사에 있는데?"

"자신만의 디자인을 만드느라 세계적인 디자인 회사들을 다 물리치고 혼자 작업한다고 들었어."

"그럼 우리 학교에 와도 소용이 없네. 취업을 시켜줄 것도 아니고."

영희의 투덜거림에 해인이 조용히 검지를 입술에 대고 말했다.

"쉿! 나의 디자이너님이시다."

"오올~ 오늘 너의 디자이너님이 학교를 방문하신단다."

"뭐?"

처음으로 야스리를 손에서 놓은 해인이었다.

"이제 좀 관심이 가시냐?"

"언제 오는데? 왜 오는지도 알아?"

마치 10대 소녀 팬이 자신이 좋아하는 스타가 온다는 소리를 들었을 때 같은 반응을 지금 해인이 하고 있었다. 그녀의 낯선 모습에 이번에는 영희가 놀란 것 같았다.

"유은혜 교수님이 이번에 개인전 하셨잖아. 그 개인전에서 유교수님의 작품들이 김우혁을 사로잡아서 유은혜 교수님을 꼭 만나고 싶다고 해서 일부러 오는 거래."

"무슨 작품?"

"그건 모르겠어. 작품 전시회 때 나온 작품이 한두 개냐?"

"하긴."

"해인아, 그렇게 만나고 싶으면 교수님께 부탁드려 봐. 넌 교수님의 영원한 수제자 아니냐."

"수제자는 무슨."

"어쨌든 너와 교수님은 공생관계 아니냐."

유은혜 교수는 특별히 해인을 아껴주었다. 아니, 사람들 앞에서는 유독 그녀를 아끼는 척을 했다. 입학 때부터 이상하게 많은 관심을 가져준 유 교수였다.

보석학과의 특성상 많은 재료비가 들어가서 감당하기가 힘들었는데 그걸 유 교수가 해결을 해주었다. 모든 재료를 유 교수의 금고에서 자유롭게 꺼내 쓸 수 있게 해준 것이다. 대부분 좋은 작품을 만들려면 금이나 다이아몬드, 아니면 최소한 은이나 로얄큐빅을 써야 하는데 그걸 공짜로 쓸 수가 있었다.

처음에는 믿어지지 않는 사실에 너무나 좋았지만 나중에 알고 보니 그건 덫이었다. 해인이 작품을 만들면 그걸 유 교수가 자신의 이름으로 포장하여 갖는 것이었다. 물론 고가의 재료가 유 교수의 것이니 빼앗기더라도 해인은 한마디도 못했다.

이번 전시회 때도 호평을 받은 작품은 다 해인이 만든 것이었다. 모든 사람들에게 '그건 제가 만든 거예요.' 라고 말하고 싶었지만 해인에게는 힘이 없었다. 유 교수의 일을 생각하면 약이 올랐지만 약자로서 어쩔 수가 없었다.

"수업 끝나고 시간 되면 가볼까?"

"응."

기분 나쁜 생각을 자신의 우상을 보며 잠시나마 잊고 싶은 해인은 영희의 말에 얼른 대답을 했다.

오전 실습시간이 끝이 나고 점심에 김우혁이 유 교수를 만나러 온다는 첩보를 들은 영희와 해인은 교수실 앞에서 한참을 서성이고 있었다.

"저기 왔다."

우혁을 먼저 발견한 영희가 호들갑을 떨었다. 그를 보기 위해 몰려든 학생들로 갑자기 교수실 앞은 인산인해가 되었다. 그의 인기를 실감하는 순간이었다.

드디어 해인의 눈에도 그가 보였다. 보통 사람들 사이에서 그는 빛이 나는 스타처럼 눈에 확 띄었다. 키도 크긴 했지만 그의 남성스러운 카리스마에 여학생들은 마치 연예인을 보듯 동경의 눈빛을 보내고 있었고 그는 아주 매력적인 미소를 지으며 자신을 아는 척하는 학생들에게 일일이 악수를 해주며 오고 있었다.

마치 정치인들이 선거 유세를 하는 것처럼 그는 많은 사람들을 몰고 다녔다. 교수실에 그가 들어가자 모두들 조금 열린 문틈으로 교수실 안을 보느라 바빴다. 40세가 넘은 골드미스인 유 교수도 동생뻘인 그를 보며 얼굴을 붉히고 있었다.

무슨 말을 하는지는 잘 들리지 않았지만 그가 유 교수에게 말을 하면 유 교수가 아주 수줍게 웃고 있는 게 보였다. 해인은 유 교수의 이중성을 누구보다 잘 알고 있었기 때문에 유 교수의 그런 모습이 역겹다는 생각이 들었다.

"이중적이야."

"어?"

자신도 모르게 튀어나온 말을 영희가 들은 모양이었다.

"아니야."

"교수님 완전 좋겠다. 무슨 남자가 저렇게 잘생겼니?"

영희가 침을 흘리며 말했다.

"해인아, 이제 나도 너처럼 김우혁 팬이다."

영희가 이렇게 말하며 해인의 팔에 머리를 기댔다. 하지만 지금 해인의 몸은 나무가 굳듯이 충격으로 굳어버렸다. 해인의 시선이 우혁이 든 반지로 가 있었다. 그녀가 디자인하고 만든 '신이여 보호하소서'라는 제목의 반지였다. 너무나 어렵게 공부를 하고 있는 자신을 십이지신과 모든 신들이 도와주기를 바라는 마음에 디자인한 반지였다.

그 순간, 유 교수와 해인의 눈이 마주쳤고 조금 불편한 마음이 들었는지 유 교수가 열린 문을 닫았다. 해인은 김우혁을 보러 온 걸 후회했다. 조금 참았더라면 유 교수와 이렇게 불편하게 마주할 일은 없었을 텐데.

그녀가 6개월간 정성을 다해 만든 작품이 얼마 전에 보니 유 교수 전시품 중에 메인 작품이 되어 전시가 되고 있었다. 그녀의 작품이라는 걸 아는 친구들도 섣불리 유 교수의 비도덕적인 행동에 태클을 걸 수는 없었다. 모든 게 학점으로 연결이 되는 상황이었기 때문이었다. 그리고 이 모든 일은 그들의 일이 아니었다. 굳이 나서서 자신에게 불리한 결과를 만들 필요가 없었다.

하긴 이건 엄연히 해인의 문제였다. 해인 스스로도 유 교수의 물질적인 도움이 없었다면 작업 자체를 할 수 없었던 걸 알기에 서운하지만 참았다. 하지만 교수라는 직함을 가지고 있는 사람이 제자의 작품으로 명성을 얻고 그걸로 스포트라이트를 받는다는 건 이해할 수 없었다.

유 교수도 자존심이라는 게 있을 텐데 어떻게 저렇게 뻔뻔할 수 있는지 해인은 유 교수가 무서웠다.

"가자."

영희가 해인의 어깨에 손을 올렸다. 영희도 그 작품에 대해 누구보다도 잘 알고 있었다.

"힘이 없는 게 죄다."

지난번 술에 취해 울면서 해인에게 을의 서러움을 얘기했다. 뛰어난 재능을 가지고 있는 해인이 유 교수에게 이용당하는 게 못내 안쓰러웠던 것이었다. 그리고 친구로서 도와주지 못하는 자신의 무능력함에 화가 난다고도 했다.

하지만 해인은 자신의 곁에 있어주는 영희가 너무나 든든했다. 이 세상에 이런 친구가 있다는 게 해인으로서는 복이었다.

해인은 영희의 뒤를 따라 수업을 듣기 위해 강의실로 향하며 찜찜했던 기분을 털어냈다.

오후 강의는 최덕훈 교수 시간이었다. 국내에 세공으로 그 실력을 알아주는 장인인 최 교수의 강의는 해인이 가장 좋아하는 시간이었다. 오늘은 실습실에서의 작업이 거의 다였기 때문에 해인은 지금 만들고 있는 웨딩링에 집중할 수 있었다.

"그래, 아주 잘하고 있어."

최 교수가 해인의 작품을 보며 칭찬을 아끼지 않았다. 손재주가 남다른 해인은 교수님들이 자랑스러워하는 제자였다. 그렇기 때문에 동기들의 질투 또한 만만치 않았다. 최 교수가 다른 쪽으로 가자 옆자리에 앉아 있던 유진이 옆에 앉은 지현과 대놓고 해인의 흉을 보았다.

"잘하면 뭐 하냐? 자기 작품 남에게 뺏기기 일쑤인데."

"예술이란 모름지기 돈이 뒷받침이 되어주어야 빛을 발할 수 있는 거야."

얄밉게 말하는 둘에게 한마디 말을 해주고 싶었지만 그들의 말이 틀린 건 아니었다.

"최 교수님은 언제 또 구워삶은 거야?"

"최 교수님이야 실력이 있으신 분이니까 쟤 작품을 탐내시진 않을 거고……."

"벗고 덤볐나 보지. 여자가 벗고 덤비는데 장사 있어."

그렇게 말하며 키득키득 웃고 있는 그녀들을 해인이 째려보며 자신이 쥐고 있던 야스리를 자신의 작업대에 내려놓으며 일어섰다. 도저히 참을 수가 없었다. 유진과 지현의 머리채라도 잡아야지 가만히 있으니까 너무 그녀를 우습게 보는 것 같았다. 그때였다. 갑자기 실습실 앞문이 열리더니 유 교수가 들어왔다.

해인은 억세게 운이 좋은 유진과 지현을 쳐다보며 자리에 앉았다.

유 교수는 최 교수에게 뭐라고 말하더니 뒤에 있는 누군가를 보며 아주 환하게 웃었다.

"여러분, 각자 하던 일을 하면 됩니다. 신경 쓰지 말고 작업하도록."

유 교수의 그 말이 더 신경이 쓰여 해인은 앞문을 쳐다보았다. 뭔가 일이 있는 게 분명했다. 다른 교수의 수업 중에 온다는 건 흔한 일이 아니니까 말이다. 그렇게 해인이 생각을 하는 동안 유 교수의 뒤로 커다란 키의 김우혁이 들어왔다.

"꺄악!"

연예인이 들어온 것처럼 실습실의 학생들이 소리를 지르기 시작했다. 김우혁은 학생들의 반응에 그냥 아무렇지 않게 미소를 지으며 인사를 했다.

"조용."

최 교수의 말에 모두들 앞을 힐끔 쳐다보며 자신들의 작업대에 앉았다. 하지만 학생들의 시선은 모두 김우혁에게 가 있었다. 너무나 잘생긴 그의 겉모습에 모두가 열광하고 있을 때 해인만은 그의 보석 디자이너로서의 실력과 세공사로서의 본질적인 모습에 흥분을 하고 있었다.

반지의 링과 난집을 연결 중인 해인은 손이 떨리고 있었다. 김

우혁처럼 세계적인 명장이 자신의 반지를 보며 감탄하던 모습이 떠올라 더욱 신경이 쓰이는 해인이었다. 토치의 불처럼 강하게 나오는 불에 난집과 링을 핀셋으로 잡아서 때우는 고도의 작업은 집중을 해야만 했지만 지금 해인의 마음은 콩밭에 가 있었다.

"앗 뜨거!"

해인이 잡고 있던 핀셋이 불에 달구어져 순식간에 자신도 모르게 핀셋을 놓아버렸다.

"안 다쳤나?"

김우혁이었다. 그가 그녀의 어깨에 손을 얹으며 말했다. 지금 이 순간 해인의 시간은 멈추었다. 그녀가 보석을 시작하면서 그녀의 롤 모델인 사람이었다. 나이가 많아야 명장이 될 수 있다는, 보석 세공의 명장에 대한 선입견을 젊은 그가 완전히 부숴주었다.

그는 대단한 세공의 명장이자 디자이너였다. 그런 그가 지금 그녀가 괜찮은지를 묻고 있었다.

"괜찮습니다."

짧은 순간 그들의 눈이 서로를 스캔하듯이 훑었다. 해인이 그의 모습을 생각하듯 그 또한 해인의 모습을 살피는 눈치였다.

그는 가까이서 보니 완벽한 조각 미남이라기보다 거친 상남자에 가까웠다. 쌍꺼풀이 없이 큰 눈과 서양인처럼 높은 코가 인상적인 남자였다. 무엇보다 다른 여자들에 비해 큰 키인 그녀가 크다라고 느낄 정도로 우혁은 키가 컸다.

떨리는 마음을 진정하고 해인은 하던 작업을 계속했다. 하지만 한 번 거칠게 뛰기 시작한 심장은 진정이 되지 않고 있었다.

"괜찮으세요?"

유 교수의 목소리가 그녀의 뒤에서 들렸다. 해인이 괜찮은지를 묻는 게 아니라 그가 괜찮은지를 묻고 있었다. 다칠 뻔한 건 해인인데 유 교수의 반응이 기가 막혔다.

유 교수가 예전보다 해인을 싫어하는 이유는 얼마 전에 있었던 보석 디자인 대회 때문이었다. 유 교수 몰래 최 교수의 추천으로 보석 디자인 대회에 참가를 해서 대상을 받았다.

전시회를 통해 자신에게 쏟아지던 학교 측의 관심이 대상 수상 소식에 일순간 해인에게로 돌아섰다. 하지만 해인도 그 대회에서 입상 정도만 생각했지 대상까지는 예상치 못했었다.

"아직 아무것도 모르는 아이라서 시루가 많습니다."

그녀가 생각해도 참 기가 막히게 그녀를 누르고 있는 유 교수였다.

"교수님들이 잘 가르치셔서 그런지 확실히 수준들이 높군요."

그가 유 교수와 그녀의 등 뒤에서 몇 마디를 나눈 후에 실습실을 나갔다. 그가 실습실을 나갈 때도 해인은 그를 볼 수가 없었다. 그를 만나서 좋기도 했지만 그가 유 교수를 만났을 때 분명히 그의 손에는 그녀의 반지가 들려 있었고 그는 반지를 보며 감탄을 하고 있었다.

자신의 작품이라고 말을 할 수 없다는 게 서운했었는데 그를 옆에서 본 순간 그녀는 깨달았다. 그가 자신의 작품을 보아준 것만으로도 기쁜 일이라는 것을 말이다.

"호호호, 아이들의 수업이 마음에 드셨는지 모르겠네요."

유 교수가 그의 옆에서 쉴 새 없이 떠들어댔다. 처음에는 얌전하다고 생각했는데 겪어보니 밝은 성격의 사람인 것 같았다.

"저는 오늘 보석 디자이너를 길러내는 인성대학을 다시 보게 되었습니다. 그리고 무엇보다 제가 꼭 가지고 싶었던 유 교수님의 작품을 구입할 수 있어서 더없이 영광이었습니다."

그의 말에 유 교수는 얼굴을 붉히며 굉장히 좋아하고 있었다.

"뭘요, 제 작품이 마음에 드신다니 다행입니다."

"이제 그만 돌아가 봐야겠습니다. 지금 작업 중이라서요. 오늘은 모든 걸 접어두고 유 교수님을 만나러 왔지만요. 영광입니다."

그의 거듭되는 칭찬에 유 교수는 너무나 좋은지 그의 곁을 떠날 줄을 몰랐다.

간신히 유 교수를 떼어낸 우혁은 차를 타고 출발했다. 처음에 이곳에 들어올 때는 실망이 이만저만이 아니었는데 지금 우혁의 입에는 미소가 걸려 있었다.

"가능성이 많은 곳이야."

그는 조수석에 놓인 유 교수의 작품을 보며 미소를 지었다. 꼭 어린아이가 자신이 가지고 싶어 하는 장난감을 가졌을 때의 마음이었다. 유 교수의 느낌과는 다른 작품이란 게 조금 이상하기는 했다.

"뭐, 보이는 것과 그 내면은 다르니까."

우혁은 운전을 하면서 오전에 인성대학에 처음 도착했을 때의 실망감이 떠올랐다.

우혁은 바쁜 시간을 쪼개서 인성대학에 온 걸 후회하고 있었다. 형편없이 작은 캠퍼스는 그의 반짝이는 은색 벤츠가 유독 튀는 곳이었다. 첫눈에 반한 작품이 이런 곳에서 만들어졌다는 게 믿어지지 않는 우혁이었다. 국립대학이 아니라 사립이다 보니 재단이 그렇게 많은 지원을 하는 것 같지 않아 보였다.

그 섬세하고 고급스러운 예술품을 만든 이가 이곳에서 일을 한다는 게 마음에 들지 않았다. 조금 더 멋진 개인 작업실에서 만들어졌다면 이렇게 마음이 아프지는 않았겠지만 우혁은 같은 예술가로서 이곳의 현실이 그 닥 반갑지는 않았다.

"후~ 여기서 근무를 한단 말이지."

그는 자신의 회색 슈트를 손으로 매만진 다음 유 교수가 있다는 건물로 향했다. 6.25 때 지어진 것처럼 오래되어 보이는 건물도 세 동뿐이어서 유 교수가 전화로 말한 곳을 금방 알 수가 있었다.

"잔디밭도 없고 건물도 오래된 곳에 그런 예술가가 있어서야……."

한 달 전에 우연히 바쁜 아버지를 대신해서 유 교수의 개인전에 가게 되었다. 보석협회의 회장이신 아버지는 늘 이런 행사에 초대를 받으셨고 대부분은 그 초대에 참석 대신 화환만 보내지만 유 교수의 아버지와의 친분 때문에 화환으로만 인사를 하기에는 곤란한 상황이라 해외 일정 중인 아버지를 대신해서 그가 참석을 했다.

아버지도 유명했지만 그 또한 유명 인사였기에 그가 보석전시회에 들어서자 사람들이 많이 놀라는 눈치였다. 전시회의 준비 상태는 평범했고 그가 본 작품들 역시 아주 평범했다. 거기다가 그가 방문한 시간이 유 교수의 강의 시간과 겹쳐서 그녀를 볼 수조차 없었다.

별 기대 없이 전시관을 둘러보던 그에게 하나의 작품이 강하게 다가왔다. 작품의 이름은 '신이여 보호하소서'였다. 동양의 이미지인 십이지신이 서양의 이미지인 탄생석을 받치고 있는 작품으로 동서양이 조화롭게 반지 안에 녹아들어 있었다. 모두 6개의 작품으로 이루어진 반지 세트는 두 개의 신과 두 개의 탄생석이 하나의 반지를 만들고 있었다.

반지의 링 부분에 십이지신은 마치 석상처럼 그 모양이 섬세하게 조각이 되어 있었고 탄생석은 여의주처럼 원형으로 컷팅이 되어 조각상이 탄생석을 손으로 받치고 있는 모양이었다.

"이걸 만들었다는 말이지······."

우혁은 할 말이 없었고 그 후로 유 교수 앓이를 하게 되었다. 한 번 꼭 보고 싶은 마음에 그는 아버지께 부탁을 드려 그녀와의 약속을 잡는 데 성공했다. 지금 그는 그 어느 때보다 떨렸다. 유 교수와 만날 수 있기 때문이었다.

"와, 김우혁이다."

학생들이 그를 보더니 웅성이기 시작했다. 아마도 요즘 그가 TV에 출연하는 게 잦아졌기 때문일 것이다. 역시 언론의 힘은 대단했다.

"학생, 여기 유 교수님 교수실이 어디지?"

"저, 저기요."

여학생이 놀란 토끼 눈을 하고는 그에게 답했다.

"꺄악! 들었어? 김우혁이 나에게 말을 걸었어."

그가 뒤돌아서고 나자 아까 여학생과 친구들이 난리가 아니었다. 교수실 앞에는 어떻게 알았는지 학생들이 아주 장사진을 치고 있었다. 그들에게 가볍게 눈인사를 한 우혁은 유 교수의 교수실로 들어갔다.

"안녕하십니까?"

"어서 오세요."

단아하게 생긴 유 교수가 그를 반갑게 맞아주었다. 작품이 가진 카리스마에 비해 너무나 여성스러운 그녀를 보고 조금 놀라기는 했지만 어디까지나 작품은 그 사람의 내면의 세계이니까 겉의 모습과는 다를 수 있다고 생각했다.

"만나뵙게 돼서 영광입니다."

우혁은 진심을 담아 말했다. 그러자 유 교수가 얼굴을 붉히며 그에게 미소로 답했다. 참 조용한 사람이었다.

"오늘 여기에 온 건 '신이여 보호하소서' 때문입니다."

"네."

"볼 수 있을까요?"

그가 그렇게 말하자 유 교수가 금고에 보관 중인 작품을 꺼내왔다. 우혁은 너무나 두근거리는 마음으로 첫눈에 반한 그녀의 작품을 다시 한 번 보았다. 상자가 열리고 그 안에 있던 6개의 반지가 마치 그를 기다리고 있었다는 듯이 환하게 빛나고 있었다.

그가 반지를 하나 집어 감탄 어린 시선으로 살피기 시작했다.

"너무 아름답습니다."

"……"

유 교수가 대답이 없자 그가 유 교수의 얼굴을 보았다. 좀 전과는 달리 그녀의 얼굴이 굳어 있었다. 그러더니 교수실의 문을 닫았다. 아마도 밖에 학생들이 신경이 쓰인 모양이었다.

"저는 괜찮습니다."

"네."

여전히 다소곳이 앉아 있는 유 교수였지만 우혁의 눈에는 아직도 조금 거북해 보였다.

"죄송하지만 이 작품에 대해서 알고 싶은 게 많습니다."

"……"

"제가 보고 첫눈에 반한 작품이거든요. 그날 유 교수님을 뵙지 못해서 얼마나 속이 상하던지 눈물이 다 날 뻔했습니다."

우혁은 유 교수와의 서먹한 분위기를 조금이라도 없애기 위해 노력을 하고 있었다.

"실례가 되지 않는다면 제가 이 작품을 사고 싶습니다."

전시회 당시 작품은 비매품이었다. 아마 유 교수도 작품을 아끼기 때문에 이 작품에 한해서 판매를 하지 않았을 거라는 게 우혁의 생각이었다.

"작품의 가격은 유 교수님께서 원하시는 대로 드리겠습니다."

그가 느끼기에 유 교수는 뭔가 조금 망설이고 있는 것 같았다. 하지만 유 교수를 겨우 설득해서 반지들을 사는 데 성공했다. 생각보다 저렴한 가격에 구매를 한 그는 너무나 기뻤다. 다음에도 이런 기회가 있었으면 좋겠다고 말한 우혁은 그녀가 가르치는 학생들이 보고 싶었다.

그래서 그녀에게 부탁을 해서 실습실을 둘러볼 수 있었다. 학교의 겉모습과는 다르게 실습실은 꽤 괜찮았다. 학생들의 작업대도 훌륭했고 보석을 만지는 도구들도 좋은 제품들이 많았다.

실습실 뒤쪽으로는 제법 큰 광을 내는 기계도 있었고 도금을 할 수 있는 기계도 있었다. 우혁은 학생들의 수준을 살피기 위해 한 바퀴를 돌다가 다른 학생에 비해 월등히 높은 단계의 작업을 하고 있는 여학생을 발견했다.

난집과 링을 연결하는 작업을 하는데 꽤 실력이 좋았다. 그러다가 실수를 해서 손이 데이기는 했지만 말이다.

"안 다쳤나?"

자신도 모르게 학생의 어깨에 손을 가져다 댄 우혁은 학생의 놀란 얼굴을 보고 어깨에서 손을 뗐다. 순간이지만 여학생과 눈이 마주친 그는 강한 인상을 받았다. 어떤 행동을 하지는 않았지만 여학생에게서는 카리스마가 느껴졌다.

마치 그가 산 6개의 반지에서 느껴지는 그 강함을 유 교수가 아닌 스치듯이 지나가는 학생의 얼굴에서 느낀 그였다. 역시 교수가 훌륭하니 학생들의 실력도 대단했다.

유 교수와 헤어지면서 우혁은 유 교수보다 아까 그 강렬한 느낌의 여학생이 자꾸만 머릿속에 남았다. 디자인을 전공하는 학생이 보석 세공사들이나 할 법한 기술로 작품을 만들고 있었다. 디자인은 어디까지나 디자인이었다. 작품을 구상하고 잘 스케치만 하면 됐지 그렇게 자신처럼 세공을 잘할 필요는 없었다.

실수를 해서 손을 데일 뻔했지만 분명히 학생의 세공 기술은 놀라웠다. 그리고 그 눈빛은 묘하게 유 교수의 작품의 느낌과 아주 잘 맞았다.

"꽤 강한 인상이었어."

이렇게 생각을 하며 그는 자신의 조수석에 놓인 상자를 쳐다보며 미소를 지었다. 한 달간 너무나 그를 설레게 했던 반지들이 이제는 그의 것이 되었다.

"정말 오늘은 운이 좋은 날이군."

이렇게 혼잣말을 하며 그는 휘파람까지 불었다. 이렇게 기분이 좋은 건 참으로 오랜만의 일이었다.

짧은 다리로 바쁘게 종로 3가의 귀금속 골목을 바쁘게 걷고 있는 만석에게 사람들이 인사를 했다. 우리나라의 돈깨나 있는 사람들이 찾는 디아망의 회장에 귀금속협회의 회장이다 보니 업계의 종사자 중에 그를 모르는 사람이 없었다.

그들의 인사를 받으며 목적지까지 가는 것도 이제 나이가 들어서인지 힘이 들었다. 종로에서 장사는 하지 않지만 공장들이 모여 있는 곳이다 보니 디아망 공장에서 안 되는 일들은 이곳에서 처리하곤 했다.

물론 그가 주로 가는 곳은 어릴 때부터 함께한 춘삼의 공장이었다. 사실 만석도 그들이 이렇게 성공하리라고는 상상도 하지 못했었다. 초등학교를 졸업하고 친척의 소개로 들어간 명동의 작은 공장에서 만난 만석과 춘삼은 이젠 보석업계에서 내로라할 위치가 있는 사람들이 되었다. 돈도 많이 벌었고 자신의 이름을 대면 알아주는 사람들도 많았다.

춘삼의 지하 공장 입구에 선 만석은 언제나 그렇듯이 한숨이 쉬어졌다. 그들은 이총사가 아닌 삼총사였다. 춘삼과 만석에게는 아픈 손가락 같은 친구가 달호였다. 가난한 천재였던 달호를 생각나게 하는 곳이 춘삼의 공장이었다.

달호가 돈 때문에 힘들어할 때 만석은 그가 춘삼의 공장 일을 돕기를 바랐다. 그래서 춘삼이 이 공장을 오픈할 때 만석이 도와준 것이었다. 하지만 달호는 끝내 그의 부탁을 거절했고 만석은 그런 달호를 보지 않았다. 그렇게 시간이 흘렀고, 2년 전에 생활고를 못 이기고 심장 마비로 쓰러져 세상을 떠났다는 소식을 들었다.

"후~ 못난 사람."

이상하게 춘삼의 공장 입구에만 서면 언제나 달호 생각이 나는 만석이었다.

탕탕탕탕!

금속을 두드리는 소리가 지하의 넓은 공장 안을 울리고 있었다. 매캐한 도금 원료의 냄새 또한 공장을 가득 메웠다.

춘삼은 10년 전에 이곳 종로로 공장을 옮겼다. 핸드메이드만을 고집하다가는 밥 먹고 살기가 힘들었기에 대량으로 작업을 하는 케스팅 공장을 오픈한 것이다.

하지만 공장 한 켠에서 그는 아직도 특별한 고객들을 위해 핸드메이드 작업을 직접 하고 있었다. 돈은 많이 벌었지만 아름다운 제품을 만들고자 하는 장인의 피가 아직 흐르고 있었기 때문이다.

만석은 이런 친구가 언제나 자랑스러웠고 고도의 기술을 원하는 디자인을 주문 받으면 디아망의 공방을 놔두고 친구인 춘삼을 찾아오곤 했다.

평소에는 아침시간에 찾아왔었는데 오늘은 오후 늦게 왔더니 춘삼이 보이지 않았다.

"사장님은?"

"요 앞에 잠깐 나가셨어요. 금방 오실 거예요."

경리 아가씨가 친절하게 말해주었다. 친구를 기다리며 만석은 언제나처럼 공장을 한 바퀴 돌며 아는 공장 사람들과 인사를 나누고 있었다.

그때였다. 춘삼의 자리에서 못 보던 아가씨가 열심히 반지를 만들고 있었다. 나이가 들어봐야 스무 살이나 되었으려나? 아주 앳된 아가씨가 능숙한 솜씨로 반지의 난집에 다이아를 넣고 물리고 있었다.

이 기술은 저렇게 어린 나이에 그것도 여자가 할 수 있는 게 아니었다. 적어도 10년 이상 숙련된 기술을 가지고 있는 세공사들이 하는 기술이었다. 손의 움직임 또한 굉장히 노련했다.

만석이 넋을 놓고 아가씨를 보고 있는 사이에 춘삼이 볼일을 보고 돌아왔다.

"언제 왔어?"

"방금 전에."

여전히 만석의 시선은 아가씨에게 고정이 되어 있었다.

"알아보는군. 재주가 남달라."

"재주가 남다른 게 아니라. 특출나."

"처음에는 여기에 방학 때만 와서 일하기로 했는데 지금은 학교 끝나고 오후에도 와서 일을 하고 있어. 자네는 아마 처음 볼 거야. 둘이 시간대가 맞지 않으니까. 여기 공장장보다 실력이 좋아서 월급도 많이 주고 쓰지만 후회는 없네."

만석의 눈에는 아가씨만 보였다.

"하지만 내년에 대학을 졸업하면 보석 디자이넌지 뭔지 그걸 하고 싶대."

"그래?"

"맞다, 우혁이처럼 말이야. 이번에 보석 디자이너들을 위한 대회에서도 대상을 받은 아주 뛰어난 애야."

보석 디자이너를 위한 대회라면 보석협회장인 그가 모를 리가 없었다.

"언제 대횐데?"

"아~ 그거 국내 대회가 아니라 까르망에서 주최한 거야. 대상에게는 이태리 유학의 기회가 주어지는데 돈이 없어서 그건 포기한 모양이더라고."

가난한 천재를 만나다니 만석은 눈앞의 아가씨가 욕심이 났다.

"피는 못 속이는 거지."

"피?"

"얼굴을 못 봐서 모르겠군. 쟤 달호 딸이야."

"뭐?"

춘삼은 만석과는 다르게 달호가 죽기 전까지 가끔은 연락을 한 것 같았다. 달호가 죽고는 연락이 끊겼지만 어느 날 달호의 딸이 아무 일이라도 시켜달라며 그를 찾아왔다고 한다. 춘삼은 어려운 형편인 걸 알고 달호의 딸을 받아들였고 그 실력에 또 한 번 놀랐다.

만석과 춘삼, 달호는 명동 1번가에서 알아주는 세공사들이었다. 만석은 일찍부터 세공보다는 장사에 관심이 있어 장사의 길을 갔고 춘삼과 달호는 끝까지 세공을 했다. 춘삼은 세공도 잘했지만 만석만큼이나 셈이 빨라 일찌감치 공장을 크게 했지만 달호는 달랐다. 답답하리만치 자신의 세공을 고집했고 그는 돈과는 거리가 먼 명장이었다.

"춘삼이."

"왜?"

"저 아가씨를 나에게 양보하게."

"뭐?"

"내가 데려다가 우혁이만큼이나 훌륭한 보석 디자이너 겸 세공사로 키우고 싶어."

아가씨의 실력도 좋았지만 달호가 죽기까지 그가 도와주지 않고 방관한 데에 대한 마음의 짐을 조금이라도 갚고 싶은 만석이었다.

"달호가 죽은 건 나 때문이기도 해."

만석의 입에서 한숨과 함께 그동안 내색하지 않았던 말이 나왔다.

"왜 그게 자네 때문이야?"

"내가 조금만 신경을 써줬더라면 그렇게 되지는 않았을 거야."

만석은 자신의 장사에 바빠 오랜 친구를 거의 잊고 살았었다.

"그건 자네 때문이 아니라 달호의 고집 때문이야. 그렇게 생각하지 말게. 해인이에게는 얘기해 봄세. 하지만 쟤도 지 아비 닮아서 신세진다고 생각하면 디아망에 가지 않을 거야. 내가 최 교수를 잘 아니까 말해놓을게."

"최 교수?"

"어, 그 학교에 학생들을 우리 공장에 취업시켜 주는 교수가 있어. 해인이처럼 보석 디자인 공부하는 중에 세공에 관심 있어 하는 학생들 말이야."

"난 유 교수를 아는데……."

"유 교수보다는 취업에는 최 교수의 입김이 더 세."

"고맙네."

"고맙긴, 내가 욕심내기엔 너무나 뛰어난 아이지. 책임지고 자네가 잘 만들어봐."

만석은 춘삼과 얘기를 한 후에 너무나 열심히 일을 하는 해인을 한 번 더 바라보다 조용히 공장에서 나섰다. 그 후 그들의 만남은 해인이 디아망에 입사한 후에야 이루어졌다.

"다녀왔습니다."

드르륵 드르륵.

미싱 소리 때문에 그녀의 인사가 들리지 않는 모양이었다.

"다녀왔습니다."

해인은 간이로 만들어진 작업실의 문을 열고는 엄마에게 인사를 했다.

"어, 왔어."

엄마가 웃는 얼굴로 그녀를 맞이해 주었다.

"밥 차려놨으니까 먹어."

"네."

언덕 위에 골목골목 이어진 다세대 주택 단칸방에 월세로 살고 있는 해인은 아버지가 돌아가시고 엄마와 하나뿐인 남동생과 같이 살았다. 해인의 기억으로는 단칸방이 아닌 적이 한 번도 없었다. 언제나 가난은 그녀에게 꼬리표처럼 쫓아다녔다. 그래도 아빠가 살아 계실 적에는 월세 걱정은 안 했었는데 갑작스럽게 돌아가신 후에는 집안이 더 기울었다.

집에 들어가자 방 안에 상이 차려져 있었다. 밥에 국 그리고 김치가 다인 밥상이었지만 해인은 늘 감사했다. 그래도 아직 밥은 굶어본 적이 없기 때문이었다.

방에 걸려 있는 아빠와의 추억의 사진을 보며 해인은 오늘도 아빠에게 인사를 했다.

"아빠, 다녀왔어."

사진 속의 아빠는 공장에서 해인을 안고는 환하게 웃고 계셨다. 아빠와 남들 다 간다는 놀이공원 한 번 가본 적 없지만 어릴 때부터 해인은 아빠의 어깨너머로 세공 일을 배웠었다. 세공을 하는 게 해인에게는 아빠와 놀 수 있는 유일한 방법이었다. 아빠는 어린 그녀와 놀아주면서 기술들을 전수해 주셨다.

지금 그녀는 그 덕분에 대학도 갈 수 있었고 공장에서 아르바이트도 할 수 있었다. 순수미술을 하고 싶었지만 그녀에게는 현실적으로 불가능한 일이었다. 하지만 보석 디자인을 선택한 지금은 후회하지 않았다.

세공을 할 때마다 아빠를 생각할 수 있기 때문이었다. 그래서 해인은 세공까지도 잘하는 보석 디자이너를 꿈꾸고 있었다. 하나만 잘하기도 어려운 일이지만 어릴 때부터 아버지로부터 어깨너머로 배운 세공이 해인에게는 자랑스러운 일이었다.

"아빠, 뭐가 그렇게 급해서 빨리 간 거야? 천천히 가도 늦지 않는데……."

해인은 밥을 먹으며 이렇게 중얼거렸다. 예전에는 이렇게 말하면 눈물이 나와 밥을 삼키기도 힘겨웠는데 시간이 흐르니까 좀 나아지는 것 같았다.

아빠는 가족들에게는 말을 하지 않았지만 빚 독촉에 시달리고 있었다. 가뜩이나 당뇨에 혈압, 그리고 합병증으로 신부전증까지 있으셔서 건강이 나쁘셨는데 마지막 날에도 빚 독촉에 시달리시다가 심장 마비로 돌아가셨다.

혼자서 돌아가실 때의 고통스러움과 외로움을 생각하면 지금도 해인의 가슴이 아파왔다.

"해인아, 이거랑 같이 먹어."

엄마가 방으로 들어와 해인에게 반찬 하나를 더 건네줬다. 닭볶음탕이었다.

"이모가 닭 한 마리를 주고 갔어."

근처에 사는 둘째 이모는 언제나 어려운 우리 집을 생각해서 장을 보고 오는 길이면 이렇게 들러 과일이나 고기를 주고 갔다.

"엄마는?"

"먹었어. 민호 것도 따로 뒀으니까 먹어."

"응."

"오늘은 안 힘들었어?"

"그냥 매일 똑같지 뭐."

엄마가 해인의 등을 쓰다듬으며 말했다.

"이제 얼마 안 남았네."

"응."

"그런데 해인아."

엄마가 이렇게 다정하게 부를 때는 이유가 있었다. 종교 활동에 목숨을 건 엄마였다. 요즘 같은 시대에 쌀 걱정을 한다고 하면 모두들 믿지 않겠지만 엄마는 교회에 내는 십일조와 감사헌금 그리고 성미까지 교회의 일이라면 안 하는 것이 없었다.

밥은 굶어도 이런 엄마의 종교 활동은 멈출 줄을 몰랐다. 아빠가 돌아가신 뒤에는 더한 것 같았다.

엄마의 모든 신경은 온통 교회에 가 있었다. 매일 새벽기도에 수요예배, 금요일의 구역예배, 토요일의 성가대 연습, 일요일은 하루 종일 교회에 계셨다. 거기다가 중간에 봉사 활동까지, 엄마의 일상은 종교 활동 그 자체였다.

또 무슨 행사 기간이면 전도하러 거리에까지 나가서 전도지를 돌리고 다니니 집에 계실 시간이 엄마에겐 없었다.

그 활동이 몸만 가면 되는 것도 아니고 헌금은 항상 해야 하니 엄마의 주머니는 매일같이 빈털터리였다.

"이번에 건축헌금을 내기로 했는데……."

"엄마!"

엄마는 그녀가 재수를 하면서 1년간 모은 돈과 학교를 다니면서 아르바이트로 모아온 돈을 알고 항상 해인에게 무슨 일이 있으면 돈을 달라고 조르곤 했다.

"엄마가 이번에 건축헌금을 내면 민호하고 너도 잘된다고 하기에 백만 원을 내기로 했어."

"엄마, 진짜 미치겠다."

밥을 먹다 말고 해인은 눈물을 흘렸다. 이런 엄마가 해인은 너무나 답답했다. 나쁜 사람은 결코 아니었지만 어려운 현실을 종교를 통해 도피를 하려고 하는 것 같았다.

"그만 좀 해."

"너는 왜 그래? 다 우리 집 식구 좋으라고 하는 건데."

"나한테 돈이 어딨어? 학교 마치기도 힘이 든다고."

"알았으니까 잘 생각해 봐."

엄마는 오늘도 해인을 답답하게 만들어놓고는 방을 나갔다. 돈을 열심히 벌어도 엄마의 종교적인 활동 때문에 집은 언제나 힘이 들었다. 그녀의 성적이면 4년제 대학을 가고도 남았지만 그녀는 재수를 해서 1년 넘게 대학에 갈 등록금을 벌었고 결국은 2년제 대학을 선택했다.

이게 다 엄마의 종교적인 신념 덕분이었다. 아빠가 그렇게 공장에서 심장 마비로 돌아가신 것도 다 엄마가 이곳저곳에서 돈을 빌린 것 때문에 빚 독촉에 시달렸기 때문이다. 아빠가 돈을 벌어오면 엄마가 잘 모아야 하는데 엄마는 돈이 들어오는 대로 모두 교회에 가져다 바쳤다.

해인은 밥숟가락을 놓고 엄마가 나간 문을 바라보며 한없이 울었다. 언제쯤이면 엄마는 우리의 상황을 알고 엉뚱한 곳에 돈을 쓰지 않을까?

"누나."

동생이 돌아왔다.

"왔니?"

"응. 그런데 왜 울어?"

"아니야. 넌 어디 갔다가 와?"

"아르바이트."

동생은 공부를 썩 잘하지 못해서 대학은 애초에 포기를 하고 돈을 벌고 있었다.

"학교는?"

"갔다 왔지. 누나 말대로 고등학교는 나와야 하니까."

해인은 수저와 밥을 떠 가지고 왔다.

"손 씻고 밥 먹어."

"어."

동생은 해인을 누구보다 믿고 따랐다.

"민호야."

"어?"

밥을 먹으며 민호가 답했다.

"네가 아르바이트하는 거 엄마는 몰라야 해."

"알았어."

민호가 밥을 먹으며 말했다.

"돈은 누나 통장으로 넣고 있어."

"잘했어. 용돈 필요하면 말해."

"응."

해인은 고3인데 어느새 어른이 되어버린 남동생을 말없이 바라
보았다.

"누나가 졸업하면 얼른 자리 잡을게. 그동안 좀 힘들겠지만 참
아."

동생을 바라보는 해인의 마음이 아파왔다.

시간은 빠르게 흘러갔지만 엄마와 해인의 마음의 거리는 좁혀
지지 않았다. 엄마는 여전히 교회에 충성이셨고 동생과 해인은 여
전히 밑 빠진 독에 물을 붓는 것처럼 집안에 생활비를 보탰다.

정신적으로 지쳐 가는 해인이었지만 1년을 참은 끝에 드디어
학교를 졸업할 수 있게 되었다. 일이 잘 풀리려고 그런 건지 최 교
수의 추천으로 디아망에 면접을 볼 수 있게 되었다. 하지만 무슨
일인지 유 교수는 디아망에 가는 걸 반대했다.

"해인아, 디아망보다는 대형 백화점의 체인점인 유니아에 가는
게 좋지 않겠어?"

"저도 그러고 싶지만 백화점은 일요일에 쉬지 못한다고 엄마가

반대를 해서요."

"일요일에 못 쉬는 게 문제야?"

"엄마가 독실한 기독교 신자시거든요."

유통업의 특성상 일요일에 쉰다는 건 거의 말이 되지 않았다. 백화점으로 간다는 건 디자인과는 담을 쌓는 일이었다. 그리고 디아망은 보석업계의 사람들이라면 누구나 가고 싶어 하는 곳이었다.

오래된 곳이기도 했지만 그곳의 물건들은 대부분 고가여서 보석 디자인을 하는 사람에게는 보는 것만으로도 많은 공부가 되는 곳으로도 유명했다. 그리고 다른 곳은 기성 상품을 판매하지만 디아망은 그곳의 디자이너들이 직접 디자인을 해서 판매하는 곳이었다. 우리나라에서 드물게 손님의 취향에 맞게 맞춤 디자인도 가능했다.

"그럼, 여기는 내가 아는 후배가 오픈한 곳인데 지금 청담동에서 떠오르는 곳이야."

"노블레스는 정말 좋은 곳이지만 저는 디아망에 면접이라도 보고 싶습니다."

유 교수의 인상이 일그러졌다. 말이 없고 조용한 분이셨지만 지금 해인은 더 이상 유 교수를 믿을 수가 없었다. 그냥 지금은 디아망보다 더 좋은 곳이라고 해도 유 교수가 추천하는 곳은 가고 싶지 않았다.

"알았어."

유 교수의 차가운 반응에 조금도 미안한 마음이 들지 않는 해인
이었다. 자신의 작품을 마치 유 교수가 한 것처럼 남들에게 선보
인 것 하나만 봐도 믿을 수 없는 사람이었다.

교수들이 제자들의 논문을 가지고 자신이 연구한 것처럼 발표
를 한다는 얘기를 듣기만 했지 자신에게 그런 일이 생기리라고는
상상조차 하지 않았다.

처음에 순순히 자신의 재료들을 쓰게 할 때부터 의심을 했었어
야 했다. 역시 세상에는 공짜란 없는 것 같았다.

그렇게 무거운 마음으로 디아망의 면접을 보러 갔는데 생각보
다 많은 사람들이 몰려서 해인은 당황했었다. 한 명 뽑는 데 너무
나 많은 사람이 몰려 완전히 포기하고 있었는데 자신이 합격을 했
다는 소리를 듣고 대학 합격 때보다도 더 감격했었다.

비록 지금은 이렇게 진열장을 닦고 있기는 하지만 해인은 디아
망의 디자이너로 인정받을 그날을 기다리고 있었다.

작업실로 올라가는 계단이 오늘따라 높아 보였다. 한걸음 한걸
음을 내딛는 우혁의 발걸음이 무거웠지만 그의 기분을 아는지 모
르는지 여성 고객들의 시선이 그에게 향해 있었다.

큰 키에 잘 다듬어진 그의 몸을 네이비색 슈트가 감싸고 있었고
한 손에는 서류가방이, 다른 한 손에는 넥타이가 들려 있었다.

풀어진 와이셔츠 사이로 보이는 그의 구릿빛 피부는 선천적이

라기보다는 햇볕 아래에서 격렬한 운동으로 태운 살색이었다. 여자들은 그의 벗은 몸에 열광했고 그는 그걸 상당히 귀찮아했다.

우연히 한 여성 고객과 눈이 마주친 우혁은 가볍게 목례를 했는데 그 손님은 그의 목례에 굉장한 의미를 두는 듯 유혹적인 시선을 보내왔다.

하지만 지금 우혁의 머릿속에는 온통 블루 티어스 생각뿐이었다. 아버지가 이렇게 욕심을 부리실 분이 아닌데 아무리 생각해도 이해할 수 없었다.

"후~ 미치겠군."

아버지는 지금 디아망의 앞날을 위해 아들을 사지로 밀어 넣고 있었다. 그의 실력이 아무리 좋다고 해도 될 게 있고 안 되는 게 있는 것이었다.

"블루 티어스라……."

그가 가장 아름답다고 생각하는 보석 중에 하나인 블루 티어스는 만들어진 시대에 비해 굉장히 정교한 작품이었다. 러시아의 왕비들만이 결혼 선물로 대물림했다는 이 보석은 그 가치만큼이나 사연도 많은 목걸이였다.

그 목걸이를 목에 건 왕비는 단두대의 이슬로 사라지거나 왕에게 버림받는 신세가 되었다. 그래서 러시아의 왕들은 그것을 왕비에게 주기는 했으나 착용하지는 말라는 명을 내릴 정도였다. 하지만 왕의 이 같은 경고를 무시한 왕비들도 있었다. 그러면 거짓말처럼 그녀에게는 불운이 생기곤 했다.

아름다움 속에 악의 기운이 감추어진 그래서 더 매력적인 블루 티어스가 이제 어느 누구도 할 수 없게 망가져 있었다.

"후~"

자신의 사무실로 들어온 우혁은 피곤에 지친 몸을 소파에 누였다. 편안하게 누워 연이은 한숨만 내쉬는 모습과는 달리 그의 머리는 바쁘게 움직이고 있었다.

"일주일."

그에게 주어진 시간은 일주일이었다. 몸을 일으킨 우혁은 슈트의 재킷을 벗고 넥타이를 거칠게 풀며 작업실 옆에 있는 그의 방 안으로 들어갔다. 작업을 하다 보면 이곳에서 밤을 새울 때가 많아 아예 그의 잠자리를 준비해 두었다.

그는 자신의 침대 위에 슈트를 벗어놓고는 작업복으로 옷을 갈아입었다. 낡은 면티에 청바지를 입은 그는 작업용 앞치마를 두르고 작업대 앞에 앉았다.

서비스판 위에 펼쳐져 있는 블루 티어스를 그는 말없이 들여다보았다. 아마도 일주일 동안은 이 공간에서 나가지 못할 것 같았다. 처리할 일이 태산인데 우혁은 걱정이었다.

우혁은 조심스럽게 블루 티어스를 핀셋을 써가며 살피기 시작했다. 힘겨운 작업이 시작되는 순간이었다.

2

둘째 날부터 해인은 눈치껏 김 회장이 셔터를 여는 시간에 맞추어 출근을 하기 시작했다. 첫날은 청소만 하루 종일 했고 둘째 날인 오늘도 청소만 하다가 갈 것 같았다.

그렇게 시간을 낭비할 수는 없었지만 지금 그녀가 할 수 있는건 아무것도 없었다. 입사한 지 하루밖에 안 된 해인은 그저 청소만이 살길인 것 같았다. 기회를 봐서 지 매니저에게 물어봐야 할것 같았다.

멀리서 김 회장이 오고 있었다. 작은 키에 패딩 점퍼 차림의 그는 어디를 봐도 화려한 직업인 귀금속에 어울리는 것 같지는 않았다.

"안녕하십니까?"

"그래."

김 회장은 무뚝뚝하신 분 같았다. 해인과는 눈도 마주치려 하지 않았고 심지어는 그녀가 말을 하지 않으면 말을 걸지도 않았다. 어제와 같이 셔터가 열리자 해인은 김 회장의 뒤를 쪼르르 쫓아 들어가 빗자루부터 들었다. 오늘은 추운 날씨를 대비해서 장갑까지 준비를 해온 해인이었다.

"내일부터는 9시에 나와."

뜬금없는 회장의 말에 해인은 당황해서 그를 보았다.

"네?"

"일찍 오지 말라고. 신경 쓰이니까."

"네."

회장의 말에 이렇게 대답은 했지만 해인은 아마 내일도 일찍 나올 것이다. 그래야 마음이 편했다. 일찍 일어나는 새가 먹이도 빨리 구한다고 하지 않았던가. 일찍 나오면 분명 뭔가를 하나라도 더 배울 수 있을 것이다.

하지만 누구 하나 그녀에게 청소 이외의 무언가를 가르쳐 주는 사람이 없었다. 출근을 하자마자 가게 앞을 쓸고 밖의 유리창을 물걸레질로 깨끗이 닦고 유리 진열장을 닦고 나니 선배들이 금고에서 보석을 꺼내 유리 진열장 안으로 정리를 하고 있었다. 흰색 장갑을 끼고 보석을 진열하는 모습이 굉장히 엄숙해 보였다. 뭔가

경건한 일을 하는 것 같았다.

막내인 그녀와 성훈은 청소가 끝이 나자 선배들이 진열을 끝내고 마실 모닝커피를 준비했다. 이렇게 하려고 이곳에 온 건 아니지만 어딜 가나 수습기간이 있기 때문에 해인은 둘째 날인 오늘도 꾹 참고 일했다.

해인은 보석 디자이너로서 빨리 성공하고 싶었다. 남들보다 빠른 성장을 한다면 그만큼 돈을 많이 벌 것이고 그러면 지긋지긋한 가난에서도 벗어날 수 있을 것이라 생각했다. 물론 보석 디자이너로서의 욕심도 있었다.

"박 선배, 선배는 여기 온 지 얼마나 됐어요?"

"1년."

그가 커피를 타면서 단답형으로 대답했다.

"그럼 전공은요?"

"보석 디자인."

"그럼 어디 나왔어요?"

"한남대."

한남대는 4년제로 보석 디자인으로는 최고인 대학이었다. 해인은 명함도 못 내미는 곳이었다. 그런데 그런 대학을 나온 그가 여기서 청소와 커피 심부름이나 하고 있었다.

"그럼 여기 계시는 분들이 다 한남대 출신이세요?"

"아니."

"그럼요?"

"여기 총괄 매니저이신 지수한 매니저님은 중학교 졸업하시고 여기 공장에서부터 일하신 분이고, 최영수 부장님은 한남대 출신이시고, 황민우 대리님도 한남대 출신이고, 조영철 선배는 영일대 출신이고, 김현호 선배는 한국대 출신이야."

"한국대요?"

한국대는 우리나라 최고의 대학이었다.

"거기 다니다가 지금은 휴학 중. 아마 그만둘 것 같아."

"한국대를요?"

"응, 거기 법학과 출신인데 사시 준비하기 싫대. 장사가 더 마음에 든다고 하더라고."

"와~"

대단한 스펙을 가진 사람들이었다. 매니저는 좀 의외이긴 하지만 말이다.

"여기 회장님은 초등학교만 졸업하시고 이곳 디아망을 만드신 분이야."

"대단하신데요."

"더 대단한 사람이 있지. 바로 이곳의 대표이신 김우혁 디자이너님이시지."

김우혁이 이곳의 대표인 줄은 꿈에도 상상하지 못했었다. 김우혁의 프로필에 디아망의 대표라는 얘기는 없었다. 디아망의 회장이 김만석으로 되어 있어서 대표라는 직함을 아버지 때문에 넣지 않은 모양이었다.

왜 유 교수가 이곳을 반대했는지 어제 김우혁을 보고는 알게 되었다. 유 교수는 자신이 제자의 작품을 가로챘다는걸 김 대표가 모르게 하려는 심산인 것이었다.

"이태리의 대표적인 보석학교 수석 졸업에 세계적인 보석 기업인 까르망의 최연소 수석 디자이너에 최연소 명장인 대표님을 따를 자가 없지."

성훈은 마치 자신의 일인 듯 자랑스러워했다.

"그리고 우리 디아망의 마스코트이신 송유빈 디자이너님도 계시고."

"송유빈 디자이너님이요?"

"송 디자이너님은 모든 섹시함을 집결해 놓은 분이시지. 어찌나 바람직한 몸매를 가지고 계시는지. 아주 끝내줘. 거기다가 옷도 얼마나 모범적으로 입으시는지 눈을 뗄 수가 없지."

"그럼 2층에 계신 거예요?"

"원래 3층에 계셔. 거기는 완전히 독립된 공간이고 가끔 손님들이 오시면 내려오시지. 그날은 계 탄 날이야."

해인은 송 디자이너가 궁금했다. 얼마나 대단한 사람이기에 김 대표처럼 다른 층을 쓰는 것일까. 김 대표보다는 못 하지만 그래도 이름이 있는 디자이너 같았다.

"거긴 주로 은제품을 하는데 곧 런칭을 할 거라서 유럽으로 시장 조사를 나가셨어. 나중에 김 대표님과 결혼할 거라는 소문이 파다하지."

커피를 타는 잠깐의 시간 동안 해인은 여기 사람들의 대부분의 이력을 들을 수가 있었다.

"성훈아."

최 부장이 커피가 다 타졌는지 묻고 있었다.

"갑니다."

커피를 모두 한잔씩 마신 후에 오전 조회가 시작되었다.

"오늘 주문품들은 다 체크가 됐나?"

"네."

지 매니저의 물음에 최 부장이 대답했다.

"검정 바지에 흰색 셔츠다 보니 와이셔츠의 위생 상태가 금방 드러나. 다들 점심 먹고 다시 한 번 와이셔츠의 상태를 살펴보도록."

"네."

모두가 한목소리로 답을 하니 꼭 군대에 있는 느낌이었다.

"그리고 가장 중요한 사항이 있다. 지금부터 일주일 동안 2층 대표님의 작업실은 누구도 출입을 할 수 없다. 대표님께 전달할 사항이 있으면 나에게 말하도록."

"네."

"오늘은 전달 사항이 많지 않으니 조회는 이것으로 마치겠다."

모두가 각자의 자리로 돌아갔다. 하지만 해인은 굳은 결심을 하고 지 매니저의 뒤를 따랐다.

"매니저님."

그가 고개를 돌려 해인을 보았다.

"저는 무엇을 해야 합니까?"

"……."

"저는 디자인을 배우러 이곳에 왔습니다. 계속 청소만 해야 하는 건지 알 수가 없어서요."

그가 해인을 데리고 자신의 자리로 갔다.

"면접 때 뭐라고 했지?"

"네?"

그는 그녀의 면접관이었다.

"최고의 보석 디자이너가 되고 싶다고 말했습니다."

"그전에."

"그전에는 사람들의 마음을 움직이는 보석 디자인을 하고 싶다고 했습니다."

"그전에."

해인은 면접 당일 상황을 생각했다. 너무나 떨리고 너무 많은 경쟁자들 때문에 자신은 떨어질 거라고 생각해서 면접을 보는 순간에는 아예 마음을 놓아버린 그녀였다. 그래서 편하게 면접을 볼 수가 있었다.

"돈이 절실하게 필요하고 지금은 꼭 일자리가 필요하다고 했습니다. 그런 후에 최고의 보석 디자이너가 디아망에서 나올 수 있게 환골탈태하는 노력하겠다고 했습니다."

"환골탈태가 무슨 뜻이지?"

"뼈를 바꾸고 태를 빼낸다는 뜻입니다."

"그럼, 시키는 대로 해야 한다고 생각하지 않나?"

해인은 아무 말도 할 수가 없었다. 그냥 막연히 디자이너의 꿈을 가지고 이곳에 들어온 자신이 부끄러웠다.

"마음을 사로잡는 디자인을 하려면 고객의 취향을 파악해야만 한다. 그냥 그림을 잘 그리는 걸로는 부족해. 고객의 취향을 파악하고 그들의 입장에서 그릴 줄 알아야 하지. 그렇게 되기 위해선 사람의 마음을 읽을 줄 알아야 한다."

지금 지 매니저의 눈은 상당히 매서웠다.

"온 지 하루도 지나지 않아서 청소하고 심부름하는 거에서 아무것도 배울 게 없다고 느낀다면 짐을 싸서 나가도 좋다."

"죄송합니다."

"우리는 장사를 하는 게 아니라 아름다움을 전달하는 것이다. 여자가 태어나서 가장 행복하고 아름다운 순간에 우리가 함께하는 것이다. 그걸 망치는 건 내가 용서 못 한다."

"열심히 하겠습니다. 죄송합니다."

해인은 그의 말에서 많은 것을 느낄 수 있었다. 이곳의 선배들은 모두가 엄격한 교육을 받고 지금의 자리에 오른 것이었다.

"이것부터 외워."

그가 무언가 적힌 종이를 해인에게 주었다.

"이건……."

"금의 중량이다. 이곳의 모든 보석과 금은 그램으로 표기가 되어 있다. 그걸 외우면 굳이 계산을 하지 않아도 손님들에게 편하게 말해줄 수 있으니까 이것부터 외우도록."

해인은 종이를 받아 들고는 성훈의 옆으로 왔다. 성훈은 해인이 지 매니저에게 겁도 없이 가는 걸 보고는 깜짝 놀랐었다.

"모르는 게 있으면 나한테 물어보지."

"죄송합니다."

"뭐라셔?"

"이걸 주셨어요."

이번에는 더욱더 놀란 표정의 성훈이었다.

"이걸 벌써 받았어? 난 이거 받은 게 6개월이 지나서였는데……."

그의 얼굴에 서운함이 묻어났다.

"이거 중요한 거예요?"

"응, 1돈이 3.75g인데 손님들은 돈수로 알고 있지만 지금은 그램으로 표기하게 되어 있어서 혹시 손님이 물어보면 돈수로 답해야 하니까 알아둬야지."

종이에는 0.5돈부터 시작해서 100돈까지 숫자들이 빼곡하게
적혀 있었다.

"바로 계산이 나올 수 있도록 달달 외워. 가끔 지나시다가 물으
시거든. 그리고 영업 중에는 선배들이 하는 걸 보고 그건 집에서
외워."

"네."

해인은 종이를 접어서 주머니에 넣었다. 어설픈 실력만 믿고 금
방 디자이너가 될 줄 알았는데 디자이너가 되려면 미술 시간에 데
생을 배우듯이 처음부터 다시 시작을 해야 할 것 같았다.

해인의 뒷모습을 바라보며 수한은 미소를 머금었다. 참 당찬 녀
석이었다. 김 회장이 왜 그렇게 해인을 디아망으로 데려오려 했는
지를 알 것 같았다.

수한은 총괄 매니저로서 낙하산은 반대했었다. 김 회장의 말에
반대를 표시한 건 몇십 년 동안 손가락으로 셀 정도로 드문 일이
었다. 미꾸라지 한 마리가 물을 흐리게 놔둘 수는 없었다.

분명히 그들에게는 선배가 있었고 선배의 체면을 세워주어야
매장의 체계가 잡힌다고 믿는 그였다. 그는 그렇게 선배들에게 배
워왔고 자신도 매니저로서 직원들의 규율을 잡아야 한다고 생각
했다.

그리고 여자직원은 이상하게 김 대표와는 맞지가 않았다. 괜히 그가 싫어하는 일을 굳이 하고 싶지 않은 것도 사실이었다. 그래서 해인과 함께 다른 남자직원을 한 명 더 뽑기로 김 회장과 합의를 본 수한은 신입사원면접을 보게 되었다.

생각보다 많은 사람들이 몰렸고 해인은 그중에서도 단연 튀는 포트폴리오로 수한을 놀라게 했다. 해인의 놀라운 디자인 실력에 감탄을 한 수한은 뽑으려고 했던 남자직원도 뽑지 않고 해인만을 합격시켰다.

수한은 솔직히 많이 배운 사람이 아니라서 그런지 대학을 나온 후배들에 대한 안 좋은 선입견이 있었다. 그들은 자신들이 아는 것을 손님들에게 다 설명을 하다 보니 손님들을 오히려 헷갈리게 해서 진상을 만들어 버리는 경우가 많았다.

지금 같이 일을 하는 친구들도 초반에는 다 그랬다. 많이 알수록 그런 경우는 더 심했다. 장사는 지식을 파는 게 아니라는 걸 그들이 깨우치는 데는 시간이 걸렸다.

요즘은 인터넷을 통해 지식을 습득하고 온 손님과 싸우는 직원들도 있었다. 왜냐면 그들은 자신들이 배운 지식에 대한 자부심이 있기 때문이었다. 하지만 장사꾼은 그게 아니더라도 손님의 말을 경청해 주어야 하는 의무가 있었다.

어떠한 경우에서도 손님의 위에 있어서는 안 되는 것이었다. 그런 의미로 해인은 아직 두고 봐야 하겠지만 김 회장님은 해인을 자신과 같은 매니저로 키우는 것보다 김 대표와 같은 세공과 디자인이 같이 되는 전천후 디자이너로 만들고 싶어 하는 것 같았다.

장사를 오래하다 보니 수한은 반 관상가가 다 되어갔다. 해인을 본 게 얼마 되지는 않았지만 얌전한 그녀의 뒤에는 강한 카리스마가 있다는 게 그의 판단이었다. 뭘 해도 다 될 그런 상이었다.

오늘 해인이 와서 자신은 왜 청소만 하느냐고 따질 때 그는 뽑기를 잘했다는 생각을 다시 한 번 했다. 월급은 그냥 받는 것이 아니었다. 일하고자 하는 의지가 있어 보여서 그는 마음에 들었다.

김 회장은 그에게 우선은 손님들을 대하는 경험이 없으니 접객하는 법부터 가르치라고 신신당부를 하셨다. 빠른 시일 내에 저 원석을 다듬어보고 싶었다. 다 다듬었을 때 그 속에서 다이아가 나올지 루비가 나올지 사파이어가 나올지 참 궁금한 수한이었다.

"젠장!"

벌써 열 번째 땜을 때우고 있었지만 쉽게 붙지 않고 있는 블루 티어스였다. 소실된 부분까지 만들어서 연결하려면 시간이 그렇게 길지 않았다. 어젯밤부터 날이 훤하게 밝아오는 지금까지 그는 잠 한숨을 못 자고 목걸이와 사투 중이었다.

답답한 마음에 그는 담배를 물고는 창가로 갔다. 명동의 아침은 언제나 한가했다. 상업지구다 보니 10시가 넘어야 사람들로 북적이지 지금처럼 이른 아침은 휑하다 싶을 정도로 이곳은 한가했다.

아직 문이 열리지 않은 상가 건물 사이로 태양이 걸려 있었다. 하루 종일 작업실에 있는 날은 햇빛을 보기도 힘들었다. 우혁은 담배를 입에 물고 기지개를 켜다가 창밖에 낯선 풍경을 보았다. 매일 아침 바닥을 쓰는 건 막내 성훈이었는데 오늘은 신입 여직원이 가게 앞을 쓸고 있었다.

지난번에는 그냥 스치듯이 본 게 다였지만 이상하게 신경이 쓰이는 여자였다. 언제 본 것 같기는 한데 도통 기억이 나질 않았다.

"신입사원이라······."

그는 담배 연기를 내뿜으며 열심히 바닥을 쓸고 있는 여직원을 보았다. 여자치고는 큰 키에 검은색 정장을 입어서 그런지 크고 날씬해 보였다. 마치 정장 모델처럼 여직원은 늘씬한 몸매의 소유자였다.

출근하는 고참들에게 거의 구십도로 인사를 하는 여직원의 모습을 우혁은 말없이 보았다. 답답했다. 분명히 어디선가 본 얼굴이었다. 다음에 기회가 된다면 물어봐야겠다.

우혁은 담배를 입에 물고는 다시 작업대에 앉았다. 연결 부위는 나중으로 미루고 그는 소실된 부분을 만들기 시작했다. 합금의 차이 때문에 땜이 될지가 미지수이기는 했지만 그는 열심히 5부 크기의 청다이아를 1부 크기의 청다이아 열 개가 감싸고 있는 꽃모양을 만들기 시작했다.

잠을 한숨도 자지 못해 눈이 뻑뻑했다. 일단 난집을 만들기 위해 그는 금을 얇게 펴기 시작했다.

탕탕탕!

망치로 통나무 위에 금을 내려치기 시작했다. 그의 팔에 힘이 들어가며 노동으로 인해 생긴 잔근육들이 그의 구릿빛 피부와 어울려 남성미를 뽐내고 있었다. 그에게 운동은 따로 필요가 없었다. 이렇게 금을 두드리고 얇게 펴는 작업을 통해 그는 대장장이처럼 강한 몸을 가질 수가 있었다.

똑똑.

얼마나 시간이 지났을까, 누군가 그의 작업실 문을 두드렸다.

"뭐야!"

신경이 예민해진 그가 소리를 질렀다.

"우혁 씨!"

현지였다. 추운 겨울인데도 초미니 원피스의 현지는 거의 벗은 몸이나 마찬가지였다. 시간을 보니 1시가 넘어 있었다. 그는 아침 8시부터 다섯 시간에 가깝게 일에만 집중을 하고 있었다. 그의 이런 작업 흐름을 끊는 건 그 누구도 용서가 되지 않았다.

"죄송합니다."

아침에 보았던 여직원이 현지를 끌어내려 하고 있었다.

"이거 안 놔!"

"지금 중요한 작업 중이십니다. 일하시는 거 확인하셨으면 이만 내려가 주십시오."

성훈은 현지 옆에서 어쩔 줄을 모르고 있는데 여직원은 아주 당차게 말을 하고 있었다.

"뭐? 어디서 점원 주제에 훈계야!"

짝!

순식간에 일어난 일이었다. 우혁은 자신도 모르게 빠르게 달려가 여직원을 자신의 뒤로 숨겼다.

"괜찮나?"

"……."

여직원은 놀랐는지 아무런 말을 못 하고 자신의 뺨에 손을 대고 있었다.

"나에게 볼일이 있나?"

인상이 험악해진 우혁은 현지를 향해 물었다.

"연락을 해야 사람이 걱정이란 걸 안 하죠."

현지는 방금 전에 여직원의 뺨을 때린 건 아무렇지도 않다는 듯이 그에게 애교 섞인 목소리로 말했다.

"이게 지금 걱정하는 사람이 하는 짓이야!"

우혁의 목소리가 커지자 현지가 움찔했지만 여전히 목은 빳빳이 들고 있었다. 뭘 잘못했는지 전혀 모르는 것 같았다.

"우혁 씨."

현지는 억울하다는 듯이 눈에 눈물이 그렁그렁해서 불쌍한 표정으로 그를 쳐다보았다. 확실히 연기력 하나는 끝내주는 여자였다.

"이만하면 됐으니까 꺼져."

"뭐라고요? 지금 이 사람들 앞에서 망신 주는 거예요?"

"더 크게 망신당하지 않으려면 나가는 게 좋을 거야."

"우혁 씨, 어떻게 나한테 이럴 수가 있죠?"

현지의 말에 웃음이 터질 뻔한 우혁이었다. 아무런 관계도 아닌 여자와 이런 식의 얘기를 해야 하는 이 상황이 그를 화나게 하고 있었다.

"내가 그럼 어떻게 해야 하나? 침대에서 한번 즐거웠으면 그걸로 끝내. 현지하고는 더 이상 얽히고 싶지 않아."

"뭐요?"

"한번 즐겼으면 쿨하게 굴 줄도 알아야지. 이렇게 하면 어떤 놈이 붙어 있겠어. 당장 꺼지는 게 좋을 거야. 내 입에서 더 험한 말이 나오기 전에."

우혁의 입에서 차가운 말들이 쏟아져 나오고 있었다. 옆에 있는 해인이 얼어버릴 정도로 말이다.

"나가시죠."

성훈이 현지의 팔을 잡아끌어 냈다.

"이거 안 놔?"

현지는 정말로 막무가내였다. 하룻밤 잠자리에 이처럼 목숨 걸고 덤비는 여자는 처음이었다. 그것도 우리나라의 톱스타라는 여자가 말이다.

"이만하면 됐으니까 끌어내."

성훈이 현지를 거의 안아 들다시피 하고는 데리고 나갔다. 성훈과 현지가 사라지자 우혁은 자신이 아직도 여직원의 손목을 잡고 있음을 알았다. 여직원은 고개를 숙이고 울고 있었다.

"괜찮나?"

"……."

그가 여직원의 얼굴을 손으로 들어 올렸다. 얼굴에 선명하게 현지의 손자국이 찍혀 있었다.

"괜찮을 리가 없겠군."

그가 여직원의 손을 놓고는 냉장고에서 얼음을 꺼내 비닐에 넣은 다음 수건으로 감싸 건넸다.

"얼굴에 대고 있으면 좀 나아질 거야."

여직원은 그가 만들어준 아이스 팩을 받아 얼굴에 가져다 댔다. 우혁은 자신 때문에 낭패를 당한 여직원이 신경이 쓰였다.

"괜찮나?"

"네, 조용히 해결했어야 하는데 너무 부산스럽게 끝이 나버렸습니다."

꽤 어른스럽게 말을 하는 여직원을 우혁은 신기하게 바라봤다.

"이름이 뭐지?"

"정해인입니다."

"몇 살인가?"

"스물셋입니다."

생각보다 많이 어린 아가씨였다. 보기에는 굉장히 성숙한 느낌인데 나이는 너무 어렸다.

"그만 일어나 보겠습니다. 지 매니저님이 그러시는데 대표님이 아주 중요한 일을 하신다고 들었습니다. 방해하면 안 된다고."

지 매니저는 언제나 필요 이상으로 그를 신경 써주었다.

"방해는 이미 한 것 같군."

우혁은 자신의 작업대에 시선이 고정된 해인을 가만히 바라보았다. 마치 뭔가에 홀린 듯이 그의 작업대를 쳐다보는 해인의 눈빛에 우혁이 사로잡혔다.

"블루 티어스?"

좀 전까지 울던 그녀는 언제 울었냐는 듯이 마치 아이가 가지고 싶던 장난감을 바라보는 눈으로 블루 티어스를 보았다.

"블루 티어스를 아나?"

웬만한 관심을 가지지 않고서는 한눈에 알아보기는 힘든 아주 귀한 목걸이가 블루 티어스였다.

그의 말도 들리지 않는 것처럼 블루 티어스를 바라보는 해인이었다. 그 눈이 어찌나 반짝이는지 해인이 이 귀한 목걸이의 진가를 알아보는 사람임을 우혁은 알 수가 있었다.

"진짜가 여기에 있었네요."

"뭐?"

"지난번에 국립박물관의 러시아 대전에 갔다가 모조품이 전시되어 있는 걸 보고 완전 실망했었거든요."

전문가들도 가까이서 봐야만 알 수 있는 가장 흡사한 모조 작품이었다.

"왜 그게 가짜라고 생각했지?"

우혁은 궁금한 생각이 들어 해인에게 물었다. 그냥 넘겨짚은 것일 수도 있기 때문이었다.

"글쎄요, 다른 사람들은 어떻게 봤을지 모르겠지만 제 눈에는 가짜로 보였어요."

"왜지?"

진짜를 구분할 줄 아는지는 아직 모르겠지만 점점 더 자신을 궁금하게 만드는 재주가 있는 여자임은 인정할 수밖에 없었다.

"굉장히 잘 만들어진 모조품이지만 진품과 다른 점이 있어요."

"너무 새것처럼 보이나? 세월의 흔적이 묻어 있지 않아?"

우혁은 자신도 모르게 새것임을 말하고 있었다.

"아니오."

지금 우혁의 눈은 해인에게 고정되어 있었다.

"그럼 뭐지?"

"사진으로 봤던 블루 티어스는 300년 전에 만들어진 목걸이로 당시의 공법으로는 때우는 기술이 없어서 모두 섬세하게 영자 고리로 연결이 되어 있지 때워져 있지가 않거든요. 그리고 은에 부식을 시켜서 세월의 흔적을 내는 것까지는 좋았는데 청다이아가 아닌 합성알이라서 전문가들이라면 알아볼 수 있을 거예요. 하지만 일반 관람객들이라면 잘 모를 거예요."

연결 부위를 때우려고만 생각했지 그게 하나씩 정교하게 고리 형식으로 걸려 있다는 걸 생각하지 못한 그였다. 그는 빠르게 블루 티어스로 가서 루페로 연결 부위를 확인했다. 진짜로 때워져 있지 않았다.

"가까이서 봐도 되나요?"

혼날 걸 각오하고 묻는 표정이었다. 중요한 정보를 준 그녀에게 이 정도의 호의는 베풀 수 있었다.

"가까이 보는 건 괜찮지만 오늘 해인이가 본 블루 티어스는 다른 사람들이 알아서는 안 돼."

해인의 눈은 이미 블루 티어스에 가 있었다.

"절대 비밀이야."

"네."

"어디 학교를 나왔지?"

"인성대학이요."

블루 티어스만 바라보며 그녀가 답했다.

"인성대라면 유 교수를 아나?"

"제 담당 교수님이셨어요. 아주 인연이 깊죠."

여전히 해인은 블루 티어스만을 보고 있었다.

"다이아에서 불이 나오는 것 같아요."

청다이아의 특성상 푸른 불이 뿜어져 나오는 반사광의 형태를 띠고 있는데 해인은 이것에 감동한 눈치였다.

"아주 실력 있는 교수님이지. 그분의 작품에 감명 받아서 한 번 학교로 뵈러 간 적도 있지."

"그날 저도 대표님 봤어요. 1년 전에."

"그래?"

"네."

이제야 그녀가 기억이 난 우혁이었다.

"그때, 실수했던 친구군."

"네, 그때도 저 팔을 잡아주시며 괜찮냐고 물으셨죠."

해인의 얼굴이 부끄러운 듯 발그레해졌다.

"맞아."

그래, 이 정도의 미인을 기억 못 할 리가 없었다.

똑똑!

"대표님, 소란스럽게 만들어서 죄송합니다. 미리 차단했어야 하는데 모두들 고객 응대 중이어서 막내들이 막다 보니 실수가 있었습니다."

지 매니저가 들어오자마자 정중하게 사과를 했다.

"아닙니다. 그리고 정해인 씨에게 물어볼 게 있어서 잠깐 이야

기를 나눴습니다. 현지를 막다가 안 좋은 일을 겪었으니 너무 야
단치지는 마세요."

"네."

"이만 나가보겠습니다."

해인이 매니저와 나가자 그는 다시 작업대에 앉아서 해인이 말
한 부분을 다시 살펴보았다. 정말로 해인의 말처럼 모두 다 때워
지지 않은 고리로 정교하게 연결이 되어 있었다.

"왜 이걸 몰랐을까?"

우혁은 자신이 얼마나 그동안 작업을 하면서 오만했는지 뼈저
리게 느끼고 있었다. 다행히 작업 시간은 일주일이 걸리지 않을
것 같았다. 소실된 부분만 만들어서 연결하기만 하면 되는 것이었
다.

하루라도 빨리 진품을 박물관의 전시실로 보내야지 다른 사람
들이 알고 이의를 제기하면 곤란했다. 그는 다시 정신없이 작업에
몰두하기 시작했다.

퇴근 후 오늘따라 걸음이 가벼운 해인이었다. 톱스타인 현지에
게 사정없이 뺨을 맞기는 했지만 기분이 이상하게 나쁘지 않았다.
디아망의 대표인 김우혁이 그녀를 기억하고 있었다. 지나간 일이
라고 생각하고 잊고 있었는데 그런 거물이 이름 없는 일반 학생을
기억해 준다는 게 굉장히 감동적이었다.

유 교수 얘기가 나왔을 때는 자기도 모르게 '그 반지 내가 만든 거예요.'라고 말할 뻔했었다. 다 지나간 일이지만 조금은 억울한 부분도 있어서 그 생각이 먼저 난 것 같았다. 언젠가 말할 기회가 주어진다면 꼭 그 반지는 정해인이 만든 거라고 말하고 싶었다.

미아리 언덕의 중간쯤에 위치한 그녀의 집은 다세대 가구였다. 주인집이 마당을 사이에 두고 있었고 방 하나와 부엌이 달린 다섯 집들이 기역자 형태를 이루고 있었다. 화장실도 밖에 공동으로 있었다.

그런 구조에 그녀의 집은 가장 끝집이었다. 그곳에 방을 얻은 건 안 쓰는 땅에 조그만 작업실을 짓기 위해서였다. 비닐 천막으로 된 작업실에는 미싱 한 대가 전부였다. 아빠가 돌아가시기 전에 엄마에게 지어준 작은 천막 작업실이었다.

어느 정도 물건이 만들어지면 엄마가 도매상으로 납품을 하고 얼마간의 돈을 받아서 엄마가 필요한 데 쓰곤 했다. 부지런한 분이었지만 돈은 모이지 않고 빚만 늘 뿐이었다.

"아줌마, 월세가 세 달이나 밀렸어요."

"죄송합니다."

집에 들어서자마자 엄마와 주인집 아주머니의 대화가 들렸다. 해인은 대문 밖에 서서 들어가지도 못 하고 있었다. 집에 오기 전까지는 기분이 아주 좋았는데 지금은 완전히 다운되었다.

"누나, 뭐 해?"

동생이 문 앞의 해인을 보며 물었다. 해인은 검지손가락으로 입술을 막고는 동생을 데리고 밖으로 나갔다.

"추운데 집에 들어가자."

아무것도 모르는 동생이 그녀의 팔을 잡고 집으로 들어가려 했다.

"누나가 맥주 한잔 사줄까?"

"웬일로?"

동생의 팔짱을 낀 해인이 웃으며 동생을 데리고 근처의 치킨 집으로 들어갔다.

"저희 매운 양념치킨에 500cc 두 잔 주세요."

해인이 이렇게 주문을 하고 동생을 바라보았다. 계속 아기일 줄 알았는데 동생은 이제 남자의 향기를 뿜어내고 있었다. 대학은 포기했지만 그래도 고등학교는 졸업했으니 다행이었다.

"무슨 일이야?"

"그냥."

"그냥 아닌데."

동생은 잘생긴 얼굴에 덩치가 좋아서 여자들이 많이 따르는 스타일이었다.

"민호야, 직장은 괜찮아?"

"응, 다들 잘해주셔."

민호는 공고를 나와서 자동차 정비소에 다니고 있었다.

"힘들면 판매 쪽으로 나가보는 건 어때? 양복이나 구두 같은 거."

"누나, 난 닭살스러운 거 못 해."

동생은 무뚝뚝한 성격에 상남자였다. 엄마가 매번 동생의 돈을 가져가는 게 안타까운 해인이었다. 아까의 장면을 봤다면 또 주머니에 있는 십 원짜리까지 엄마에게 내어놓을 동생이었다.

"이번 달에 엄마 생활비 줬어?"

"응, 30만 원 드렸어. 누나는?"

"나도 드렸어."

엄마는 해인과 민호가 주는 60만 원의 생활비에서 집세 30만 원을 내고 자신이 조금씩 버는 돈으로 생활비를 해나가면 될 텐데 물어보지 않아도 돈은 모두 교회로 들어가는 게 분명했다. 솔직히 그 돈에서 십일조와 감사헌금을 떼고 나면 남는 돈도 없었다.

하지만 엄마는 교회가 먼저인 분이었다. 집세를 달라고 하는 주인집 아주머니에게 악마가 씌어 엄마를 괴롭힌다고 생각하는 분이었다. 엄마가 사악한 사람은 아니지만 확실히 생각하는 게 보통 사람과는 달랐다.

"민호야, 누나는 독립을 할 생각이야."

"뭐?"

민호의 눈이 놀라 커다래졌다.

"누나 생각은 너하고 내가 같이 살았으면 싶은데 넌 어때?"

"나는 상관없지만 엄마가 가만있을까?"

동생이 걱정 어린 얼굴로 쳐다봤다.

"가난은 대물림이라고 그랬어. 엄마와 같이 있다가는 우리 모두 계속 가난하게 살게 될 거야."

"일단은 알았어."

"나도 급하게 나갈 건 아니니까 잘 생각해 봐."

맥주를 한잔 마시고 집으로 들어가자 엄마가 기다렸다는 듯이 밥상을 차려 들어왔다.

"엄마, 우리 이 앞에서 만나서 떡볶이 먹고 왔어."

엄마 앞에서 술을 마셨다고 말하는 건 바로 회개에 들어가야 하는 수순이었기 때문에 해인은 얼른 둘러댔다.

"그래? 해인아, 엄마가 급해서 그러는데 30만 원만 빌릴 수 없을까?"

"엄마, 내가 생활비를 준 게 일주일이 안 지났어."

"아는데, 엄마가 진짜 급해서 그래."

해인은 클렌징 폼을 들고는 부엌으로 나갔다. 욕실이 따로 없는 집은 부엌 바닥에 세숫대야를 놓고 씻어야만 했다.

엄마가 따라 나오지 않고 민호를 들들 볶고 있었다.

"민호야, 엄마가 진짜 이번에는 주인집 아줌마한테 볶여서 못살겠다. 30만 원만 좀 빌려줘."

"……."

"너까지 네 누나처럼 그러면 엄마가 어떻게 살아."

"……."

"내일까지 엄마 30만 원만 구해줘."

월급 160만 원에 엄마 생활비 주고 그녀에게 50만 원씩 적금 넣을 돈까지 보내고 나면 동생은 교통비와 식비도 부족했다.

"엄마! 제발 좀!"

해인은 부엌에서 얼굴을 씻다가 말고 소리를 쳤다. 답답해서 죽을 지경이었다. 얼굴을 닦으며 해인은 눈물도 물로 씻어 내렸다.

이런 생활을 벗어날 수만 있다면 해인은 영혼이라도 팔고 싶은 기분이었다.

오늘 해인에게 들은 말 때문에 그의 복구 작업에 진전이 있었다. 늦은 밤이 된 지도 모르고 우혁은 블루디어스의 작업에 몰두했다. 이건 다 해인이 덕분이었다.

"살다 보니 내가 남의 도움을 다 받는군."

우혁은 이렇게 혼잣말을 하며 청다이아를 물릴 난집을 만드는 데 정신을 집중했다.

윙~

아까부터 울려대는 핸드폰도 무시하고 있었는데 지금은 1분 간격으로 울리고 있었다.

"여보세요?"

[왜 그렇게 전화를 안 받아요?]

현지였다.

[저 지금 디아망 앞에 와 있어요.]

"왜 온 거지?"

[당신에게 할 말이 있어요.]

"우리가 할 얘기가 있는 사이인가?"

[네, 중요한 일이에요.]

귀찮아진 우혁은 신경질적으로 말했다.

[잠깐만 시간을 내줘요. 5분이면 돼요. 귀찮게 안 해요.]

"돌아가."

[당신이 나보다 더 귀찮아질 기삿거리를 내가 알고 있어요.]

"협박하는 건가?"

[좋을 대로 생각해요.]

"기다려."

자신이 내려가지 않는다면 계속해서 전화를 하거나 문을 부수고 들어올 여자였다. 그냥 내려가는 게 빨리 끝날 것 같았다.

그녀의 밴이 정말로 디아망 앞에 서 있었다. 10시가 넘으면 이 골목으로는 사람이 다니지 않아 다행이지, 누구라도 연예인의 밴임을 알아볼 수 있는 차였다.

그가 나가자 밴의 문이 열렸다. 우혁은 작업복을 입은 그대로 그녀의 밴에 올랐다.

"오빠 잠깐만."

매니저가 차에서 내리자 현지가 그의 옆에 와서 앉았다.

"아까 화 많이 났어요?"

그의 팔에 끼워진 현지의 팔을 빼내며 그가 말했다.

"뭐가 그렇게 급해요?"

"지금 바빠. 이럴 시간이 없다고. 그리고 앞으로 한 번만 더 내 앞에 나타나면 그때는 진짜 가만히 두지 않겠어."

"왜 기사라도 내게요? 난 스캔들 메이커라 이제 내 스캔들은 식상한 얘기예요. 기사가 나려면 블루 티어스 정도는 돼야죠."

"……"

현지가 알고 있었다.

"너무 놀란 표정 하지 말아요. 국가가 국민을 상대로 가짜 목걸이를 전시하면서 사기 치는 거니까 당신은 상관이 없는 일이죠. 아니다. 같은 공범인가? 돈 받고 하는 일이니까 그런 윤리적인 면은 안중에도 없으신가요? 김우혁 디자이너님?"

"뭘 원하는 거야?"

"당신."

"뭐?"

현지가 다시 그의 팔에 자신의 팔을 끼웠다.

"당신도 좋고 나도 좋고. 어때요?"

"난 상관없어. 알아서 해."

"아닐 텐데, 들키면 세무조사를 받을 거라고 들었는데 아닌가?"

"도대체 어디서 무슨 소리를 들은 거야?"

현지가 그의 어깨에 작은 머리를 기댔다.

"당신이 알다시피 나야 여기저기서 부르는 스타잖아요. 정치인들과 같이 술도 마시고 경제계 인사들과도 그렇고 뭐 여기저기서 우연치 않게 듣는 얘기가 많죠. 대부분은 그냥 넘기지만 나도 내가 필요한 일은 기억이란 곳에 담아두죠. 그리고 이렇게 요긴하게도 쓰고요."

우혁은 현지의 이런 자신만만함에 이끌렸던 아주 찰나의 시간을 후회했다.

"머리가 나쁘군."

"뭐라고요?"

"비장의 카드는 본인만 쥐고 있을 때 쓰는 거지. 상대가 카드의 수를 읽었다면 소용이 없는 거지. 목걸이는 이미 거의 다 완성이 되었고 러시아 측에서도 언론에 흘러나가는 건 원치 않아. 한 가지 더 말해주자면 당신이 식사자리가 되었건 침대 안에서건 들은 얘기는 당신한테 더 큰 타격이 될 거야. 진짜 스캔들이 되는 거지. 성 상납인가?"

그가 차에서 내리며 얼굴이 창백해진 현지를 보았다.

"머리를 쓴 것까지는 좋은데 내 기분이 아주 안 좋아. 다시 한

번 내 눈앞에 나타나는 날에는 가만두지 않을 거야. 연예인으로 완전히 매장당하게 만들어주지. 기대해."

"우혁 씨! 사랑한다고요."

"닥쳐!"

"우혁 씨."

그가 차에서 내리자 현지가 그의 뒤통수에다 대고 그를 불렀다. 우혁은 뒤도 돌아보지 않고 다시 자신의 작업실로 향했다. 자존심이라고는 없는 여자였다.

디아망의 아침은 언제나 빗자루질로부터 시작이 되었다. 첫날은 뭣도 모르고 맨손으로 빗자루질을 해서 손이 다 꽁꽁 얼었지만 일주일이 지난 지금은 어느 정도 요령이 생겨서 목장갑을 가지고 와서 끼고 빗자루질을 하니 훨씬 나았다.

여전히 회장님은 문만 여시고 그녀의 인사만 무뚝뚝하게 받으셨지만 해인은 한 번도 회장님보다 늦게 출근하지 않았다.

처음에는 늦게 출근하라고 했던 말을 이제는 회장님도 하지 않았다. 오히려 그게 마음이 편한 해인이었다. 해인의 하루 중 가장 설레는 건 아침조회였다. 아침조회 때 가끔 김우혁 대표가 나온다는 얘기를 성훈 선배에게 듣고부터는 더욱더 설레는 아침을 보내는 해인이었다. 물론 지금은 블루 티어스를 고치는 작업을 하느라 정신이 없었지만 말이다.

그날 그가 이 작업은 비밀이라고 나에게 신신당부를 해서 해인
은 그 누구에게도 말하지 않았다. 그날 본 그의 작업실은 그녀에
게는 꿈의 공간이었다. 언젠가는 해인도 그런 작업실을 가지고 싶
었다.

"막내."

성훈 선배가 부르고 있었다. 한 살 많은 주제에 얼마나 오빠인
척을 하는지 해인은 어이가 없을 때가 많았지만 그래도 디아망에
서 그가 해인에게 가장 신경을 써주는 사람이란 걸 해인은 잘 알
았다.

"넵."

"여기 걸레."

그가 진열장을 닦을 걸레를 빨아다 주었다.

"우리 성훈이 막내한테 너무 잘한다."

최 부장이 옆에서 진열을 하다가 놀리기 시작했다.

"예쁘잖아요."

황 대리가 옆에서 거들었다.

"제 연애는 제가 알아서 합니다."

"오올~"

성훈이 이렇게 말하자 모두들 웃으며 그를 놀렸다. 진열이 끝날
때까지도 그들은 성훈과 해인을 놀리느라 정신이 없었다.

"성훈아, 네가 우리 디아망의 첫 번째 사내커플을 만들어봐라."

"……."

"저 녀석 답이 없는 걸 보니 진짜 관심이 있나 보네."

최 부장의 계속된 놀림에 성훈의 얼굴은 이미 빨개져 있었다. 해인은 자기도 모르게 선배들의 농담에 미소를 지었다. 그렇게 웃으며 뒤로 돌아선 순간 해인의 얼굴이 굳어졌다. 그녀의 뒤에는 김 대표가 지 매니저와 함께 서 있었다.

해인이 잘못 느낀 것인지 몰라도 김 대표는 그녀를 아주 노골적으로 바라보고 있었다. 아마도 직원들이 하는 얘기를 다 들었을 것이다. 일주일 만에 보는 만남으로는 최악의 상황이었다.

김 대표를 만날 때마다 그녀는 불에 데거나 따귀를 맞거나 다른 사람들과 실없는 농담을 할 때인 것 같았다.

"아침조회 합시다."

지 매니저의 목소리에 모두가 일사불란하게 움직였다. 오늘은 공장의 분들도 작업복을 입고는 지하에서 매장으로 올라왔다. 모두 합치니 20명이 넘는 대식구였다.

"오늘은 중요한 전달 사항이 있어서 모두들 한자리에 모시게 됐습니다."

김 대표의 낮은 저음의 목소리가 디아망 매장을 울리고 있었다.

"내일 오후에 촬영이 있습니다. 보석협회장이신 회장님에 대한 촬영입니다. 모두들 긴장하지 마시고 평소처럼 자연스럽게 일하시면 됩니다."

"네."

"그리고 두 번째로는 매장과 공방이 서로 간의 대화가 아주 부족한 상태인 것 같습니다. 주문품을 받을 때 서로 간에 의견을 정확하게 전달하도록 하세요. 고객 분들의 불만이 요즘 많습니다."

공방 실장님을 처음 본 해인은 드라마에 나오는 산적을 보는 느낌이었다. 까딱 말 한마디 잘못했다가는 한 대 맞을 분위기였다. 그때, 그가 손을 들고 말했다.

"저기요, 제가 지 매니저님과 잘 상의할게요. 호호호."

해인은 순간 자신의 귀를 의심했다. 산적의 입에서 아주 고운 미성의 목소리가 나왔다. 그리고 호호호라니, 해인은 웃음을 참느라 혀를 깨물고 있었다.

"지 매니저님, 김 실장님과 주문 넣을 때 협의 좀 잘하세요."

"네."

"그리고 당분간 성훈 씨와 해인 씨는 일주일 동안 공방에 가서 김 실장님을 도우며 우리 디아망의 물건들이 어떻게 만들어지는지 보고 일주일 후에 보고서 작성해서 나에게 직접 보고하도록 하시고."

"네?"

성훈은 자신도 모르게 이렇게 말하고는 손으로 입을 막았다. 나중에 알게 됐지만 디아망이 생긴 이래 초보자가 이렇게 공방에 가서 실습을 한 적은 없다고 했다. 김 대표가 조회를 하는 동안 해인은 얼굴조차 들지 못하고 있었다.

이상하게 그만 보면 불안하고 초초한 마음이 들었다. 그리고 위축되는 자신을 느끼고 있었다. 너무나 큰 사람이라서 쳐다보기도 힘이 들었지만 이상하게 그와 마주치면 그가 그녀를 알아주기를 바라는 마음이 컸다.

여자가 아니라 보석 디자이너로서 말이다. 한마디로 자신의 우상에게 인정을 받고 싶은 것이었다. 운이 좋게도 지난번에는 블루 티어스에 대해서 잘난 척을 할 수 있었다. 그때는 그게 처음이자 마지막이라고 생각했는데 이번에 보고서를 쓰고 그의 앞에서 발표를 한다니 또 한 번의 기회가 생긴 것이다. 해인은 김 대표의 머릿속에 정해인이라는 세 글자를 각인시키고 싶었다.

아침조회가 끝이 나자마자 성훈과 해인은 공장으로 갔다. 앞으로 일주일간은 이곳에서 일을 배워야 하는 것이었다. 양손에 땀이 찼다. 긴장이 되었지만 그만큼 배울 수 있으니 해인은 기뻤다.

"이리들 와요."

공장의 김민철 실장이 덩치와는 다른 미성으로 그들을 불렀다.

"나도 이런 경우는 처음이라 좀 그렇지만 공방은 처음이지?"

"네."

"전혀 몰라?"

김 실장이 알 만하다는 듯 둘을 번갈아 보았다.

"이게 뭔지는 아나?"

그가 쇠꼬챙이 하나를 들더니 물었다.

"광쇠(순금의 광을 내는 매끄러운 쇠막대)입니다. 저는 보석 디자인을 전공해서 웬만한 건 잘하지는 못해도 할 줄은 압니다."

"저도요."

해인이 대답을 하자 성훈도 덩달아 답을 했다. 한남대 보석학과를 나왔으면 그녀보다는 월등히 잘할 것이었다.

"그래? 그럼 오늘은 둘 다 공장 안을 살펴보고 각자의 자리에 앉아 있는 사람들이 뭘 하는지 파악해 봐. 일하는 데 다들 예민하니까 방해하지는 말고."

"네."

"아참, 내일은 작업복을 챙겨 오도록 해. 여기 있으면 광약(광택을 내는 데 쓰이는 약) 묻어. 그거 옷에 묻으면 안 지워지는 거 알지?"

"네."

김 실장의 말이 떨어지기가 무섭게 해인은 출입구에 있는 자리에서부터 한 바퀴를 돌며 눈으로 살피기 시작했다. 그리고 해인은 커피를 타기 시작했다. 모두에게 점수를 따서 나쁠 게 없다는 판단에서였다. 그리고 손에 들린 노트를 다 채울 생각으로 열심히 공방의 아저씨들에게 묻고 또 물었다.

성훈은 언제나 그렇듯이 공방의 아저씨들과 담배를 피우러 나가 수다를 떨며 친목을 도모하는 데 더 신경을 쓰는 것 같았다. 열심히 배우려는 해인과는 다르게 그는 좀 더 여유가 있었다.

둘째 날부터 김 실장은 공장의 기구들을 사용해서 은으로 반지를 만들라는 숙제를 내주었다. 그래서 그들은 한 켠에 자리를 잡고 반지를 만들기 시작했다.

성훈은 최대한 디자인이 심플한 반지를 만들기 시작했고 해인 또한 열심히 반지를 만들었다.

"반지를 만들어봤어?"

"네."

"이건 보통 솜씨가 아닌데?"

"아빠가 세공을 하셔서 어려서부터 어깨너머로 배웠어요."

김 실장의 칭찬에 성훈도 해인의 반지를 힐끔거리며 쳐다봤다.

"아버님의 이름이 어떻게 되시지?"

"정 달 자 호 자 되십니다."

"정달호? 정 사장님? 명동에?"

김 실장은 너무나 놀란 눈빛이었다.

"달호 형님 딸이야?"

해인도 이 상황을 어찌해야 할지 몰랐지만 어쨌든 김 실장은 그 후로 해인에게 티가 날 만큼 잘해주었다.

"해인이 아버지랑 김 실장님이랑 아는 사이야?"

"그런가 본데요."

해인이 어깨를 으쓱이며 말했다.

일주일의 실습 기간이 정말로 눈 깜짝할 사이에 흘러갔다. 반지가 완성이 되었고 드디어 김 대표 앞에서의 발표만이 남았다. 해인은 출근해서부터 계속 떨리는 마음으로 김 대표가 그들을 부르기만을 기다렸다.

"성훈이하고 해인이 올라가 봐."

지 매니저의 말에 둘은 나란히 보고서와 반지를 들고 올라갈 준비를 했다.

"준비는 잘했어?"

"네."

지 매니저의 물음에 성훈이 크게 답했다. 성훈의 표정이 그리 나쁘지 않은 걸 보니 성훈도 준비를 많이 한 것 같았다.

"떨지 말고 잘해."

"네, 선배도 잘해요."

그렇게 서로를 응원하며 그들은 김 대표의 작업실로 들어갔다. 김 대표는 우리가 들어온 줄도 모르고 열심히 작업 중이었다.

"대표님."

성훈이 부르고 나서야 그들을 쳐다보는 김 대표였다. 슈트가 아닌 허름한 티셔츠에 청바지 차림의 그는 여자들이 홀딱 반할 만큼 남성적인 매력의 소유자였다. 도가니에 금을 녹이고 있는 중이라 고글을 쓰고 있는 그는 거친 노동자의 모습이었다.

그가 화력이 강한 불의 가스를 끄고는 고글을 벗으며 해인과 성훈이 있는 쪽으로 다가왔다.

"벌써 일주일이 지났군. 앉지."

그가 소파에 앉았다. 계절은 초봄으로 넘어가고 있었지만 아직은 추운 날씨인데도 그의 몸에는 땀이 흐르고 있었다. 수건으로 대충 땀을 닦아내는 김 대표를 해인은 멍하게 바라보고 있었다. 성훈이 멍하게 있는 해인을 끌고 와 소파에 앉혔다.

"어디 한번 들어볼까? 성훈이부터."

"네."

성훈은 열심히 자신의 보고서를 김 대표에게 설명하기 시작했다. 생각했던 것보다 안정적인 내용이었고 그가 만든 반지도 김 대표에게 칭찬을 받았다.

"잘했어. 해인 씨라고 하기에는 좀 그러니까 성훈이처럼 편하게 부르도록 하지."

"네."

"해인이도 시작해 봐."

해인은 손이 덜덜 떨렸지만 마음을 가다듬고는 천천히 공방에 대한 보고서, 아니, 실습 내용을 김 대표에게 말했다.

"첫날은 공방의 전체적인 구성과 각자 만드시는 부분에 대한 설명을 들었습니다. 특히 도금하시는 분과 많은 이야기를 나누었는데, 다른 파트는 학교 다닐 때 방학을 이용해서 개인 공방에서 아르바이트를 하며 배운 게 있어서 익숙한데 도금은 학교에서 이

론만 배웠고 배울 기회가 없어서 이번에 새로운 걸 많이 배웠습니다."

"공방에서 일을 했었나?"

그가 고개를 들어 해인을 놀란 표정으로 보며 물었다.

"네, 학비도 벌어야 했고 또 실습도 할 수 있으니 일석이조라고 생각했습니다."

"여자들이 일하기는 열악한 근무 조건일 텐데? 그리고 2년제라서 공방에서 일할 기간이 길지는 않았을 텐데?"

"처음에는 얼굴에 초록색 광약이 튀어서 고생했는데 익숙해지니까 괜찮았습니다."

김 대표는 아주 편안하게 앉아 있다가 해인의 발표에는 몸을 앞으로 당겨 집중해서 듣고 있었다. 이에 힘을 얻은 해인은 더욱 열심히 발표를 했고 김 대표의 표정도 많이 좋아졌다.

"좋아, 어디 만들어 온 반지를 좀 볼까?"

해인은 떨리는 마음으로 김 대표에게 반지를 내밀었다. '신이여 보호하소서' 중에 처음인 1월과 2월을 상징하는 탄생석인 가넷과 자수정을 사용한 반지를 그에게 보여주었다. 해인은 그때의 반지가 유 교수가 아닌 자신이 만든 것임을 김 대표가 알아주기를 바라는 마음에서 반지를 만들었다.

"이건!"

그의 얼굴이 해인의 예상과는 다르게 일그러져 가고 있었다. 왜

일까?

"성훈이는 좀 나가 있어."

"네."

성훈 선배가 나가고 영문을 알 수 없는 해인이 김 대표를 물끄
러미 쳐다봤다.

"이거 유 교수의 반지로군."

"⋯⋯."

김 대표는 유 교수의 작품을 해인이 흉내를 냈다고 생각하는 모
양이었다. 그러더니 뭔가를 꺼내와 그녀 앞에 내밀었다.

"열어봐."

그건 그녀가 만든 '신이여, 보호하소서' 였다.

"이건⋯⋯."

"그래, 내가 한눈에 반한 작품이지. 물론 엄청난 돈을 주고 사
온 것이기도 하고. 작가란 말이야 남의 것을 모방해서는 안 된다
는 게 내 생각이야. 이렇게 초반부터 흉내만 낸다면 그건 창조적
인 직업을 가질 필요가 없어."

그의 말을 들으면 들을수록 어이가 없는 해인이었다.

"솔직히 해인이한테 기대가 많았는데 실망이군. 다음부터는 창
의적으로 한번 만들어봐. 나가보도록."

'신이여, 보호하소서' 가 자신의 작품이었다는 걸 알아봐 주길
바랐던 마음은 한순간에 무너져 버렸다. 뭔가를 기대했던 자신이

너무나 한심스러운 해인이었다.

이런 작품은 학생에게서 나올 수 없다고 단정 지어버리는 김 대표도 어쩔 수 없는 어른이었다. 해인이 자리에서 일어났다. 그도 작업을 하려는지 자리에서 일어났다. 해인은 작업실을 나가다가 말고 문고리를 잡은 채로 그에게 말했다.

"신이여 보호하소서는 저의 작품입니다. 가난하기 때문에 재료를 살 돈이 없어서 실습시간에 재료들을 사용할 수 있도록 허락해주신 유 교수님에게 감사하는 마음으로 만든 제 작품입니다. 가난해서 아무것도 할 수 없는 저를 제발 도와달라고 모든 신들에게 기도하며 만들었는데 결국은 유 교수님에게만 좋은 일이 되어버렸네요. 하늘의 신들은 끝까지 저의 편이 아닌 것 같습니다."

그가 듣든지 말든지 해인은 문고리를 잡은 채로 계속 말했다.

"결국은 유 교수님의 작품이 되어버렸지만 그건 제가 만든 저의 작품입니다. 제 우상에게 최고의 작품을 보여주고 싶은 마음에서 만들었는데 제가 실수를 한 것 같습니다. 신은 저의 편이 아니니까요."

"잠깐!"

해인이 돌아섰다. 이번에는 그의 표정이 더 굳어 있었다.

"내가 이 작품이 해인이가 만든 게 아니라고 확신을 하는 건 이렇게 주물을 만드는 사람이 국내에서는 몇 명이 안 되기 때문이야."

"어쩜 그렇게 단정을 하실 수가 있죠? 제가 이 반지를 만드는 걸 공방 사람들이 다 봤는데요."

해인이 이렇게까지 말하는데도 김 대표는 아직도 믿어지지 않는 표정이었다.

"확실히 작품전에 낸 건 주물을 이용한 것이고 이번에도 시간이 많이 없었지만 디아망에서 오랫동안 김 실장님과 남아 작업한 겁니다. 그리고 그 주물 방법은 아버지에게 배웠습니다."

"아버지?"

"네, 제 아버지는 우리나라 주물의 1인자이셨던 정달호 씨입니다."

이렇게 말을 하고는 해인은 문을 열고 나갔다. 가슴이 무너졌다. 김 실장이 옆에서 같이 작업을 한 작품인데도 믿어주지 않다니 김 대표가 너무나 야속했다. 김 대표에게 실망한 해인은 한참을 화장실에서 울고는 매장으로 나와 평소처럼 근무를 했다. 성훈이 괜찮은지를 물었지만 해인은 아무 말도 하지 않았다.

해인의 말을 듣고 우혁은 그대로 몸이 굳어져 버렸다. 자신이 첫눈에 마음을 빼앗기고 그토록 감동을 받은 작품이 겨우 학생의 작품이었다는 게 처음에는 믿어지지가 않았다. 십이지신의 조각들은 참으로 경이로울 만큼 정교한 것이었다. 그리고 메인이 하나여야 한다는 고정관념을 깨고 두 개의 탄생석을 올린 모양도 너무나 마음에 들었었다.

그리고 그가 더욱 이 작품에 매료된 건 정교한 주물 작업으로 인한 디테일한 십이지신의 모습 때문이었다. 자신도 만들기 어려운 아주 고난도의 작품에 우혁은 반했었다.

"신이여 보호하소서."

자꾸만 혼자 중얼거리고 있는 우혁이었다. 그만큼 충격이 강했고 해인에 대한 생각이 달라지는 순간이었다. 그는 다시 한 번 반지를 쳐다보았다.

그가 반지를 보며 재미있다고 생각한 것은 반지의 안쪽에 새겨진 각종 종교의 표식이었다. 만든 사람이 얼마나 절실했으면 모든 종교의 표식을 반지의 안쪽에 새겨 넣었을까라고 생각한 그의 추측이 맞았다.

해인은 이 반지를 만들 때 절실했다고 했다. 하지만 유 교수는 그런 절실함이 없었다. 그는 은으로 된 그녀의 반지를 넋을 놓고 보았다. 은과 금인 차이점을 제외하고는 완벽하게 똑같았다.

본인이 만들지 않고서는 할 수 없는 디테일함이 살아 있었다.

"정달호의 딸이라……."

그가 존경하는 세공사 중에서도 으뜸이었던 정달호 사장의 딸이 해인이었다. 세공사 중에 최고인 그가 낡은 공장에서 전기세도 못 내고 월세도 몇 개월이나 밀린 채 아무도 모르게 심장 마비로 죽은 사실에 그나 그분의 친구였던 아버지나 모두 안타까워했었다.

그런데 그의 딸이 정해인이라니, 도무지 믿어지지가 않았다. 그는 해인이 오늘 만들어 온 반지를 다시 한 번 쳐다보았다. 아버지는 해인이 정 사장의 딸이라는 걸 알고 있었을까? 아마 몰랐을 것이다. 알았다면 그에게 말했을 텐데 아버지는 지금 아무런 내색도 않고 있었다.

'신이여 보호 하소서'를 다시 보았다. 이 반지의 진짜 디자이너는 해인이었다. 그는 해인에게 상처가 되었을 말들을 내뱉은 걸 후회했다. 천재 디자이너를 몰라보고 그는 자신이 보고 싶은 것만을 보며 그녀를 판단한 것이었다.

"우상이라……."

그녀가 그를 보고 우상이라는 표현을 썼다. 우혁은 미안한 마음에 얼른 나가서 사과하고 싶었지만 자존심 때문에 움직일 수가 없었다.

그는 그녀를 보고 벌써 두 번째 놀라고 있었다. 어린 나이임에도 보석을 알아보는 놀라운 재능을 블루 티어스를 통해 알았다. 그녀의 말이 아니었다면 그는 아마 연결 부위를 때우느라 지금도 블루 티어스에서 손을 놓지 못하고 있었을 것이다.

완벽하게 복원이 된 목걸이는 전시장으로 향했고 사건은 잘 마무리가 되었다. 현지가 사실을 폭로하겠다고 했지만 결국은 아무 일도 일어나지 않았다.

해인은 보석에 뛰어난 재능을 가지고 있었지만 그녀가 받아야 할 칭찬은 다른 누군가가 모두 가로채고 있었다.

처음은 자신의 담당 교수가 두 번째는 우혁이 그녀가 받아야 하는 칭찬을 가로챘다. 우혁은 해인이 만들어놓은 반지를 하염없이 보고 있었다. 진짜 신인이 만들었다고 하기엔 그 완성도가 상당히 높은 작품이었다.

아버지가 가르쳐 주었다고는 하지만 본인의 재능이 없다면 만들 수 있는 작품이 아니었다. 우혁은 반지를 보며 생각했다. 자신이 자존심을 접고 해인을 가르친다면 자신보다 훌륭한 보석 디자이너가 될 것 같다는 생각을 말이다.

"정해인 보석 디자이너라……."

우혁은 반지들을 자신의 금고에 넣으며 이렇게 중얼거렸다. 생각만 해도 흥분이 가시지 않았다. 아주 큰 행운이 그에게 제 발로 걸어 들어왔다.

우혁은 하던 일을 멈추고 작업실을 나와 1층의 매장을 내려다보았다. 2층의 그의 작업실은 문이 2개였다. 하나는 밖의 계단과 연결이 되어 있었고 다른 하나는 1층 매장과 연결이 되어 있었다. 매장의 계단은 대리석으로 되어 있어서 고급스러웠다.

2층 그의 작업실 앞은 고객들이 기다리며 쉴 수 있는 공간이었다. 대부분은 예약제이기 때문에 손님이 붐비지 않았지만 아이들을 동반한 손님은 보통 2층에서 다른 사람들에게 피해를 주지 않으며 편하게 제품을 구매하기도 했다.

우혁은 이렇게 2층에서 1층 매장을 잘 내려다보지 않았지만 오늘은 해인이 궁금해서 나오게 되었다. 언제나처럼 모두들 손님을 응대하느라 정신이 없었다. 최 부장의 뒤에 서서 눈물을 몰래 닦아내고 있는 해인의 모습이 눈에 들어왔다.

다시 한 번 미안한 마음이 들었다. 자신이 왜 자꾸만 해인에게 신경을 쓰고 있는지 그도 이유를 잘 몰랐다. 하지만 단순히 호기심을 넘어선 건 확실했다.

"나의 첫 번째 제자라……."

그는 여전히 눈물을 닦고 있는 해인을 바라보았다. 그때 성훈이 해인의 옆으로 다가가 뭐라고 말을 건네고 있었다. 말만 건네는 게 아니라 손으로 그녀의 팔을 쓰다듬고 있는 게 아닌가? 아무래도 위로를 하고 있는 것 같았다.

그를 더 짜증나게 한 건 해인이 웃으며 성훈을 바라보았다는 것이다. 우혁의 인상이 절로 구겨졌다.

"그냥 울게 내버려 두지, 친구."

자신이 위로해 주지 않을 바에는 남들도 해인을 위로해 주지 말았으면 좋겠다는 생각이 들었다. 우혁은 몸을 돌려 다시 작업실로 들어갔다. 미안하던 마음이 싹 가셨다.

"위로를 한다고 웃어?"

괜히 짜증이 나는 우혁이었다. 정말로 기분이 좋지 않은 그였다.

3

이태리의 밤은 황홀했다. 동양의 흑진주가 빛을 발하기에도 오늘은 좋은 날이었다. 그동안은 바빠서 한 번도 이태리의 밤을 즐긴 적이 없는 유빈이었다. 하지만 오늘같이 한국으로 출발하기 전날은 아무런 거리낌도 없이 즐길 수 있는 밤이었다.

이태리 남자들은 그녀를 볼 때마다 아름답다고 칭송을 했다. 뭐, 잘생긴 남자들의 찬사가 그녀 역시도 싫지만은 않았다. 오늘은 그녀의 일을 도와준 이태리 친구들과 함께가 아닌 그녀 혼자 피렌체를 즐길 생각이었다.

혼자서 돌아다니는 이태리의 밤은 그닥 즐겁지 않았다. 우혁과 함께 이곳에 왔다면 좋았겠지만 그는 그녀를 벌레 쳐다보듯 하고 있었다. 자신도 우혁의 스펙과 그 섹시한 몸뚱이만 아니었다면 이렇게 자존심 상하게 매달리지는 않았을 것이다. 벌써 3년째 그의 주위를 맴돌고 있었다.

김 회장은 자신을 딸처럼 대해주었고 그녀는 김 회장을 시아버지라 생각을 했다. 진짜 몸과 마음을 바쳐 디아망에 충성을 다하고 있는 유빈이었다.

노천 카페에 앉아서 그녀는 커피 한잔을 마셨다. 이국적인 풍경이 그녀를 자꾸만 자극하고 있었다. 그녀는 조신한 성격이 아니었다. 몸매도 훌륭한 그녀는 언제나 과감한 의상으로 뭇남성들의 시선을 사로잡았다.

하지만 예외는 있었다. 모두가 선망하는 그녀를 우혁은 돌같이 여기고 있었다. 그게 그녀를 못 견디게 자극했다. 한 달간의 출장도 오늘이면 끝이 나니 내일부터는 우혁을 볼 수 있었다. 이번에는 기필코 그를 자신의 남자로 만들 것이다. 거리의 불빛이 마음까지 설레게 하고 있었다.

유빈은 자신의 핸드폰을 들어 우혁에게 전화를 걸었다.

[여보세요?]

"오빠!"

[유빈이구나.]

새벽 시간이니 졸린 모양이었다.

"나 내일 출발해."

[벌써 시간이 그렇게 됐어?]

"응, 나 안 보고 싶었어?"

[우리 귀여운 동생을 내가 왜 안 보고 싶겠어. 내일 보자. 졸립다.]

"알았어."

우혁은 언제나 그녀를 여자가 아닌 여동생으로만 대했다. 처음에 우혁이 그녀에게 말을 걸어왔을 때 그녀는 시간이 멈추는 줄 알았다. 그녀의 디자인 실력에 그는 놀라워했고 한국에 돌아가면 같이 일을 하자고 했다.

하지만 정말로 그는 디자이너로서 유빈을 대할 뿐 그 이상도 이하도 아니었다. 속상했지만 이 정도로 물러날 유빈이 아니었다.

"오빠 기다려. 내일부터는 아주 즐거울 거야."

이번에 은제품을 런칭하면서 그녀의 실력을 보여주고 그의 마음까지 얻을 계획인 유빈이었다. 피렌체의 밤은 이렇게 깊어가고 그녀의 마음도 설레고 있었다.

오늘은 해인이 손꼽아 기다린 월급날이었다. 초봉이 다른 곳에 비해서 높다고는 하지만 그래도 150만 원이었다. 이건 방학 때 아르바이트를 하는 비용에 비해 턱없이 작았지만 그래도 해인은 감사할 따름이었다.

여기는 성과금이 따로 있다고 들었다. 그래서 디아망의 모든 직원들은 진짜로 열심히 근무를 했다. 지 매니저님의 월급은 대기업의 이사급 월급이라고 했다. 최 부장과 황 대리도 그에 못지않았고 장사에 겨우 입문한 영철, 현호, 성훈 선배의 월급도 삼백이 넘는다고 들었다.

그렇다면 해인도 1년 정도만 잘 버틴다면 지금의 월급 두 배는 받을 수 있는 것이었다.

"정해인."

"네."

지 매니저가 해인을 불렀다. 그리고 그녀가 기다리던 월급봉투를 주었다. 물론 돈은 통장으로 들어가고 급여명세서이기는 했지만 해인은 태어나서 처음으로 월급을 받았다.

"첫 월급을 탔으니 직원들에게 드링크라도 돌려. 그게 디아망의 전통이다. 비싼 건 살 필요 없어."

"네."

"그리고 집에 들어갈 때 부모님 용돈이라도 챙겨 드리고."

"네."

지 매니저의 말이 떨어지기가 무섭게 약국으로 달려간 해인은 박카스를 두 박스 사서 매장 직원과 공방의 직원들에게 돌렸다. 월급을 타서 누군가에게 대접을 하는 건 처음인 해인이었다. 해인이 공장까지 박카스를 돌리자 모두들 웃으며 그녀의 첫 월급을 축하해 주었다.

"오늘 한 달이 되는 날인데 그동안 모두가 바빠서 환영회도 못 해주고 해서 저녁 같이 먹기로 했다. 약속 없지?"

지 매니저가 해인을 보며 말했다.

"네."

"그리고 5분 후에 고객님이 오실 건데 오늘 옆에서 서포트 좀 해주고."

"네."

이건 영광이었다. 보석 업계에서 내로라하는 장사꾼들 중에 최고인 지 매니저의 장사하는 모습을 옆에서 볼 수 있다는 게 너무나 고마운 일이었다. 그동안은 최 부장님과 황 대리를 도운 해인이었다. 지 매니저는 성훈이 도맡아 했지만 오늘은 해인에게 기회를 주셨다.

5분 후에 정말로 고급스러운 사모님이 들어오셨다. 멋지게 차려입은 건 둘째 치고 부자 사모님들만 오는 이곳에서도 단연 눈에 띄는 용모였다.

"지 매니저님, 오랜만."

"네, 사모님."

지 매니저가 거의 구십 도로 인사를 하고 고객에게 의자를 직접 빼주었다.

"커피 드시겠습니까. 원두가 아주 맛이 좋습니다."

지 매니저는 특유의 편안함으로 손님을 은애하고 있었다. 그건 노력을 한다고 해서 될 게 아니었다.

"그럼, 한잔할까?"

반말이 조금 거슬리기는 했지만 사모님의 포스 때문인지 어느 순간 그게 당연하게 들리는 해인이었다.

"해인 씨, 원두커피 한 잔."

"네."

해인이 커피를 가져다가 고객의 앞에 다소곳이 놓았다.

"처음 보는 아가씨네?"

"사모님께서 그간 안 나오셨으니까요. 디아망도 좀 변해야죠."

"그런가? 내가 요즘 우리 아들 결혼 때문에 좀 정신이 없어서."

"큰아드님이요?"

"응, 안 그러면 둘째가 먼저 가게 생겨서. 그래도 나온 순서가 있는데 장가는 큰애가 먼저 가야 할 것 같아서 좀 서둘렀지."

한눈에 봐도 명품임에 틀림이 없는 옷에 손가락에는 7캐럿은 되어 보이는 큰 다이아 반지를 끼고 있는 고객은 해인이 보기에는 다른 세계의 사람 같았다. 지 매니저는 물건을 판다기보다는 고객과 그냥 사적인 얘기만을 하고 있었다.

해인의 생각에 손님이 그냥 갈 것 같다는 느낌이 들기 시작했다. 20분이 지나도록 둘은 자식들 얘기만 하는 중이었다. 이렇게 돈 많은 손님을 그냥 보내는 건 너무나 아까운 일이었다. 어떻게 해서든지 꼭 팔아야 한다는 생각에 해인의 몸이 더 달았다.

하지만 지 매니저는 이런 해인의 마음을 아는지 모르는지 그냥 손님과 얘기하는 것에만 집중을 하고 있었다. 해인의 안절부절이 계속되던 그때 고객이 먼저 물건에 대한 얘기를 꺼냈다.

"사실, 오늘 내가 온 건 며느리에게 줄 예물을 좀 볼까 해서."

"큰며느님이요?"

"응."

"생각하신 디자인은 있으신가요?"

아주 자연스럽게 지 매니저는 손님을 유도하고 있었다.

"심플한 디자인이 좋을 것 같아. 다이아는 1캐럿 정도로 하고 밴드만 있는 단순한 디자인이었으면 싶은데……."

고객의 말이 떨어지자 지 매니저는 진열대에서 그녀가 원하는 반지 디자인을 꺼내놓기 시작했다.

"체격이 큰가요?"

"키는 크고 아주 날씬해."

"그럼 밴드가 너무 얇으면 나중에는 더 작아 보이니까 밴드가 두꺼운 이 디자인이 좋을 것 같습니다."

"예쁘네."

한 번에 고객의 취향을 저격한 지 매니저를 해인은 놀라운 눈으로 쳐다보았다.

"난 개인적으로 여기에 다이아 1부 쌍가락지도 해주고 싶은데 너무 처지는 집의 애가 시집을 와서 많이 해주면 욕먹을 것 같아."

고객의 표정에 실망감이 가득했다.

"연애결혼인가 봅니다."

"아니, 내가 내 발등을 찍었지 뭐."

고객이 한숨을 쉬자 지 매니저가 같이 인상을 쓰며 그녀의 얘기를 경청하고 있었다.

"내가 맹장으로 병원에 입원했을 때 내 담당 간호사야."

"네?"

"너무 착하고 친절해서 병문안 온 큰놈하고 장난으로 인사를 시켰는데 둘이 눈이 맞았지 뭐야. 거기다가 사고까지 쳐서 결혼을 안 시킬 수도 없고."

"그래도 며느님 인성은 좋으신가 봅니다. 요즘 아가씨들이 생각보다 당찬 아가씨들이 많은데 참하다니 얼마나 다행입니까?"

"그렇지?"

"네."

지 매니저의 말에 기분이 풀어졌는지 고객이 가방에서 뭔가를 꺼내며 말했다.

"다이아는 이걸로 하고. 이건 내가 동남아에 여행 갔을 때 사 온 알들인데 어울릴 만한 게 있을까?"

옆에서 해인이 보기에도 상태가 좋은 루비와 사파이어 알들이 쏟아져 나왔다.

"반지, 목걸이, 귀걸이감이야. 어때?"

지 매니저가 루페를 눈에 대고는 핀셋으로 알을 집어 살피기 시작했다.

"루비는 피죤 블러드 색상으로 최상급이고 사파이어도 세일론 사파이어로 최상급입니다."

"그래?"

사모의 입이 귀에 걸렸다.

"내가 보는 눈이 있기는 하지."

만족스러워하는 걸 보니 오늘 예물은 잘될 것 같았다. 해인은 눈치껏 나석(셋팅이 되지 않은 보석)을 담을 수 있는 폴리백을 지 매니저 옆에 두었다.

지 매니저는 해인이 놓아둔 폴리백에 나석을 담으며 이야기를 해나갔고 해인은 고객이 말한 디자인이 매장이 있는 경우 그쪽 진열대에 가서 물건을 가져다가 날랐다. 한 달 동안 제품들의 위치를 파악하려 애쓴 해인의 노력이 빛을 발했다.

오늘은 운이 좋게 해인이 가져온 디자인과 고객이 원하는 디자인이 착착 맞았다. 해인은 이곳에 와서 가장 기분 좋은 시간이었다. 뭔가를 이루어낸 기분이 이런 기분일 것이다. 그런데 조금 아쉬운 건 지 매니저는 보석의 디자인을 하지 않고 김 대표가 만들어놓은 디자인만을 팔았다.

직접 디자인을 하는 걸 보고 싶었는데 아쉬운 생각이 드는 해인이었다. 손님이 가시고 지 매니저가 해인을 불렀다.

"오늘 아주 잘했어. 눈치도 빨랐고."

"감사합니다."

"그런데 다음부터는 꺼내 오라는 물건만 가지고 오도록 해."

"네?"

지 매니저의 말을 이해하지 못한 해인이 되물었다.

"자칫하면 손님이 물건을 정하지 못할 수도 있어. 여러 개의 물건을 가지고 와서 보여주는 게 다는 아닌 거지."

"아, 네."

그녀가 너무 열정적으로 많은 물건을 꺼내 온 것이었다. 결국은 손님이 물건을 결정하는 데 도움을 준 게 아니라 장사 시간만 길게 만든 것이었다.

"하지만 오늘 해인이가 물건의 위치를 잘 파악하고 있다는 건 알았어. 참 잘한 거야."

"감사합니다."

그래도 칭찬을 받으니 기분은 좋은 해인이었다. 손님들을 받다 보니 어느덧 퇴근 시간이 다 되었다. 오늘은 그녀의 인생에서 첫 회식인데 해인은 조금 부담스러웠다. 이곳의 식구 중에 그녀만이 여자였기 때문이었다.

"뭐, 잡아먹기야 하겠어."

이렇게 간단히 생각한 게 아주 크나큰 오해였다. 그들은 오늘 그녀를 아주 죽일 생각인 것 같았다. 퇴근하자마자 그들은 근처의 삼겹살 집으로 향했다. 학교를 다닐 때도 술 한 번을 안 마신 해인이었다. 술을 못 마셔서가 아니라 집에 들어가면 엄마의 잔소리가 말도 못했기 때문이었다.

"우리 막내 한잔하지."

지 매니저가 첫잔을 그녀에게 따라주기가 무섭게 최 부장, 황 대리순으로 그녀에게 한잔씩 소주를 따라주니 그게 한 병이었다. 남자 일곱에 해인이 한 시간도 되지 않아 마신 술이 스무 병이 넘어가고 있었다.

해인은 알딸딸한 것이 정신 줄을 놓지 않기 위해 무지하게 애를 쓰고 있었다.

"우리 막내 고개가 자꾸 내려가네."

"아닙니다. 더 마실 수 있습니다."

해인은 술김에 자신이 무슨 말을 하는지도 모르고 계속해서 술을 받아 마시고 있었다.

"해인아, 우리 성훈이 어떠냐? 애가 아주 진국이지."

"싫습니다."

해인은 술김에 본심을 드러냈다.

"우리 성훈이 까였다."

"야, 내가 뭐가 어때서?"

술에 취한 건 해인만이 아니었다. 성훈도 혀가 꼬이고 있었다.

"이씨, 나랑 사귀자, 정해인."

123

"오올~"

상대적으로 술을 덜 마신 선배들이 해인과 성훈을 놀리기에 아주 재미가 들어 있었다. 그때였다. 해인의 눈에 헛것이 보이고 있었다. 훤칠한 키의 김 대표가 방으로 들어온 것이었다. 술이 취해 완전히 꽐라가 된 성훈과 해인을 제외하고는 모두가 자리에서 일어났다.

"어? 이게 누구야?"

성훈이 한마디를 하자 이번에는 해인이 맞장구를 쳤다.

"어머, 내 우상이다. 나의 롤 모델."

이렇게 말하며 엄지를 척하니 들어 보였다. 지 매니저가 고갯짓을 하자 옆에 있던 황 대리가 해인에게 물을 주었다.

"정신 차려."

"정신 멀쩡합니다, 황 대리님."

"이게 몇 개야?"

황 대리가 손가락을 들어 보였다.

"장난하십니까? 세 개잖아요."

이렇게 말을 하며 해인은 정신을 잃고 잠이 들었다. 정신을 차리고 잠깐 일어나 보니 노래방이었다.

"아이, 시끄러워."

노래방에 누워 있는데 굉장히 편안한 느낌이었다. 다만 주변이 너무 시끄러운 게 흠이었지만 말이다. 해인은 무거운 눈꺼풀을 다시 감았다. 이번에 눈을 뜨자 차 안이었다. 차 안 냄새가 그렇게 좋을 수가 없었다. 마치 고급 호텔의 객실 같은 느낌의 차였다. 이 건 꿈인 것 같았다.

"누나, 정신 좀 차려."

"어? 민호야."

눈을 뜨니 민호가 눈앞에 있었다.

"술을 도대체 얼마나 마신 거야?"

"하하하! 민호야, 누나가 술 좀 마셨어요."

그리고 해인은 다시 눈을 감았다. 도저히 졸음이 몰려와서 참을 수가 없었다.

핸들을 잡고 있는 우혁의 손에 힘이 들어갔다. 해인을 바래다주 기 위해 그는 오늘 대리운전 기사를 자처해야 했다. 태어나서 처 음으로 남에게 호의를 베푼 우혁이었다. 우연히 퇴근 시간이 다 되어서 직원들이 회식을 한다는 소리를 들었다. 오늘은 월급날이 고 해인이 한 달이 된 날이기 때문에 하는 회식이라는 것이었다.

"그럼 오늘은 제가 한턱 쏘죠."

왜 이런 말이 불쑥 나왔는지 모르지만 일단 그가 산다고 하니 지 매니저의 얼굴도 그리 나쁜 표정은 아니었다.

"어디로 가실 거죠? 드시고 계시면 제가 그리로 가죠."

그가 또 실언을 했다. 한 번도 직원들의 회식에 참석을 한 적이 없는 그였다. 바쁘다는 핑계였지만 남자들만 있는 회식 자리는 술로 시작해서 술로 끝이 나기에 술을 잘 못 하는 그는 끼고 싶지가 않았다.

간다고는 해놓고 그는 한참을 망설였다. 왜 간다고 해가지고 이렇게 속을 썩는지 그 스스로도 알 수가 없었다. 말을 내뱉은 걸 이토록 후회하기는 처음이었다.

"퇴근 안 하냐?"

아버지가 그의 작업실에 불이 켜져 있는 걸 보시고 들어오셨다.

"오늘 직원들 회식 있다고 해서요. 조금 있다가 가보려구요."

김 회장의 표정이 묘하게 변했다.

"네가 웬일로?"

"그러게 말입니다."

"술도 못 마시면서 뭘 가려고 해?"

우혁은 생긴 것과는 다르게 술 한 잔이면 완전히 KO가 되기 때문에 어디서든 잔만 받지 마시질 않았다. 그래서 분위기를 망칠까 봐 회식 자리에는 참석하질 않았다.

"저도 말해놓고 후회 중입니다."

김 회장이 웃으며 그의 어깨를 두들기더니 나갔다. 우혁은 한참을 망설이다가 회식 장소로 갔다. 막상 회식 자리에 가자 모두들 술이 거나하게 취해 있었다.

분위기를 어느 정도 살리는 데는 해인이 한몫을 한 것 같았다.

그가 들어가자 모두가 일어나서 그를 맞이했다. 그도 불편했지만 일단은 모두들 편하게 술들을 하라고 했다. 하지만 해인이 그를 보며 술에 취해 우상 어쩌고 하며 잠들어 버리자 우혁의 신경은 온통 해인에게로 쏠렸다.

게다가 성훈이 해인의 옆에서 사귀자고 계속해서 말하는 바람에 그는 해인을 두고 갈 수가 없었다. 그래서 2차까지 그가 쏘게 되었다. 하지만 지금 생각해 보면 그가 안 갔다면 아마 다른 놈의 무릎에서 해인은 잠이 들어 있었을 것이다. 노래방에서 그녀는 그의 무릎을 한사코 베고 자겠다고 해서 그를 두 번 놀라게 했다.

"나의 우상님이다."

그렇게 말하며 그녀가 그의 옆으로 와서 아예 그의 무릎을 베고는 길게 누워버렸다. 다른 직원들은 모두 술에 취해서 노래하기 바빴다. 평소 품위 있던 지 매니저는 두루마리 휴지를 어디서 가지고 와서 머리와 양손에 쥐고 흔들고 있었고 황 대리와 성훈은 서로의 몸을 쓰다듬으며 블루스를 추고 있었다.

모두가 아주 정신 줄을 놓은 상태였다. 우혁이 몰래 빠져나가려고 했지만 온몸으로 그를 막는 직원들과 그의 무릎을 점령하고 있는 해인 때문에 그는 빠져나갈 수 없었다. 시끄러운 음악에 정신이 없는데도 해인은 그의 무릎에서 잘 자고 있었다. 가까이서 이렇게 무방비인 여자를 처음 보는 우혁은 화가 나는 게 아니라 웃음이 났다.

언제나 자신의 가장 무방비한 모습을 그에게 보이는 해인이었다. 서른다섯 해를 살면서 그는 한 번도 여자에게 이렇게 친절한 적이 없었다. 물건을 팔 때나 여자와의 잠자리가 필요할 때가 아니면 그는 여자에게 잘해주지 않았다. 왜냐면 그들은 항상 그의 곁을 원했기 때문이다. 곁을 내준다는 건 참 귀찮은 일이었다. 그래서 그는 그녀들에게 여지를 주지 않았다.

그가 지금 해인에게 친절한 건 뭐라고 콕 짚어 설명을 하기는 그랬다. 여자로서 좋아하는 건 절대로 아니었다. 그가 해인에게 잘해주는 건 그의 후계자가 될지도 모르는 직원이기 때문이었다. 마치 제자와 같은 그런 느낌이 분명했다.

집으로 가는 길에 그는 해인을 부축해서 자신의 차에 태웠다. 오늘 술을 안 마신 사람은 그가 유일했기 때문이었다.

"집이 어디지?"

술에 취해 정신을 못 차리고 있는 해인에게 물었지만 해인은 눈을 뜰 생각을 하고 있지 않았다. 그래서 그녀의 핸드폰을 꺼내 집이라고 쓰여 있는 곳으로 전화를 했다. 그러자 저음의 남자가 받는 것이었다. 순간 기분이 상한 우혁은 혹시 해인이 남자와 동거라도 하는 게 아닌가 하는 생각이 들었다.

"여보세요? 해인 씨 직장 상산데 지금 술에 너무 취해서요. 집 주소 좀 알려주십시오."

이렇게 말하자 문자를 넣어주었다.

"대표님, 저도 미아리요."

술에 취해 정신 줄을 놓은 황 대리도 차에 싣고는 미아리로 먼저 향했다.

"대표님, 사랑합니다."

"……."

황 대리의 주사가 어이가 없었지만 더 어이가 없는 건 그가 지금 이 주정뱅이들을 집으로 모시고 간다는 것이었다. 황 대리를 내려주고 난 우혁은 네비에 찍힌 주소로 이동했다. 그 남자와 해인의 관계가 몹시도 궁금했다.

"내가 궁금할 게 뭐 있어. 동거를 하면 하는 거지."

이렇게 아무렇지 않게 말은 했지만 자꾸만 신경이 쓰였다.

드디어 근처에 도착한 우혁은 한 남자가 골목 입구에 서 있는 걸 보았다. 아무래도 해인을 기다리는 것 같았다. 훤칠한 키에 잘생긴 얼굴의 남자는 나이도 해인과 비슷해 보였다.

"저기 정해인 씨……."

"네."

남자가 조수석 문을 열고 해인을 업었다.

"누나, 정신 좀 차려."

"해인 씨의 동생입니까?"

"네, 감사합니다. 누나가 이렇게 술 마신 건 처음 봅니다."

그 잘생긴 청년이 누나라는 말을 하는데 우혁은 안심을 하는 자신을 느꼈다. 왜 안심을 하냐는 생각도 없었다. 그냥 그가 누나라고, 친동생이라고 말해줘서 너무 고마웠다. 우혁은 그녀와 동생이 골목 안으로 사라질 때까지 한참을 지켜보았다. 참 묘한 감정을 느끼게 하는 여자였다.

시계를 보니 새벽 두 시였다. 우혁은 내일을 위해 차를 몰고 성북동에 있는 자신의 집으로 향했다.

해인은 출근을 하면서부터 바닥만을 보았다. 어제의 빌어먹을 단편적인 기억들이 해인으로 하여금 고개도 못 들게 만들고 있었다. 거기다 어제 일을 기억하는 몹쓸 선배들이 그녀를 놀리고 있었기 때문에 더했다.

"우리 해인이 어제 성훈이를 뺑 차시고 대표님에게 가셨다."

"네?"

"기억 안 나? 아, 나의 우상이다."

황 대리가 두 손을 모으고 눈을 깜박거리며 어젯밤 해인을 흉내 냈다.

"설마요."

"진짜 그랬어. 안 그러냐, 성훈아."

"전 기억이 안 납니다."

입이 툭 튀어나온 성훈은 진열장이 닳도록 박박 문지르고 있었다.

"다음부터는 해인이 술 좀 적게 먹여. 난 어제 노래방에서 해인이가 대표님 다리 베고 있는 거 보고 깜짝 놀랐으니까."

지 매니저의 말에 해인은 고개도 못 들고 물걸레로 진열장만 열심히 닦았다.

"아주 편안하게 주무시더라고요."

최 부장도 지 매니저의 말을 거들었다. 해인은 진열장에 구멍을 낼 기세로 박박 문질렀다.

"왜, 너의 참담한 모습을 모두가 공유해서 쪽팔리냐?"

해인이 입술을 내밀고 고개를 끄덕였다. 최 부장과 지 매니저는 해인에 대해 욕을 할 게 더 있는지 둘이 대화를 나누고 있었다.

"정해인!"

그러다 갑자기 최 부장이 해인을 불렀다.

"네."

"넌 오늘부터 내 보조다."

최 부장의 말에 해인의 눈이 동그래졌다. 1년은 지나야 윗분들의 보조를 맡는다는데 해인은 이례적으로 빨랐다. 성훈이 지 매니저의 보조가 된 지도 얼마 되지 않았으니 이는 파격 인사였다.

"싫어?"

"아뇨, 감사합니다."

해인은 아침 내내 선배들이 놀린 것에 대한 보상이 이렇게 클 줄은 몰랐다.

"감사합니다."

해인이 또다시 인사를 거듭하자 모두들 미소를 지었다.

"뭐가 그리 감사해."

갑작스러운 김 대표의 등장에 해인은 뒤도 돌아보지 않고 물걸레를 들고 화장실로 도망을 갔다. 김 대표의 목소리만으로도 공포스러운 해인이었다.

쏴아.

화장실 세면대에 물을 받으며 해인은 혼자서 중얼거리기 시작했다.

"미쳤어. 제정신이 아니야."

기억이 완전히 없는 것도 아니고 새록새록 여기저기서 튀어나오는 기억의 조각들 때문에 해인은 미칠 것만 같았다. 이러다가 잘리는 게 아닌가 하는 생각도 들었다. 어제 월급이 처음이자 마지막 월급같이 느껴졌다. 환영회가 아니라 송별회였던 것이다.

"아, 미쳐!"

성훈이 화장실 청소를 위해 여자 화장실로 들어왔다.

"뭐 해?"

"선배, 제가 어제 미쳤었나 봐요."

"그래, 넌 어제 제정신이 아니더라."

성훈도 어제의 해인이 미쳤음을 숨도 안 쉬고 바로 인정했다. 세제를 물에 풀어 화장실 바닥에 부으며 성훈은 어제의 일을 다시금 상기시켜 주었다.

"왜 어제 대표님에게 꽂혀가지고 주사를 부려. 그냥 나한테 넘어오라고 했을 때 넘어오지."

"농담할 기분 아니거든요."

"미안."

화장실에서 머뭇거리고 있는데 현호 선배가 그들을 부르러 왔다.

"대충해, 5분 있다가 조회다."

"네."

다들 어제 술들을 많이 먹어서 얼굴들이 말이 아니었다. 멀쩡한 사람은 지 매니저 혼자였다.

"다음부터 이렇게 다음 날 상태가 좋지 않으면 회식은 없어."

"……."

"오늘 늦게 출근한 현호하고 황 대리는 일주일간 화장실 청소다."

황 대리와 현호가 고개를 숙이고는 구시렁거렸다.

"불만 있어?"

"없습니다."

지 매니저의 잔소리는 조금 더 연장이 되었고 모두들 찍소리 못하고 들었다. 거의 군대와 같이 철저하게 운영이 되었지만 모두들 불만 없이 잘 지내고 있었다. 왜냐면 지 매니저의 실력을 다들 인정했고 요즘 같은 불경기에 월급과 인센티브가 나오는 곳이 흔하지 않기 때문이었다.

"오늘 조회는 이상. 해인이는 나 좀 보고."

"네? 저요?"

어제 주사 때문에 한소리를 들을 게 뻔했다.

"찾으셨어요?"

진열대에 앉아 주문장 정리를 하던 지 매니저가 해인을 바라보았다. 해인은 그 눈빛에 주눅이 들어 몸 둘 바를 몰라 했다.

"정해인."

"네?"

"오늘부터 해인이는 한 달 동안 최 부장의 고객 리스트를 정리하고 그날그날 고객들에 대한 보고서를 매일 써서 한 달 후에 나에게 제출하도록."

"매일요?"

"싫어?"

"아닙니다."

해인은 어제의 실수에 대한 한 달간의 벌이라는 생각이 들었다. 어째 되는 일이 하나도 없는 그녀였다.

"최선을 다해서 기록하도록."

"네, 그런데 오늘부터 할까요?"

"그럼, 언제부터 하려고."

"죄송합니다."

해인은 오전에 오픈 준비가 다 끝이 나자 최 부장의 옆에 노트북을 가지고 붙어 앉았다.

"뭐야, 징그럽게."

하얀 면장갑을 낀 손으로 반지에 묻은 지문을 닦으며 최 부장이 곁에 바싹 앉은 해인에게 말했다.

"고객 리스트 좀 주세요."

해인은 자신에게 주어진 일을 열심히 하기 위해 컴퓨터를 켜며 최 부장에게 말했다.

"뭐?"

"한 달간 최 부장님 옆에 거머리처럼 붙어서 고객 리스트 정리와 고객 응대 보고서를 작성할 정해인입니다."

마치 처음 만나는 사람같이 최 부장에게 정중히 인사를 하고는 씩 웃는 해인이었다.

"지 매니저님이 하래요."

"야, 내가 얼마나 정리를 잘하는데 또 정리야. 이건 시간 낭비지."

"그러게요."

최 부장이 벌떡 일어나 지 매니저에게 갔다가 1분도 안 돼서 다시 돌아왔다.

"여기 있다."

그가 자신의 장부를 해인에게 주며 말했다.

"아니, 사람이 그것 좀 잘못할 수 있지."

"네?"

"아니야, 정리나 잘해."

아무래도 최 부장이 지 매니저에게 약점을 단단히 잡힌 모양이었다. 해인은 매장의 노트북을 이용해서 최 부장의 고객 리스트를 일목요연하게 정리를 해나갔다.

"어서 오십시오."

최 부장의 고객이었다. 해인은 정리하던 것을 멈추고 그의 옆에 서서 그를 도왔다.

"안녕하십니까, 사장님. 오랜만에 들르셨습니다."

50대에 작은 키의 남자는 작지만 당당한 몸의 소유자였다. 그의 옆에는 거의 모델과 같이 아름다운 여자가 서 있었다. 해인은 그 여자가 딸은 아니라는 생각이 들었다.

"커피 드릴까요?"

최 부장은 나긋나긋하게 남자에게 커피를 권했다. 이곳의 선배들은 모두 손님만 오면 오글거리게 눈들이 다 반달모양이 되었다.

"좋지."

"해인 씨, 커피 두 잔."

"네."

해인은 원두커피 두 잔을 고객의 앞에 가져다 놓았다.

"그동안 잘 지내셨습니까?"

"나야 잘 지냈지."

"현숙 씨도 잘 지내셨나요?"

"네."

최 부장은 여자 손님의 이름까지 아는 모양이었다.

"날씨가 점점 풀리니 봄이 금방 올 것 같습니다."

"그런 것 같군."

"오늘 명동성당 앞에서 큰 행사가 있을 모양입니다. 제가 오래 모시고 싶지만 30분 안에 빠져나가셔야 길이 복잡하지 않을 것 같습니다."

"그래? 그럼 얼른 말해야겠군. 우리 현숙이 목걸이 좀 보려고."

"네."

디아망의 특성 중 하나는 절대로 손님에게 먼저 물건을 권하지 않는다는 것이었다. 손님이 먼저 어떤 종류의 물건을 찾는지 말할 때까지 기다려 주고 있었다. 물건을 팔기 위해 그들은 안간힘을 쓰지 않았다. 다만 손님에게 어떻게 하면 편안함을 느끼게 할지만 생각하는 듯했다.

해인은 옆에서 보면서도 참 신기했다. 사람 마음을 잘 요리하는 그들은 진정한 프로들인 것 같았다.

"이건 어떨까요? 너무 가치가 없어 보이지도 않고 현숙 씨의 스타일에도 잘 맞고 말이죠."

"어디 한번 오빠가 걸어줘 봐요."

오빠라니? 아빠가 아니고? 해인은 속으로 현숙이라는 여자가 좀 의심스러워 보였다. 이게 말로만 듣던 세컨드의 모습인가? 설마.

"오빠가 걸어줘요."

아주 애교가 철철 넘쳤다. 저 다이아 목걸이의 가격을 안다면 더 놀랄 것이었다. 아니, 돈 천만 원이 훨씬 넘어가는 걸 애인에게 마구 사주다니, 해인은 옆에서 분개를 하고 있었다. 남자가 목걸이를 목에 걸어주자 여자의 입이 아주 귀에 걸렸다.

들어올 때는 순하게 봤는데 시간이 갈수록 여자는 본색을 드러내고 있었다. 가는 몸매에 가슴 수술을 했는지 커다란 가슴을 거의 다 드러내 놓고 목에 걸린 목걸이를 보며 감탄을 하고 있는 여자였다.

"오빠, 이거 너무 예뻐요."

"예뻐?"

"네."

"최 부장, 이거 포장해 줘. 그리고 알지?"

뭘 아느냐는 건지 모르겠지만 그건 최 부장과의 둘만의 대화인 것 같았다.

"오늘 빨리 가야 한다니까 밥은 집에서 먹자."

"네, 오빠."

이렇게 말을 하며 남자와 여자가 디아망을 나섰다. 어쩜 저렇게 안 어울리는 한 쌍이 있을까? 마음 같아서는 부인에게 당장 이 사실을 말해주고 싶었지만 그건 어디까지나 고객의 프라이버시였다. 결코 아는 체를 해서는 안 되는 일이라는 걸 해인은 알고 있었다.

"그래도 저건 진짜 아니다."

혼자 이렇게 말을 하며 카드전표를 본 해인은 최 부장에게로 달려갔다. 전표의 금액이 틀리게 찍혀 있었기 때문이었다. 물론 그녀가 찍은 건 아니지만 손님이 멀리 가기 전에 알려야만 했다.

"부장님, 금액이 잘못 찍혔는데요? 목걸이는 1,200만 원인데 2,400만 원이 찍혔어요."

"맞아."

"네?"

"저분이 두 개 사신 거야."

"두 개를요?"

이해가 되지 않았다. 물건을 고르면서 두 개라고 말하지도 않았는데 왜 그렇게 처리를 한 것일까? 다른 고객들이 계시는지라 최 부장은 말을 아꼈다. 그리고 해인을 따로 불러 설명을 해주었다.

"어차피 네가 고객 리스트를 작성하니까 말해주는 거야. 다음에는 절대로 이 내용으로 묻지 마."

"네."

"저분은 박진용 사장님이고 같이 온 여자는 이현숙이라고 그의 세컨드야. 저분은 세컨드를 데리고 올 때도 있지만 사모님을 모시고 오실 때도 있어. 실수 없도록 해."

"네. 그런데 왜 똑같은 걸 두 개 구매하시죠?"

"저분은 사모님과 애인에게 똑같이 선물을 하시지. 각자 모르게 말이야. 집도 같은 아파트 단지에 동만 다르다고 알고 있어."

충격적이었다.

"왜요?"

"선물을 다르게 하면 나중에 헷갈린다고 똑같이 하신대……."

"정말 놀랍네요."

"돈이 많아서 저렇게 쓰시겠다는데 뭐라고 하겠어. 우리는 굿이나 보고 떡이나 먹으면 되지. 그 사모님은 신랑이 아주 자상하다고 생각하셔. 편안한 가정에 분란을 만들 필요는 없지."

해인은 이해가 되지 않는 상황이었다. 두 집 살림이라니, 그녀는 딴 세상에 온 것 같았다.

"윤리 선생님 같은 표정은 짓지 말도록 해. 장사를 하다 보면 좋은 사람들만 오는 건 아니니까. 상황에 맞게 대처하면 되는 거야. 이럴 때는 포커페이스가 중요하지."

해인은 오늘 놀라운 사실을 알게 되었다. 참 장사라는 게 할수록 묘한 것 같았다.

미용실에서 머리를 만지고 있는 현지는 사람들의 시선이 자신에게 있음을 알아차리고 씨익 미소를 지었다. 아직은 연예인으로서 퇴물은 아니었다. 소속사에서는 1년 전부터 그녀를 퇴물 취급했지만 그녀는 아직 대한민국의 패션을 주도하는 아이콘이자 스타였다.

Rrrrrrrrr—

"언니, 전화요."

"받지 마. 귀찮아."

"송 디자이너라고 찍혔는데요?"

송 디자이너라는 소리에 현지는 전화를 받았다. 그녀의 보석 협찬사이기 때문이었다. 디아망의 디자이너였지만 송 디자이너의 제품은 우혁의 보석 디자인과는 또 다른 매력이 있었다. 비록 은이기는 했지만 디자인이 굉장히 독특해서 송 디자이너의 작품을 하고 대외행사에 나가면 스포트라이트를 받을 수 있었다.

"어머, 언니."

[현지니? 나 오늘 귀국했어.]

"진짜요? 우리 저녁에 만나서 술 한잔해야죠."

[그것보다 뭐 하나 부탁 좀 하려고.]

송 디자이너는 뭘 부탁하는 사람이 아니었다. 그런데 부탁이라니, 중요한 일인 것 같았다.

[김진아 디자이너 알지?]

"물론 김 디자이너님하고도 친하죠. 왜요?"

[거기서 옷 좀 맞추려고.]

"거기는 남성복인데?"

[남자 옷 좀 맞추려고 그런다.]

"오올~ 애인?"

[그래.]

"누군데?"

[그건 비밀.]

알 수가 없는 여자였다. 연예인 뺨치는 외모에 실력까지 두루 갖춘 여자가 여태 남자 하나가 없었다. 소문에는 김우혁을 좋아한다고 했지만 김우혁은 여동생 같은 사이라고 말했다.

"알았어. 내가 말해놓을게."

전화를 끊고 나자 현지는 김우혁을 처음 만났던 날이 떠올랐다. 지금은 사이가 좋지 않았지만 처음의 그는 그녀에게 따뜻한 사람이었다. 현지는 거울 속의 아름다운 자신을 보며 김우혁을 만났던 그날을 떠올렸다.

넓은 사무실은 사람들에게 보여주기에 아주 적합하게 만들어진 화려함과 사치스러움의 극치로 꾸며져 있었다. 스타원 엔터테인먼트는 기자들이나 광고주들은 물론 회사를 방문하는 모든 손님들에게 외형적인 면으로 한몫하고 들어가는 곳이었다.

그곳에서도 가장 화려한 방인 회장실에 현지가 앉아 있었다. 가격을 매길 수조차 없이 값비싼 소파에 앉아 싸가지 없고 드세기로 유명한 현지가 말없이 눈물만 흘리고 있었다.

"지금 울 때가 아니지."

현지의 맞은편에 앉아 있던 남자가 그녀를 비웃듯이 말을 했다.

"그럼 어쩌라고요."

"그 역할을 맡아야지. 돈은 그냥 주나?"

"난 벗기 싫다고요."

남자는 담배를 찾아 입에 물며 말했다.

"네가 뭔가 착각하고 있나 본데, 이제 너는 퇴물 배우야. 이것저것 가리면 안 된다고."

"제가 왜 퇴물이에요? 광고도 5개나 찍고 있고 드라마도 마친 지 얼마 되지 않았고……."

"광고는 6개월 단발 계약인데 다 끝이 났고 재계약은 꽝이고 드라마는 3%도 안 된 시청률로 끝이 났고, 이를 어쩐다?"

남자는 스타원의 사장이었다. 매니저 출신으로 연예계에서는 알아주는 미다스의 손이었다. 치고 빠지는 것도 빨랐고 신인 발굴도 독보적인 존재였다. 그런 그가 10년 동안 정성스럽게 키운 현지를 퇴물 배우의 수순을 밟게 하고 있었다. 열세 살에 연예계에 들어와 지금은 스물셋의 물오른 미모를 자랑할 나이지만 사장이 보기에는 그녀의 발연기 때문에 더 이상은 버티기 힘들다고 생각한 모양이었다.

"잔소리 말고 영화 찍어."

영화는 19금을 넘어서서 전라의 연기를 해야 했고 내용도 없이 그냥 벗기만 하는 영화였다.

"다른 거 다 할게요."

"넌 다른 거 다 했어."

사장이 자리에서 일어났다.

"아참, 저녁에 백석그룹 창립기념 파티에 참석해. 그나마 어르신이 널 예뻐하시니까."

현지는 섹시한 이미지 때문에 대기업의 회장들이나 정치인들의 행사나 술자리에 자주 초대가 되곤 했다. 대중에게서는 인기가 떨어졌어도 그들에게는 인기가 많았다.

그날 저녁, 백석그룹의 창립기념 행사는 그 규모가 대단했다. 현지도 연예인들이 이렇게 많이 참석할 줄은 몰랐다. 현지는 속상한 마음에 술을 마셨고 조금씩 취기가 올라오고 있었다. 그때였다. 신인 배우나 아니면 모델 같아 보이는 한 남자가 그녀의 눈에 들어왔다.

"잘생겼네."

취기가 살짝 오른 그녀는 남자에게로 가려 했지만 옆에 서 있던 사장이 현지의 팔을 우악스럽게 잡아당겨 테라스 쪽으로 나갔다.

"얌전히 굴어. 여기 기자들이 얼마나 많은 줄 알아?"

"기자들이 보면 어때서? 왜, 여기저기 몸 팔고 다니라고 시킨 것 때문에 겁이 나?"

현지는 술김에 속엣말을 쏟아냈다. 화가 난 사장이 현지의 뺨을 때리려고 했고 현지는 순간적으로 눈을 감았다. 하지만 사장은 현지의 뺨을 때리지 않았다. 아니, 못 때렸다.

현지가 눈을 뜨자 아까 그 잘생긴 남자가 사장의 손을 잡고 있었다.

"당신 말대로 여기는 기자가 많아."

사장은 순간 당황해서 안으로 들어갔다.

"괜찮아요?"

남자가 다정한 눈빛으로 그녀에게 물었다.

"네, 그런데 누구시죠?"

"저는 김우혁입니다."

"배우신가요?"

너무나 잘생긴 그였기에 현지의 질문은 당연한 것이었다.

"하하하, 제가요? 아닙니다."

남자는 생긴 것만큼이나 호탕하게 웃었다.

"현지 씨, 저 사람은 누구죠?"

"저희 회사 사장님이요."

"어쨌든 원만하게 해결하시고 웬만하면 다른 회사로 가요."

그는 이렇게 말을 하고는 그녀를 혼자 놔두고 안으로 사라졌다.

"김우혁."

"현지야?"

"어, 언니."

송 디자이너였다. 그녀에게 협찬을 해준 지 얼마 안 된 디자이너였는데 솜씨가 아주 좋았다.

"무슨 일이야?"

"아니, 괜찮아. 언니도 여기 초대받았어?"

"응, 우리 대표님하고."

"대표?"

"응, 방금 너하고 같이 있었는데?"

"그 사람이 언니네 대표야?"

그 후로 현지는 우혁에게 빠져들었다. 그렇게 빠져 산 지 1년이 흘렀다. 그는 유부남도 아니었고 돈도 잘 버는 보석 디자이너였다. 현지는 이제 연예인 생활을 그만하고 그의 곁에서 평범한 여자로 살고 싶었다.

하지만 사랑이라는 게 혼자 하는 게 아니었다. 그는 현지를 삶의 동반자로 생각하지 않았고 현지는 마음이 아팠다.

사랑이 이제는 증오로 바뀌어가고 있었다. 내가 갖지 못할 바에는 다른 여자도 못 갖게 만들 것이다. 현지의 눈에서 어두운 빛이 뿜어져 나오고 있었다.

하루도 빠짐없이 아침조회를 했다. 하루 정도는 안 해도 될 것 같은데 지 매니저가 없는 날에도 최 부장이 조회를 했다. 그만큼 디아망은 하루의 출발을 중요시했다.

특히나 황 대리는 조회시간을 지겨워해서 해인에게 계속 장난을 걸다가 지 매니저에게 혼이 나기 일쑤였다. 하지만 오늘은 조회를 싫어하는 황 대리도 아주 적극적으로 조회에 임했다. 디아망의 모든 직원들의 눈이 한곳으로 몰려 있었다. 해인도 같은 여자지만 송유빈 디자이너를 보는 순간 숨이 헉하고 막혀왔다.

늘씬한 키에 까무잡잡한 피부, 그리고 긴 생머리는 허리까지 내려오는 것 같았다. 거기에 짧은 블랙 원피스는 그녀를 더욱 날씬하게 보이게 했다. 하지만 가장 시선을 사로잡는 건 그녀의 깊게 파인 V넥 사이로 삐져나올 것 같은 커다란 가슴이었다. 무슨 외국의 섹시한 동양계 배우 같은 느낌이었다.

"죽이지."

성훈은 거의 넋이 나간 것 같았다.

"이걸 보는 낙에 출근을 했었지."

그럴 만했다. 모두들 넋이 나가 있었다. 점잖게 봤던 지 매니저도 똑같은 표정이었다.

"모두들 잘 지냈어요?"

"네!"

해인은 순간적으로 군부대에 온 줄 알았다.

"어제 출근하려고 했는데 비행기 시간이 맞지 않아서요. 어머, 이 귀요미는 누구?"

해인을 보고 하는 말 같았다.

"안녕하세요. 정해인입니다."

"반가워요. 난 송유빈 디자이너예요."

"잘 부탁드립니다."

"그래요, 모두들 일하세요. 난 김 회장님 얼굴 뵈러 왔으니까."

"회장님 오늘 협회에 나가셨습니다."

"그래요? 그럼 김 대표님께 가봐야겠네. 모두들 수고해요."

"네."

그녀가 계단을 오르자 모두의 고개가 기린 목이 되어 유빈의 짧은 치마와 미끈한 다리를 보느라 정신이 없었다.

"신이 주신 선물이다. 우리 대표님은 좋겠네."

성훈이 침을 흘리며 말했다.

"완벽한 글래머들은 다 대표님을 좋아하잖아. 연예인인 현지도 좋아 죽어, 거기다 연예인 뺨치는 우리 송 디자이너님도 좋아해. 우리 대표님은 전생에 세계를 구했을 거야."

"아참, 해인아, 이거 김 대표님 갖다 드려."

지 매니저가 해인에게 서류를 주었다.

"아까 송 디자이너님에게 드렸어야 하는데 잊었다. 이거 송 디자이너님이 디자인한 작품 공방에서 만들어 사진 찍은 거야."

"네."

해인은 서류를 가지고 2층으로 올라갔다.

똑똑.

"어머!"

해인은 문을 열다 말고 다시 닫았다. 송 디자이너와 김 대표가 끌어안고 있었기 때문이었다.

"들어와."

김 대표의 낮은 저음이 들렸다.

"눈치가 없어."

유빈의 목소리가 좋지 않았다.

"죄송합니다."

"무슨 일이야?"

김 대표의 목소리도 좋지 않았다. 아마도 그녀가 좋은 시간을 방해했기 때문인 것 같았다.

"이거 송 디자이너님 제품 나온 거 사진 찍어놓은 거라고 두 분 다 보시랍니다."

"알았으니까 가봐."

유빈이 해인의 손에서 서류를 뺏듯이 가져갔다. 해인은 얼른 인사를 하고 작업실을 빠져나왔다. 자신은 잘못한 게 없는데 마치 죄를 지은 듯한 기분이 들었다.

"뭐야, 기분 나쁘게."

해인은 이렇게 구시렁거리며 매장으로 내려왔다. 해인이 입이
나와 있자 모두들 궁금해했다.

"왜 그래?"

"아니에요."

"아닌 게 아닌데? 위에서 못 볼 거라도 봤어?"

"네? 아니오."

황 대리의 말에 해인은 자신이 나쁜 짓을 하다가 들킨 것처럼
화들짝 놀랐다.

"수상해."

"뭐가요."

이렇게 말을 하며 얼른 손걸레를 들고 더러워지지도 않은 진열
장을 닦기 시작했다.

자신의 감정에 너무나도 솔직한 송유빈이 돌아왔다. 처음에는
귀여운 여동생으로 받아들여 줬는데 지금은 그 도를 살짝 넘고 있
었다. 이제 여직원뿐 아니라 디자이너도 여자를 뽑지 말아야겠다
는 생각이 드는 우혁이었다.

여전히 디아망의 여자들은 그를 귀찮게 하고 있었다. 하나는 좋
다고 난리고 다른 하나는 자꾸만 신경에 거슬렸다.

아까 해인이 사무실에 들어와 반가워서 자신을 껴안은 유빈을
보고 놀랐을 때 사실 그도 조금 놀랐었다. 그래서 얼른 유빈을 떼

어내기는 했는데 해인이 너무 빠르게 문을 닫는 바람에 그 장면은 못 본 것 같았다.

요즘 우혁은 달라지는 자신의 모습이 몹시도 마음에 들지 않았다. 재능이 있는 제자를 발견한 건 알겠는데 그 때문에 그는 많은 것이 달라졌다. 대부분 출근을 할 때면 매장으로 들어가지 않고 옆 계단을 이용해서 작업실로 가는데 요즘은 매장 안에 있는 계단을 이용해 2층 작업실로 출근을 했다. 출근을 하면서 해인을 힐긋 보는 게 요즘 그의 소일거리였다.

괜히 해인이 웃고 있으면 그도 웃음이 나고 그녀가 찡그리고 있으면 왜 그런지 몹시도 궁금했다. 한 사람에게 이렇게 관심을 가진 적이 한 번도 없었던 그는 자신이 하는 짓이 몹시도 마음에 들지 않았다.

회식 다음 날 그를 피해 도망을 가던 해인이 좀 귀엽기는 했다. 그래서 그런 건 절대로 아니지만 그는 지 매니저를 불러서 해인이 한 달간 고객을 응대하는 법을 배울 수 있도록 지시를 내렸다.

해인이 일을 잘 배우기는 하지만 전에 없는 대표의 파격적인 인사 개입에 지 매니저는 못마땅한 눈치였다. 그래서 우혁은 해인을 자신의 작업실로 데리고 가서 보석 디자인을 가르칠 예정이라는 말도 했다. 아직은 구상 중이니 잘 가르쳐 두라는 말도 잊지 않았다.

처음에는 못마땅해하던 지 매니저도 그가 자신의 뜻을 얘기하

자 이해해 주었다. 지 매니저가 봐도 해인은 영리한 아이라는 말
도 잊지 않았다.

우혁은 진지하게 해인의 잠재된 능력을 끌어내 주고 싶었고 또
한 정말로 그녀의 말처럼 반지를 자신이 만들었는지도 직접 보고
싶었다. 한마디로 그녀의 실력이 어느 정도인지 자신의 눈으로 확
인하고 싶은 우혁이었다.

치지직!

우혁은 벌겋게 달구어진 반지를 물에 담가 식히는 작업을 하고
있었다. 요즘은 이상하게 의욕이 없다. 블루 티어스의 작업이 끝
나고 진이 다 빠져나갔는지 멍해 있는 시간이 길었다. 안토니오의
반지도 기한보다 늦어지고 있었지만 다행히 그들의 결혼식 날짜
가 미뤄져서 두 번째로 약속한 날까지는 겨우 시간을 맞출 수 있
을 것 같았다.

똑똑.

"우혁아!"

아버지였다.

"네."

"잠깐 얘기 좀 하자."

우혁이 하던 작업을 멈추고 아버지에게로 갔다.

"이따가 6시쯤에 아주 귀한 손님이 극비리에 이곳에 오실 거
다."

"누가요?"

극비리에 오는 손님은 언제나 반갑지가 않았다. 그게 연예인이라면 특히 좋은 일이 아니었다. 그들은 자신들만을 위해달라고 하는 최고의 진상들이었다. 그리고 자신은 지금 안토니오의 반지만으로도 머리가 아팠다.

"러시아의 문화부장관이다."

"네?"

"이번에 블루 티어스 건에 대해서 아주 만족스러웠는지 러시아 재벌을 데리고 이곳에 온다는구나."

"아버지가 대신 하세요."

"그 사람들은 너를 만나고 싶어 해."

난감한 일이었다. 지금은 안토니오의 반지를 만들기도 벅찬데 손님이라니 미칠 것 같았다.

"나갈 거지?"

"네."

어쩔 수가 없는 상황이었다. 아버지는 언제나 그를 믿어주시고 자랑스러워하셨다. 일에서는 냉정하실 때도 있었지만 그가 존경하는 유일한 사람은 아버지였다.

시계를 보니 4시가 가까웠다.

"아버지, 저 얼른 마무리하고 준비해서 매장으로 나가 있을게요."

이렇게 말하고 난 뒤 그는 작업대로 서둘러서 갔다. 그의 마음이 콩밭에 가 있어도 어쨌든 마무리를 해야 하는 일이었다.

그는 일을 서둘러 마치고 작업실에 있는 샤워실에서 샤워를 한 후에 짙은 회색 슈트로 갈아입고는 1층의 매장으로 내려갔다. 우혁이 내려오자 1층도 저녁의 예약손님들을 모두 취소하고 오로지 귀빈들을 모시는 준비를 하고 있었다.

매장에 없던 장미꽃들이 놓여 있었다. 아마도 귀빈을 위한 배려인 것 같았다. 얼마나 많이 가져다 놓았는지 매장에 장미향이 가득했다. 붉은 장미 옆에 해인이 서 있었다. 자꾸만 시선이 가는 여자였다.

학교에서 그녀를 본 순간부터 잊혀지지 않는 아주 이상한 여자. 그가 만났던 여자들과 비교했을 때 월등히 아름답다거나 몸매가 훌륭하다거나 하지도 않았는데 해인은 언제나 그의 시선을 사로잡았다.

블루 티어스를 한눈에 알아보는 지적인 매력 때문인지 아니면 세공의 재능 때문인지 알 수는 없지만 확실한 건 그의 시선을 사로잡았다는 것이다.

검은색 바지 정장에 머리를 단정히 틀어 올린 그녀는 스물셋 나이보다는 조금 더 성숙해 보였다. 거기에 붉은색 립스틱은 확실히 그녀의 아름다움을 더욱 살려주었다.

잠시 후, 우혁도 안면이 있는 러시아 장관이 매장 안으로 들어섰다. 그리고 그의 뒤에 러시아의 재벌이라는 남자가 들어오고 있었다. 그를 보는 순간 우혁의 얼굴이 굳었다. 러시아의 재벌이라는 남자가 아니라 그의 옆에 뱀처럼 달라붙어 있는 현지 때문이었다. 현지는 아주 보란 듯이 그를 쳐다보며 매장 안으로 들어왔고 매장의 직원들도 현지의 등장에 놀라는 눈치들이었다.

얼마간 아주 잠잠하다 싶었다. 지난번에 그렇게 경고를 했는데도 아직까지 정신을 못 차리는 현지가 우혁은 안타까웠다.

"어서 오십시오."

"안녕하십니까?"

러시아 문화부장관은 고려인으로 한국말을 아주 잘했다. 그래서인지 통역이 필요치 않았고 현지와 러시아 재벌도 한국말로 얘기를 하고 있었다.

"이쪽은 러시아 최고의 기업인 레프의 총수이신 세르게이 씨입니다."

"안녕하십니까? 저는 디아망의 대표 김우혁입니다."

우혁이 그에게 고개를 숙였다. 그는 손님이었기에 우혁은 최대한 예의를 갖추었다.

"앉으시지요."

세르게이와 러시아 장관은 그가 안내하는 메인 진열대 앞에 앉았다.

"차 한잔 드시겠습니까?"

"아니오, 벌써 다 마시고 왔습니다."

"아니, 난 마시고 싶어요."

현지가 세르게이에게 거의 안기다시피 앉아서는 칭얼거리며 말했다. 마음 같아서는 한 대 때리고 싶은 심정인 우혁이었다.

"해인 씨, 커피 한 잔."

해인이 커피를 가지고 현지의 앞에 놓자 현지가 한마디를 했다.

"아직 다니고 있었네?"

"네? 네."

현지는 아무래도 그날 해인이 자신을 그의 작업실로 못 들어가게 막은 게 몹시 거슬렸는지 아직도 해인을 물고 늘어졌다.

"어떤 게 필요하십니까?"

우혁이 얼른 그들의 시선을 돌렸다.

"러시아에 있는 부인에게 작은 목걸이를 하나 선물하고 싶어서요. 결혼 20주년이라서 의미 있는 목걸이로 하고 싶습니다. 집사람이 디아망의 디자인을 몹시 좋아해요."

장관은 소탈한 사람 같았다. 우혁도 그에게는 잘해주고 싶은 마음이 들었다.

"세르게이, 난 나를 위한 목걸이를 가지고 싶어요."

이렇게 말하며 현지는 세르게이의 가슴을 찔리면 죽을 것 같은 긴 손톱으로 쓸어내렸다. 우혁을 질투 나게 할 모양인 것 같은데 그는 현지의 모습이 역겨웠다. 그녀는 그와의 짧은 만남을 쿨하게 끝내지 못하고 있는 것 같았다.

"현지가 가지고 싶은 걸로 해."

세르게이가 느끼한 시선으로 자신의 옆에 붙어 있는 현지에게 말을 하자 현지가 그의 입술에 키스를 하고는 입가에 묻은 립스틱을 손으로 닦아냈다. 아주 영화를 한 편 제대로 찍고 있었다.

직원들의 눈은 3류 영화 같은 장면에 고정되어 있었지만 우혁의 표정은 아무렇지 않았다. 현지가 그의 앞에서 무슨 짓을 하든 그는 관심이 가지 않았다. 일단 물건을 팔기만 하면 되는 것이었다.

"대표님, 나는 나의 이 가늘고 하얀 목이 돋보이는 디자인이면 좋겠어요."

"먼저 러시아 장관님부터 목걸이를 골라 드리겠습니다. 지 매니저님, 제가 지난번에 디자인했던 하트 목걸이 좀 주시죠."

우혁의 말에 지 매니저가 하트 목걸이를 가지고 왔다. 우혁이 아끼는 디자인 중의 하나였다. 레드골드 줄에 핑크 다이아가 하트 모양으로 박힌 아주 심플한 디자인이었다.

"이거면 아주 좋아하실 겁니다. 목걸이 뒤쪽으로 디아망의 로고와 제가 직접 디자인해서 만든 작품에만 있는 제 사인이 새겨져 있습니다."

우혁은 자신이 만든 작품을 러시아 장관에게 권했다. 그건 우혁이 장관을 아주 잘 봤다는 얘기였다.

"예쁘기도 하고 특별한 사인까지 있으니 아내가 좋아할 것 같습니다. 이걸로 주세요."

러시아 장관은 참 예의가 바른 사람이었다. 하지만 세르게이란 작자와 현지는 정말로 눈을 뜨고 볼 수가 없는 아주 무식한 인간들이었다. 남들의 시선은 어떻든지 간에 서로의 몸을 더듬는 것에 열중하고 있었다.

우혁은 그들을 무심하게 바라보며 말했다.

"이건 어떠신가요?"

이번에는 우혁이 직접 목걸이를 가지고 왔다. 5부짜리 최상급의 다이아가 전체에 박히고 메인에 10캐럿짜리 메달이 있는 디자인이었다. 뭐 당연히 예쁘겠지만 말이다.

"어머, 예쁘다."

러시아의 재벌이 카드를 꺼냈다.

"얼마지?"

"10억입니다."

계단에서 송 디자이너가 걸어 내려오며 말을 했다.

"얼마?"

거들먹거리며 현지의 가슴을 주무르고 있던 세르게이의 눈이 동그랗게 떠졌다. 하룻밤을 즐긴 대가치고는 너무나 컸기에 그는 놀란 표정이었다. 놀라기는 현지도 마찬가지였다. 그녀가 사달라고 조르기에는 액수가 너무 컸다.

"저희 집에서 유일하게 하나뿐인 디자인입니다. 고객분께서 그걸 원하신다고 하기에."

우혁은 자신의 생각대로 표정의 변화 없이 말했다.

"현지네."

우혁의 옆에 선 유빈이 세르게이의 옆에 있는 현지에게 인사를 건네고는 현지의 옆으로 다가가서 그녀의 귀에 대고 다 들리게 속삭였다.

"난 네가 슈퍼스탄 줄 알고 협찬해 줬는데 이제부터 이분이 네건 사주시면 되겠네."

"언니, 손님한테 너무하시는 거 아니에요?"

"어머, 깜빡했네. 이태리 물을 먹고 온 지 하루뿐이 안 지나서 말이야. 그리고 손님이면 손님답게 굴었으면 좋겠네. 여긴 여관방이 아니거든."

유빈의 말에 우혁은 하마터면 빵 터질 뻔했다.

"하도 어수선해서 왔더니 여기도 어수선하네. 그리고 나, 아니, 이제 디아망은 현지 너한테 협찬 안 해."

그러더니 멍한 표정의 러시아 장관과 세르게이를 보며 말했다.

"죄송해요. 굉장히 귀한 손님들이신데 너무 실례를 한 거 아닌지 모르겠네요. 디아망은 원래 최고의 고객들만 상대하는 곳인 건 맞습니다. 장관님은 저희 물건을 사셨군요. 감사합니다."

그렇게 말을 하고는 2층으로 올라갔다. 우혁은 나중에 송 디자이너를 불러서 칭찬해 주어야겠다고 생각했다.

"내가 언제 그렇게 비싼 걸 달라고 했나?"

얼굴이 붉으락푸르락한 현지와는 다르게 우혁의 표정은 변화가 없었다. 디자이너기도 했지만 그는 타고난 장사꾼이기도 했다. 현지는 무시한 채 세르게이를 한 번 보고 살 마음이 없음을 확인한 우혁은 목걸이를 집어넣었다. 그도 자신이 디자인한 소중한 물건을 가치도 모르는 사람에게 팔고 싶지가 않았다.

"목걸이는 안 사주는 거예요?"

"허흠."

현지의 말에 세르게이는 헛기침만 했다. 우혁은 슬그머니 목걸이를 원위치에 가져다 놓았다. 세르게이에게 현지는 그만한 가치가 있는 여자가 아니었다.

"장관님의 목걸이는 포장이 다 되었나?"

"네."

"이건 저의 선물입니다. 제품은 그걸 알아보는 고객에게 가야죠. 제가 가장 아끼는 아이입니다. 사랑하는 사모님께도 결혼기념일 축하드린다고 전해주십시오."

우혁은 웃으며 사람 좋아 보이는 장관에게 목걸이를 전하고는 세르게이를 쳐다봤다.

"다음에 또 오시라는 말씀은 드릴 수 없지만 혼자 오신다면 제가 정중히 응대하겠습니다."

그들에게 인사를 한 우혁은 자신의 작업실로 올라가 버렸다. 피곤했다. 멍한 표정으로 그 모습을 보고 있던 현지가 말했다.

"뭐가 그렇게 잘났어? 세르게이는 이런 금방 100개쯤 차리고도 남아."

그 말에 우혁은 뒤를 돌아보지도 않고 비웃음을 날리며 계단을 올라갔다. 톱스타씩이나 되어서 이렇게 질척이는 건 딱 질색이었다. 그래도 우혁이 잠시나마 즐거웠던 건 해인 때문이었다. 그와 대각선으로 직원들 틈에 서 있는 그녀는 현지가 이상한 행동을 할 때마다 얼굴을 찡그리며 희한한 광경을 다 본다는 식으로 다양한 표정을 짓고 있었다.

그가 마지막으로 한마디를 하고 자리에서 일어나자 박수라도 칠 기세였다. 그 모습이 어찌나 귀엽던지 포커페이스를 유지해야 함에도 불구하고 자꾸만 미소가 지어지려 해서 우혁은 참느라 힘들었다.

"정해인이 골치군."

일단은 이태리 갑부의 네 번째 부인을 위한 웨딩링부터 완성하기로 결심한 우혁은 작업실로 돌아와 자신의 땀 냄새가 배어 있는 낡은 면티와 청바지로 갈아입었다. 일이 잘 풀리지 않거나 너무 바쁠 때 이 옷을 입으면 좀 술술 풀리는 느낌이었다. 마치 그의 행운의 마스코트처럼 말이다. 그 위로 작업 때 입는 앞치마를 걸치고 작업대에 앉아 기본 틀을 만들어놓은 반지를 다듬는 작업을 시작했다.

쓰윽쓰윽.

금과 쇠가 만나는 야스리질은 언제나 그를 흥분시키곤 했다. 그가 다듬을수록 반지 속에 갇혀 있던 원래의 선이 살아나기 때문이었다. 이렇게 열심히 움직이다 보면 잡념이 생기지 않아 좋았다. 디자인을 할 때는 여러 가지를 생각해야 하기 때문에 머리가 아팠지만 이렇게 반지를 만들 때면 스트레스가 풀리는 우혁이었다.

만약에 만드는 즐거움 없이 디자인만 했다면 그는 아마 스트레스를 받아서 벌써 디아망에서 도망쳤을 것이었다. 어린 나이에도 그를 믿고 유학을 보내주신 부모님께 우혁은 언제나 감사했다. 이렇게 우혁은 오늘도 작업실에서 밤을 새우고 있었다.

4

며칠 만에 집에 들어와서 깊은 잠을 잔 우혁이었다. 어제 드디어 안토니오의 반지가 완성되어 이태리로 보내고 그는 일찍 집으로 들어와 바로 잠들어 버렸다. 얼마나 정신없이 잤는지 눈만 감았다가 떴는데 아침인 것이다. 침대 위로 아침 햇살이 반짝이고 있었다.

"으으흠."

기지개를 켜고 우혁은 다시금 눈을 감아버렸다. 잠은 잘 잤지만 그간의 피로로 눈이 떠지지 않아 그냥 침대에 붙어 있고 싶은 심정이었다. 하지만 매장의 특성상 휴일에 손님이 많은 관계로 주말은 직원 전체가 쉬지 못하는 날이었다. 그 말은 곧 오늘은 토요일이고 고로 그가 출근을 해야 한다는 것이었다.

"우혁아~"

어머니의 부르는 소리가 그의 귀에 계속해서 들리고 있었다. 잠결에 들어서 그런지 마치 꿈속에서 그를 부르는 것 같았다.

짝!

아들의 나이가 서른다섯인데 어머니의 눈에는 아직도 아이인 것인지 속옷만 입고 자는 아들의 엉덩이를 손으로 세게 치셨다.

"아버지 일어나셔서 벌써 식사하신다."

"어머니, 저 완전 죽을 것 같아요."

"그래도 밥은 먹고 자라."

우혁이 다시 베개 속으로 머리를 집어넣자 어머니가 다시 한 번 그의 엉덩이를 때렸다.

"빨리 일어나 먼저 먹고 씻어."

"1분만요."

"또 맞고 싶지?"

"아뇨, 일어납니다."

우혁은 이 집의 하나뿐인 아들이었다. 어머니는 다 큰 아들을 언제나 애 취급이셨고 그건 아버지도 마찬가지였다. 매장에서나 대표 취급을 해주시지 집에서는 어림없었다. 부촌인 성북동에 집이 있었지만 그들의 집은 다른 부자들의 집과 사뭇 달랐다. 아버지가 직접 정원을 가꾸시고 어머니가 살림을 하셨다.

지금은 부자였지만 날 때부터 부자는 아닌 자수성가한 집안이었다. 아버지, 어머니 두 분 다 자그마한 체구에 인상이 참 좋은 분들이셨고 어려울 때를 기억할 줄 아는 분들이었다.

　　식탁에 그가 앉자 어머니가 손으로 조기를 발라주셨다.

　　"이거 아버지 아시는 분이 영광 굴비라고 가져다주신 거야. 맛있으니까 먹어봐."

　　"네."

　　우혁은 하품을 하면서 밥을 억지로 입안으로 넣었다.

　　"애 좀 그만 부려먹어요."

　　"내가 시킨 거 아니야. 지가 열심히 하는 거지."

　　아버지는 그간의 일을 시치미를 떼고는 밥에만 시선을 두었다.

　　"아버지가 시킨 거 맞아요."

　　우혁이 이렇게 말하자 어머니가 아버지 앞의 굴비를 우혁의 앞으로 접시째 옮겼다.

　　"뭐 하는 짓이야?"

　　"우리 아들 마른 거 안 보여요?"

　　"둘의 그 연합전선은 언제까지 계속될 건데?"

　　"우리 아들 결혼할 때까지요."

　　"며느리가 벌써부터 불쌍하군."

　　아버지가 삐치셨는지 툴툴대기 시작했다.

　　"그건 그렇고 저 동남아로 봉사활동 가요."

"언제?"

"일주일 뒤에요."

"그럼 우리는?"

아버지가 놀란 토끼눈을 하고 어머니를 쳐다보았다. 아버지는 어머니 없이는 양말 하나도 못 찾는 사람이었다.

"아줌마 불렀어요."

"왜 가는데?"

엄마는 굴비를 뜯어 아버지 밥과 우혁의 밥에 똑같이 올려주며 말을 계속 이어가셨다.

"교회에서 권사들하고 안수집사들만 가는 거예요. 봉사도 하고 선교도 하고."

아버지는 못마땅한 눈치셨지만 심심해하시는 어머니를 위해 허락하셨다.

"여보, 찬조 좀 해요. 이번에 아이들을 위해서 신발 좀 사가려고요. 지난번에 갔을 때 보니까 선물한 신발을 신지도 못 하고 좋아서 안고 다니는데 마음이 너무 아프더라고요."

"알았어."

"고마워요."

역시 아버지는 어머니에게 약했다.

"아참! 우혁아, 엄마가 잘 아는 회장님 사모님이 있는데 딸이 그렇게 예쁘더라. 시간 한번 내봐. 너도 알지, 대신상사. 그 집 딸이야."

"제가 요즘 아주 바빠서요."

"바쁘긴. 서른다섯인데 아직 장가도 안 가고."

어머니가 평소와는 달리 포기하지 않으실 분위기였다.

"몇 번 교회에 나와서 봤는데 키도 크고 아주 예뻐. 상냥하기도 하고. 네가 만나는 그 유명한 애들보다 백배는 나은 것 같아."

우혁은 어머니가 선 얘기나 결혼 얘기를 할 때마다 신경이 예민해지곤 했다.

"어머니, 제가 알아서 할게요."

우혁은 밥을 먹다 말고 일어났다.

"날을 잡을 테니까 그런 줄 알아."

어머니는 그의 뒤통수에 대고 소리를 쳤다.

토요일 아침, 이런 날은 평소보다 더 일찍 출근을 하는 해인이었다. 김 회장이 주말은 문을 더 일찍 열기 때문이었다. 바쁘게 씻고 출근하려는 해인을 엄마가 잡았다.

"잠깐만, 해인아."

"……."

신발을 신으며 해인이 엄마를 쳐다보았다.

"교회의 권사님이 너를 예쁘게 봤는지 자기 아들하고 선을 한 번 봤으면 하더라고."

기가 막히는 해인이었다. 당장에 방세도 제대로 못 내는 집에서 무슨 선이냐는 생각이 들었다.

"엄마, 나 출근해야 해."

"생각해 봐. 알았지?"

해인은 듣는 둥 마는 둥 하고 집을 나서는데 엄마가 골목까지 쫓아 나왔다.

"그리고 해인아, 엄마 동남아 봉사 가기로 했다."

"엄마!"

"네가 엄마 돕는 셈치고 기부 좀 해."

"엄마, 우리 월세도 못 내고 있어. 설마 그 돈으로 신청한 건 아니지? 누가 누굴 도와. 우리가 제일 가난한데."

속에서 천불이 나는 해인이었다. 엄마의 이런 뜬금없는 행동이 그녀의 마음을 답답하게 만들었다.

"엄마, 나 늦었어."

"그래, 알았어. 잘 다녀와."

마음이 좋지 않았다. 해인은 다시 발걸음을 돌려 엄마를 불렀다.

"엄마, 이거 내 한 달 생활비야. 이제 점심을 굶어야 할지도 몰라. 아껴서 쓰고 이번 여행이 엄마의 교회 활동의 마지막이길 바래."

이렇게 말을 하며 해인은 자신의 지갑 속에 있는 만 원짜리를 모두 엄마에게 꺼내주었다.

"그리고 엄마, 나 방 얻어서 나갈 거야."

"어? 그게 무슨 소리야?"

"진짜 늦었어. 이따가 집에 와서 다시 얘기할게."

해인은 속이 상했다. 어떻게든 엄마와 버텨보려고 했지만 더 이상은 무리였다. 엄마는 나이도 젊고 하니 엄마의 인생을 편하게 살았으면 싶었다. 자신이 돈을 벌어 본인이 쓰고 싶은 교회의 일을 얼마든지 하면서 말이다. 해인과 동생은 이제 그만 놔줬으면 좋겠다고 생각했다.

오늘도 지하철은 몹시 붐볐고 그녀의 복잡한 머리만큼이나 사람들로 북적였다. 오늘도 그녀가 1등으로 도착했다. 어차피 매장 앞을 쓸어야 해서 해인은 빗자루를 미리 밖에 숨겨두었다.

이제는 봄으로 접어들어 날씨가 어느 정도 따뜻해졌다. 옆에 있는 의류매장의 화단에는 철쭉이 가득 피어 있었다. 디스플레이용이라서 화단이 그리 크지는 않았지만 보기에는 충분히 좋았다.

쓰윽쓰윽.

해인은 열심히 매장 앞을 쓸었다.

"일찍 왔군."

등 뒤에서 김 대표의 목소리가 들렸다. 화들짝 놀란 해인이 구십 도로 몸을 숙여 인사를 했다.

"안녕하십니까?"

오늘은 김 회장과 김 대표가 웬일로 나란히 출근을 했다. 그녀가 출근을 하고 처음 있는 일이었다.

"아버지, 해인이가 정달호 사장의 딸인 거 아셨습니까?"

아버지와 아들이 셔터를 열며 그녀의 얘기를 했다.

"알았다."

이번에 놀란 건 해인뿐만이 아닌 것 같았다.

"그런데 왜 말씀을 안 하셨어요?"

"아비의 덕을 보면 안 되지. 혼자 커야 하는 거니까. 내가 아무리 달호와 친구였어도 그건 변하지 않아."

"······."

순간 해인은 김 회장이 자신을 지켜보고 있었다는 걸 알 수가 있었다. 우리나라 최고의 명장인 아버지의 후광을 입지 않고 그녀 스스로가 성장하기를 바라면서 말이다.

"들었으면 열심히 해서 실력을 쌓도록 해."

"네."

여전히 무뚝뚝하게 말씀하셨지만 해인은 그 속의 정을 느낄 수가 있었다. 우혁이 아버지를 도와 셔터를 열면서 자신을 슬쩍 보는 게 느껴졌다. 우혁의 시선이 싫지만은 않은 해인이었다.

바쁘게 오픈 준비를 끝내고 최 부장의 옆에서 고객 리스트 정리와 보고서 정리를 하느라 해인은 정신이 없었다. 김 대표가 나와서 최 부장이 앉은 진열대 옆에 앉아 있는 것도 모르고 일에 몰두했다. 아침에 김 회장의 말을 들은 후에는 더 잘하고 싶은 해인이었다.

노트북 정리가 생각보다 시간이 걸리고 있었다. 이렇게 되면 집으로 가져가서 일을 해야 기한까지 마무리를 할 수 있을 것 같았다.

"어서 오십시오."

김 대표의 소리에 순간 노트북 위에서 춤추고 있던 해인의 손이 순간 멈추었다. 아침에도 보긴 했지만 지난번 회식 이후에 해인은 김 대표와 될 수 있으면 마주치지 않으려고 노력했고 조회 시간에 어쩌다 김 대표가 나오면 바닥에 시선을 고정해 눈길을 피하던 해인이었다.

"해인 씨, 커피 두 잔."

분명히 김 대표가 그녀에게 한 말이었다. 해인은 얼른 커피가 있는 탕비실로 가서 커피 두 잔을 가지고 김 대표가 있는 곳으로 갔다. 이곳에 잘 내려오지 않는 사람인데 특별한 손님이 온 모양이었다.

해인은 커피를 놓다가 그대로 몸이 얼어버렸다. 지금 자신의 앞에 앉아 있는 사람은 우리나라 최고의 배우인 강태환이었다. 그리고 그의 옆에는 대세 배우인 이세인이 있었다. 어렸을 때 해인의 소원이 강태환을 한 번이라도 가까이서 보는 것이었을 정도로 좋아하던 배우였다.

"안녕하세요."

강태환이 놀란 해인에게 웃으며 인사를 했다. 지금 당장 죽어도 여한이 없는 해인이었다.

"정해인!"

김 대표가 아주 못마땅한 목소리로 그녀의 이름을 불렀다. 장사를 해야 하는데 멍하게 있는 해인이 거슬렸던 모양이었다.

"네."

"자리로 돌아가."

"네."

해인은 시선은 강태환에게 가 있고 몸만을 움직여 최 부장의 자리로 이동을 하고 있었다. 김 대표가 강태환에게 뭐라고 말을 하고 있는데 해인의 귀에는 들리지 않았다. 다만 가끔씩 그녀를 쳐다보며 웃고 있는 강태환만이 보일 뿐이었다.

"너무 잘생기지 않았어요?"

"너무 예쁘다."

그녀의 말에 최 부장이 동문서답을 하고 있었다. 아마도 최 부장은 이세인을 보고 있는 게 분명했다.

"강태환이 나를 보고 웃었어요."

해인은 완벽하게 넋이 나가 있었다. 모두가 그들을 볼 수밖에 없는 것이 강태환의 요구로 2시간가량 매장의 문을 닫았기 때문이었다. 해인과 최 부장을 제외하고 김 대표의 옆에서 도와주는지 매니저를 제외하고 황 대리와 영철, 현호, 성훈 선배는 모두 출입구 쪽에 안팎으로 서 있었다.

그만큼 둘은 유명했고 지금의 상황은 철저하게 비밀인 것이었다.

"근데 둘의 나이 차이가 상당할 텐데……."

해인이 거의 복화술로 최 부장에게만 들리게 얘기를 했다.

"열다섯 살."

"와~ 그래도 강태환인데 그깟 나이 차이야."

"이세인이 너랑 동갑이야."

"부럽다."

연기파 배우인 강태환의 인기는 아이돌에 맞먹었다. 그는 대륙의 신이었으며 아시아의 왕이었다. 그가 나온 모든 영화는 상을 휩쓸 만큼 그는 연기의 지존이었다. 그리고 그의 잘생긴 얼굴은 모든 여성의 마음을 설레게 했었다.

"근데 김 대표가 강태환에게 형이라고 하더라고."

"형이요?"

"응, 김 대표의 인맥도 대단하지. 연예인들이 사랑하는 보석 디자이너잖아."

"그래요?"

해인은 김 대표가 유명한 줄은 알고 있었지만 인맥이 화려한지는 알지 못했다. 남들처럼 대중매체를 접할 시간이 해인에게는 거의 없었다. 어릴 때 아빠와 공장에서 노는 게 만화를 보는 것보다 좋았고 커서는 보석 디자인에 빠져서 더 접할 기회가 없었다.

오늘 온 강태환과 이세인은 너무나 유명한 사람들이라서 연예계에 대해 문외한인 해인도 잘 아는 사람들이었다.

"인터넷 안 보고 살아?"

"가끔 보지만 잘 안 봐요."

"요즘 사람이 아닌데?"

인터넷은 세계적인 보석 디자이너들을 검색할 때나 썼지 쓸데없이 연예계를 검색하는 일에 시간을 낭비하지는 않았다.

"천연기념물이야."

둘이 숙덕거리고 있자 지 매니저가 해인과 최 부장을 쏘아보았다. 그러더니 갑자기 해인에게 오라는 손짓을 했다.

"손님 가고나 혼내지."

최 부장이 그렇게 말하며 해인에게 가보라고 했다. 긴장을 한 해인은 냉큼 지 매니저의 옆으로 갔다.

"대표님이 하시는 거 잘 봐."

지 매니저가 해인의 귀에 속삭였다.

"네."

해인은 떨리는 마음으로 김 대표의 뒤에 섰고 강태환과는 마주 보고 있게 되었다.

"우혁아, 세인이가 요즘 살이 많이 빠져서 원래 사이즈보다 많이 작다."

엥게이지(반지 사이즈를 재는 기구)로 세인의 손가락 사이즈를 잰 김 대표도 혀를 내둘렀다.

"살 좀 찌셔야 되겠어요, 세인 씨. 5호가 뭐예요."

김 대표가 자상하게 말했다.

"입덧이 심해서 살이 많이 빠졌어요. 저 원래 7호인데……."

"다이아 반지는 메인이 있어서 딱 맞지 않으면 다이아 무게 때문에 돌아가거든요. 처음에는 5호로 끼다가 살이 좀 오르면 원래 사이즈로 키워줄게요. 수선하면 되니까."

"네."

세인이 세상에서 가장 행복한 미소를 지었다.

"그럼, 원하는 디자인 있어요?"

"심플했으면 좋겠어요. 너무 화려한 건 싫어요. 그런데 가끔은 화려하게도 끼고 싶기도 한데, 딱 정한 건 없어요."

김 대표가 한참을 생각하더니 디자인 북과 작은 스케치북을 꺼냈다.

"그럼 메인이 있는 세 쌍지로 하죠."

"세 쌍지요?"

그가 디자인 북을 펼쳤다. 해인은 그의 디자인 북을 처음 보았다. 보물과도 같은 디자인 북이었다. 그가 한 장 한 장 넘길 때마다 해인은 두 눈을 부릅뜨고 하나하나 머릿속에 담았다.

"이건 쌍지인데 이 디자인으로 세 쌍지를 하면 좋을 것 같아요. 형이야 돈이 많으니까 큰 걸 해주고 싶겠지만 세인 씨처럼 가는 손가락에는 너무 큰 건 그렇고 1캐럿으로 했으면 해."

"알아서 해줘."

김 대표가 스케치북에 디자인을 하기 시작했다. 순식간에 놀라운 디자인이 탄생되었다.

"메인 반지는 밴드에 다이아만 있는 가장 기본형인 디자인이고 사이드 링은 쌍가락지만으로도 낄 수 있게 작은 알로 12개의 탄생석을 집어넣을 거야. 세상에 하나뿐인 반지지."

세인의 표정이 밝아졌다.

"이렇게 할까?"

"네, 저는 좋은데 우혁 씨의 디자인이면 아주 비쌀 텐데요."

"걱정 마세요. 형은 부자니까."

이렇게 말하는 그들은 자주 만난 사람들처럼 화기애애했다.

"요즘도 현지가 괴롭혀?"

"아니, 요즘은 잠잠해. 유빈이에게 한 방 먹었거든."

"진짜?"

"응."

현지의 얘기까지 아는 걸 보니 보통 친한 사이가 아닌 것 같았다.

"스타원 대표가 현지하고 재계약을 안 할 모양이더라고. 우리 쪽에 콜을 한 걸 보면."

강태환이 현지를 걱정한다는 생각이 들었다.

"너무 현지 미워하지 마라. 어려서부터 연예계의 가장 안 좋은 것만 경험하고 자란 아이라서 좀 삐뚤어져 있거든. 선배로서 마음이 안 좋다."

강태환은 연기 실력도 실력이지만 사람이 아주 좋은 것 같았다.

"언제 발표할 거야?"

김 대표가 화제를 돌렸다. 김 대표에게 현지는 귀찮은 존재기 때문인 것 같았다.

"결혼식 끝나고, 아니면 당일에."

"뭐?"

강태환이 김 대표의 표정을 보고 웃었다.

"태환 씨는 조용하게 식을 치르고 싶어 해요. 언제나 많은 사람에게 관심을 받는 사람이니까 개인적인 일까지 관심 받기 싫어하는 것 같아요."

세인이 조용히 앉아 있다가 태환의 편을 들었다.

"그래도 평생에 한 번인 결혼식인데 서운하지 않겠어요?"

"아뇨, 그냥 이제 마음 편하게 손잡고 어디든 갈 수 있는 것만으로도 좋아요. 차 안의 데이트는 질렸거든요."

그들은 평범함을 원하고 있었다. 해인은 왠지 세인이 대단하다는 생각이 들었다. 요즘 하도 예능 대세다 해서 가벼운 사람일 줄 알았는데 속이 꽉 찬 사람 같았다. 둘이 이렇게 있으니 열다섯 살이라는 나이 차이가 별로 느껴지지 않았다. 하기야, 김 대표와 해인도 열두 살이라는 나이 차이가 났다.

순간적으로 이런 생각을 하다가 해인은 깜짝 놀랐다. 김 대표와 자신을 엮다니 안 될 말이었다. 해인은 지금 할 일이 너무나 많았다. 연애는 서른이 넘어서나 꿈꿀 수 있을 것 같았다.

"결혼식 때 불러."

"알았어."

"얼른 가. 세인 씨 힘들어."

그들은 시간 차이를 두고 매장을 빠져나갔다. 먼저 세인의 매니저가 세인을 데리고 나갔다. 김 대표와 태환은 그사이에 커피를 한 잔 더 마셨다.

"여기 커피 맛이 좋은데요."

태환이 가슴 떨릴 듯한 미소로 해인에게 말을 건네자 김 대표가 인상을 쓰며 말했다.

"좀 있으면 결혼할 유부남이 어디서 꼬리를 치는 거야?"

"원래 나는 미인에게 약하다."

태환이 아주 가볍게 응수를 했지만 해인은 다리의 힘이 풀렸다. 그녀에게 미인이라고 태환이 말했기 때문이었다.

"이름이 뭐예요?"

"정해인입니다."

"연예인 해볼 생각은 없어요?"

"네?"

해인이 깜짝 놀란 표정을 짓자 김 대표는 더 싫은 티를 냈다.

"괜히 열심히 일하는 애한테 헛바람 넣지 마. 해인 씨, 이제 가서 다른 일 해."

해인은 자신의 자리로 돌아갔다. 김 대표가 그렇게까지 화를 낼 필요가 있나 하는 생각을 하면서 말이다.

"너, 너무 예민한 거 아냐?"

태환이 우혁을 보며 이상한 미소를 지으며 말했다.

"뭐가?"

"그냥 평소의 너답지가 않아서."

"평소의 내가 어떤데?"

태환이 앞에 놓인 커피를 한 모금 마시고 최 부장의 옆에서 노트북을 펼치고 있는 해인을 보며 말했다.

"무심하고 시크하지."

"아닌데."

우혁은 사람들에게 친절했고 오랜 친구들도 많을 만큼 인맥 관리를 잘했다.

"여자한테 말이야."

그건 태환의 말이 맞았다. 여자 때문에 태환처럼 귀찮지는 않았지만 그래도 그를 본 여자들은 떨어지려고 생각을 안 했다.

"솔직히 말해봐."

"뭘?"

해인을 자신도 모르게 힐끔거리고 있던 우혁이 태환에게 물었다.

"저 아가씨에게 관심 있지?"

"누가? 내가?"

"응."

"아니."

우혁은 얼른 시선을 돌리며 말했다.

"귀신을 속여라."

태환이 커피를 마시며 계속해서 해인과 우혁을 번갈아 쳐다보고 있었다.

"안 가?"

우혁이 태환에게 말하자 태환이 씩 웃으며 말했다.

"네가 중학교 때였나? 태수하고 집에 와서……."

"아이 씨, 가라고!"

우혁이 버럭 소리를 지르자 태환이 자리에서 일어났다.

"돈 안 받아?"

"찾을 때 결제하고 가. 제발."

"알았다. 지 매니저님, 저 갑니다. 해인 씨, 저 가요."

일을 하던 해인이 수줍게 미소를 짓고 있었다. 그에게는 한 번도 보여주지 않은 미소였다. 우혁은 자신의 스케치북과 디자인 북을 챙겨 2층의 작업실로 향했다.

"아우, 형이 아니라 웬수네."

작업실에 들어온 우혁은 소파에 앉아 생수를 벌컥거리며 마셨다.

"아니, 그 얘기는 왜 꺼내는 건데?"

우혁은 소파에 기대앉으며 눈을 감았다. 지금도 잊고 싶은 일이었다. 사람이 기억을 지우개로 지울 수만 있다면 아주 깨끗하게 지우고 싶은 과거였다.

그가 중학교 2학년 때 단짝 친구가 태환의 동생인 태수였다. 태환은 그때도 스타였다. 태환의 잘생긴 외모는 배우를 할 수밖에 없었다. 하지만 형과는 정반대로 슈퍼 헤비급 돼지인 태수는 왕따의 전형적인 모습이었고 비쩍 마른 데다가 두꺼운 안경에 교정기까지 낀 우혁도 태수와 별반 다를 게 없었다.

그래도 그는 태수보다는 낫다고 생각을 했었다. 그래서인지 두 사람은 둘도 없는 친구였고 서로를 의지하며 왕따의 생활을 견디고 있었다. 하지만 둘의 우정에도 금이 갈 만한 커다란 사건이 있었으니 같은 반의 혜림이를 둘 다 짝사랑했다는 것이었다.

문제는 혜림이가 유독 태수에게만 친절했다는 것이다. 나중에 안 사실이지만 혜림이 태수에게 잘했던 건 웃기게도 태환을 좋아했기 때문이었다. 어릴 때의 아픈 추억이었지만 태환은 이 이야기로 태수와 우혁을 지금까지 놀리고 있었다.

하지만 오늘은 어디까지나 다른 문제였다. 그는 해인을 좋아하지 않았다. 전화기를 집어 든 우혁은 어디론가 전화를 걸었다.

"뭐 하냐?"

[일한다.]

태수였다. 요즘 바빠서 통 얼굴 한번을 못 본 친구였다.

"얼굴이나 보자. 술도 마시고 싶고."

[좋지, 내일모레 보자. 내일까지 일이 있어서.]

"그래, 바쁜 게 좋은 거지."

태수는 무역업을 했다. 수완도 좋고 원래부터 머리가 좋은 녀석이라 사업은 승승장구하고 있었다. 어릴 적에 뚱뚱하던 모습도 사라져 지금은 태환보다는 못 하지만 그래도 아주 잘생긴 모습이었다. 태수와 약속을 잡은 그는 다시 자신의 작업대로 가서 일을 하기 시작했다. 지금은 다른 생각을 하고 싶지 않은 그였다.

"엄마, 싫다고. 내가 무슨 선이냐고."

해인은 퇴근하고 집에 돌아오면서부터 이렇게 엄마와 말다툼을 하고 있었다. 아침부터 선보라는 얘기를 하더니 지금은 아예 내일 모레라고 그녀에게 통보를 하고 있었다.

"권사님하고 약속한 거니까 안 가면 안 돼."

엄마는 다시 한 번 단단히 못을 박았다.

"엄마, 도대체 우리 사정은 언제쯤 생각할 거야. 월세방도 못 벗어났는데 무슨 결혼이냐고."

"다 되게 되어 있다니까."

엄마의 18번이었다. 자신은 남들에게 돈을 빌려서라도 하고 싶은 걸 하니 다 잘되게 되어 있다고 생각하지만 실상은 언제나 빚에 쪼들리고 있었다.

"엄마, 생각 좀 하고 살아."

"뭐?"

"우리는 지금 빚에 쪼들리고 있단 말이야."

"누나!"

옆에서 듣고만 있던 민호가 해인을 말렸다.

"그래도 다 하나님께서 보호해 주신다고. 네가 기도를 안 해서 더한 거야."

"엄마도 그만해."

민호가 이번에는 엄마도 말렸다.

"나 집 얻어서 나갈 거야."

"그 돈으로 방세나 좀 갚아."

엄마는 한 번도 해인의 입장에서 생각해 주지 않았다.

"나갈 때 나가더라도 내일모레 선 자리는 꼭 나가."

그렇게 말을 하며 약속 장소와 시간이 적힌 종이를 해인에게 주고는 이불을 덮어쓰고는 잠이 들었다.

"누나, 누나도 자."

민호의 말에 해인도 이불을 뒤집어쓰고는 잠을 청했다.

이틀이 지났는지도 모르게 요즘 해인은 바빴다. 디아망에서 열심히 일을 하다 보니 시간 가는 줄 모르는 해인이었다. 선을 보러 가는 것도 잊어버리고 있던 해인은 퇴근시간에 엄마의 전화를 받았다.

"엄마."

이틀 동안이나 말을 안 했는데 목소리가 좋게 나갈 수가 없었다.

"왜?"

[오늘 선보는 거 잊지 않았지? 약속 장소에서 기다린다고 하니까 얼른 가.]

"엄마."

뚜뚜뚜뚜—

엄마는 할 말만을 하고 전화를 끊어버렸다. 화가 머리끝까지 나긴 했지만 해인도 그렇게 모진 성격은 아니었다.

"아이, 짜증나."

해인은 평소에 머리를 단정하게 묶고 망에 넣어 틀어 올린 스타일로 다녔는데 오늘은 퇴근길에 화장실에 들러 머리도 풀고 화장도 고쳤다. 최소한의 자존심을 지키기 위함이었다.

"그래 간다, 가."

"어딜 가는데?"

디아망 앞에서 유빈과 마주친 해인이었다.

"약속이 있어서요."

"가기 싫은가 봐?"

"네, 좀."

유빈은 여전히 미니스커트에 푹 파인 블라우스를 입고 있었다. 거기에 커다란 은목걸이를 해서 가슴이 더욱 돋보였다.

"디자이너님도 약속 있으세요?"

"아니, 만들려고 했는데 김 대표가 사라졌다."

김 대표하고 사귀는 게 맞는 건지는 모르겠지만 여하튼 그녀가 보기에 둘은 좀 특별해 보이기는 했다.

"해인이는 머리를 풀고 다녀야겠다."

"네?"

"뭐랄까, 사람이 달라 보여. 남자들이 좋아하겠어."

"감사합니다."

"감사까지야. 그럼 안녕."

말을 언제나 기분 나쁘게 하는 재주가 있는 여자였다. 그녀는 높은 구두 굽 때문인지 유난히 엉덩이를 흔들며 해인의 앞을 지나쳐 갔다. 모두의 시선이 유빈에게 향해 있었다.

"저런 시선은 부담스럽지 않나?"

해인은 이렇게 말하며 걸음을 재촉했다. 다행히 약속 장소가 명동의 호텔이어서 해인은 걸어서 약속 장소로 이동했다. 왜 선은 호텔에서 보는 것일까?

명동호텔에 들어서자 사람들이 그녀를 힐끔거리며 쳐다보기 시작했다. 아예 노골적으로 쳐다보는 사람도 있었다. 싸구려 검은색 정장에 브랜드도 없는 가방을 메고 들어간 그녀가 아주 우스워 보이는 것 같았다.

잔뜩 주눅이 든 해인은 20층의 레스토랑으로 가기 위해 엘리베이터를 탔다. 엘리베이터 안에는 몇 명의 사람들이 있었고 모두가 그녀와 마찬가지로 20층을 향했다. 밖의 풍경이 보이는 엘리베이터는 저녁이라서 그런지 야경보다는 안에 사람들이 거울처럼 비쳐졌다.

이상하게 남자들의 시선이 유리를 통해 그녀와 부딪치고 있었다. 자신이 너무나 촌스러운 모양이었다. 이거 선을 보다가 먼저 차이는 건 아닌가 생각했다.

레스토랑에 들어서기 전 해인은 엄마가 준 메모의 번호로 전화를 걸었다. 해인이 두리번거리자 창가 쪽의 남자가 전화를 받았다.

"여보세요."

[네, 도착하셨나요?]

"네."

[제 위치는…….]

남자가 자리에서 일어나 뒤를 돌아보았다. 엄청나게 멋지게 생긴 남자였다. 멀리서 보아도 부티가 나니 해인의 자신감은 더 아래로 떨어졌다. 고개를 숙여 인사를 한 해인은 남자에게로 걸음을 옮겼다.

5

　명동호텔에 온 지 좀 된 것 같았다. 예전에는 자주 왔었는데 요즘은 너무 시간이 없었다. 그가 오지 않은 동안 명동호텔도 몇 년 사이 많이 변한 것 같았다. 엘리베이터를 타고 레스토랑으로 향한 우혁은 밖의 전망을 바라보며 너무 일에만 파묻혀 사는 게 아닌가 하는 생각을 했다.

　도심 속의 높은 건물들과 움직이는 자동차의 불빛이 바쁘게 사는 사람들의 모습을 그대로 드러내는 것 같았다. 우혁은 한참이나 엘리베이터의 유리를 통해 밖을 보았다. 20층에 도착하자 그는 다시 내려가면서 풍경을 보고 싶다는 생각이 들었다. 그냥 이렇게 아무 생각 없이 도심을 보는 것도 재미있다는 생각이 들었기 때문이다.

엘리베이터에서 내리자 시원한 물소리가 들렸다. 레스토랑의 입구에 있는 커다란 분수에서 나는 소리였다. 오늘은 오랜 친구를 만나서 그런지 그도 아이가 된 것처럼 이것저것 신기하게 느껴지는 것이 많았다.

그가 레스토랑의 입구에 들어서자 지배인이 그를 태수가 있는 곳으로 안내해 주었다.

"태수야."

친구가 먼저 와서 앉아 있었다.

"오랜만이다. 이러다 우리 얼굴 잊어버리겠어."

"그러게 말이다."

"형은 많이 해갔어?"

"응, 세인 씨도 마음에 들어 했고."

"다행이네."

태수는 요즘 사업이 잘되는지 성공한 남자의 표본처럼 아주 말끔했다.

"어디 보자, 우리 태수가 이렇게 잘생겼었나?"

"우리의 과거 모습은 죽을 때까지 비밀로 지키자, 우혁아."

둘은 이렇게 말하며 낄낄거렸다.

"몇 시에 약속인데?"

"올 때 다 됐어. 너는 옆에서 커피 한잔만 마시고 있어. 금방 돌려보낼게."

"알았다. 내가 품평을 해주지."

"그러시든가."

우혁은 커피를 한잔 시키고 태수가 잘 보이는 곳에 자리를 잡았
다. 얼마 있으니 태수가 전화를 받았다. 그리고 그에게 왔다는 신
호를 보냈다. 궁금한 마음에 우혁은 기린처럼 목을 길게 빼고 태
수가 일어나서 바라보는 쪽을 보았다. 그리고 우혁의 시간은 멈추
어 버렸다.

우혁은 자신의 눈을 감았다가 다시 떴다. 잘못 본 게 분명했다.
그곳에는 해인이 있었다. 평소에 출근해서 입는 유니폼에 달라진
거라고는 없는데 오늘 해인은 무척이나 매혹적이었다. 아마도 항
상 단정하게 묶고 있던 머리를 길게 풀어서일까? 여하튼 해인은
많이 달라 보였다.

태수에게 해인이 인사를 하자 친구의 표정도 환해졌다. 그와 여
자 보는 눈이 비슷한 태수였다. 아마도 해인이 마음에 들었을 것
이다. 우혁의 입안이 바짝 마르고 있었다. 그리고 눈을 감고는 오
늘의 시간을 거꾸로 돌리고 있었다.

"어디로 갈까?"

작업실에서 우혁은 태수에게 전화를 걸어 약속 장소를 확인했
다.

[우혁아, 오늘 예기치 않게 내가 약속이 생겼다.]

"무슨 약속?"

[우리 어머니께서 선을 보라신다.]

괜히 웃음이 나는 우혁이었다.

"너만 그런 게 아니다."

[너희 어머니도 그러시는 거야? 왜들 그러신다니, 어련히 알아서 간다는데.]

"얼른 해라. 형도 가는데."

[난 아직 생각이 없다. 올해는 벌여놓은 게 너무 많아서 여자에게 신경 쓸 겨를도 없고.]

"그래서 안 갈 거야?"

[아니, 가긴 가야지. 근데 솔직히 싫다.]

"그럼, 술이나 한잔하자."

우혁이 태수를 꼬셨다.

[알았어. 그렇다고 바람맞히기도 그러니까 네가 명동호텔로 와. 그냥 인사만 하고 보내게.]

"알았어."

그냥 선을 보지 말라고 할 걸이라는 후회가 생기는 우혁이었다. 해인의 얼굴은 보이지 않았지만 좋아 죽는 친구의 모습은 확인할 수가 있었다. 이렇게 놔두었다가는 해인이 태수에게 넘어갈 것 같았다.

"뭐, 그게 무슨 상관이야."

말은 이렇게 하면서도 그의 몸은 벌써 일어나 해인에게로 향하고 있었다. 지금 우혁의 눈에는 아무것도 보이지 않았다.

"어머."

무작정 해인의 손을 잡은 우혁은 해인을 일으켜 세웠다. 그리고 놀란 얼굴을 한 태수를 보며 말했다.

"커피 값은 네가 내라. 나중에 설명해 줄게."

"대표님!"

해인이 자신을 부르는 소리가 들렸지만 지금 우혁은 끓어오르는 화를 속으로 삭이고 있었다.

"대표님, 아파요."

엘리베이터가 오기를 기다리며 해인이 아픔을 호소했다.

"일이나 열심히 할 것이지 직장에 들어온 지 얼마나 됐다고 선이야, 선은."

우혁은 자신도 모르게 막말을 하고 있었다.

"뭐라고요?"

해인이 제법 앙칼지게 말을 하고 있었지만 우혁은 해인의 손을 놓아주고 싶지가 않았다.

띵!

엘리베이터가 도착했다. 그 닫힌 공간에는 해인과 그 둘뿐이었다. 해인을 벽으로 몰아넣은 우혁은 자신의 양팔로 그녀를 가두었다. 둘의 시선이 공중에서 부딪쳤다. 우혁은 미친 듯이 뛰고 있는 자신의 심장을 원망했다. 그리고 이렇게 심장이 쓸데없이 빨리 뛰는 건 해인이 일을 열심히 하지 않고 선이나 보러 다니기 때문이라고 결론을 내렸다.

그렇지 않고서는 도저히 설명을 할 수 없는 강한 무언가가 그를 휩쓸고 있었기 때문이었다. 여자가 아니라 제자였다. 그것도 말을 억세게 안 듣는 뺀질거리는 제자.

"대표님……."

"왜, 태수가 마음에 든 모양이지?"

화가 났다. 해인의 얼굴에 아쉬움이 남아 있는 것 같았다. 해인의 얼굴을 이렇게 가까이서 본 적이 없는 우혁이었다. 시간이 멈춘 듯 해인의 숨이 막히도록 아름다운 얼굴을 우혁은 뚫어지게 바라보았다.

해인의 커다란 눈동자 안에 우혁이 가득했다. 순간 그는 그녀의 마음에도 이렇게 자신이 가득하기를 바랐다. 엘리베이터 안의 시간이 멈추어 버린 듯 둘 사이의 공기가 점점 뜨거워졌다.

그동안 가슴속에 꽁꽁 숨겨두었던 해인에 대한 마음이 갑자기 화산이 폭발하듯 터져 버렸다. 어떤 여자도 그를 이토록 초조하게 만들지 못했었다.

그는 마치 10대의 풋내기 소년처럼 해인을 바라보며 뛰는 가슴을 진정시키지 못하고 있었다. 그의 시선이 해인의 눈에서 입술로 옮겨졌다. 긴장으로 인해 파르르 떨리는 그녀의 입술이 그를 자석처럼 끌어당기고 있었다.

그리고 순간, 우혁은 자신의 행동에 스스로 깜짝 놀랐다. 그의 입술이 무언가 항의하려는 해인의 입술을 막아버렸기 때문이다. 촉촉하고 부드러운 치즈 케익 같은 맛이 나는 입술이었다. 해인도 놀랐는지 온몸이 그대로 굳어버린 것 같았다. 그런데 더 큰 문제는 그녀의 입술을 도저히 놓을 수 없다는 것이었다.

부드러운 살들이 부딪치는 느낌이 이렇게 좋았는지 그동안 수많은 키스를 했음에도 잘 느끼지 못했었다. 완전히 신선한 충격이었다. 그는 자신도 모르게 해인의 허리를 단단히 잡고는 뽀뽀가 아닌 키스를 하기 위해 그녀의 입술 사이로 혀를 집어넣었다. 놀란 해인의 입술이 굳게 닫혀 있자 이번에는 우혁이 혀와 입술을 이용해서 그녀의 닫힌 입술 문을 열었다.

해인의 입술 안으로 들어간 그의 혀는 더 깊숙이 그녀의 입안을 점령하고 있었다. 여기가 엘리베이터 안이라는 것도 잊은 채 그는 해인의 입술을 탐하고 있었다.

띵!

엘리베이터의 문이 열리고 사람들이 들어왔다. 하지만 한 번 시작된 키스는 멈춰지지가 않았다. 우혁이 지금 할 수 있는 일이라고는 해인을 자신의 몸으로 막아주는 것뿐이었다.

"좋을 때야."

나이가 드신 할아버지의 목소리였다.

"신혼부분가 봐요."

이번에는 할머니의 목소리가 들렸다.

"우리도 저럴 때가 있었는데……."

"그러게요. 어느새 칠십이니……."

띵!

다시 엘리베이터의 문이 열렸다. 20층인 명동호텔이니 중간중간에 서는 건 당연했다.

"옆에 거 타요."

"네?"

당황한 사람들의 모습이 유리를 통해 우혁의 눈에 보였다.

"눈치가 없어. 옆에 거 타요."

갑자기 할머니가 손님들을 향해 소리를 쳤다.

"네."

우혁은 엄지를 척하고 들어 올렸다. 그러자 유리창 속에 비친 할머니가 윙크를 그에게 날렸다. 어르신들이 내리자 해인이 그를 세게 밀쳤다.

"도대체 왜 이러시는 거예요?"

"……."

해인의 눈에 눈물이 가득했다. 우혁은 차가 주차되어 있는 지하 4층에 도착하자 그녀의 손을 잡고는 자신의 차로 향했다.

처음 해인을 호텔에서 봤을 때보다는 조금 진정이 되기는 했지만 그는 여전히 기분이 좋지가 않았다. 오늘 만약에 그가 오지 않았다면 아마도 해인의 키스 상대는 그가 아닌 태수였을 것이다.

"아파요."

그런 생각에 해인의 팔목을 더욱 강하게 잡았던 모양이었다. 우혁은 팔목을 잡은 손의 힘을 약간 풀었다. 하지만 해인을 놓아주지는 않았다. 해인을 자신의 벤츠에 태운 우혁은 차를 몰아 명동 호텔을 빠져나갔다.

"도대체 저한테 왜 이러시는 거예요? 제가 잘못한 거라도 있나요?"

해인이 자신의 팔목을 손으로 문지르며 말했다.

"강태수 씨를 아세요?"

"……."

해인은 그가 답이 없자 그 후로는 더 이상 말을 하지 않았다. 그가 차를 세운 곳은 디아망이었다.

"여기는……."

그는 차를 디아망 앞에 대고는 건물로 들어가는 계단을 이용해 자신의 작업실로 해인을 데리고 올라갔다.

탁!

작업실의 불이 켜지자 해인은 빛 때문에 눈살을 찌푸렸다.

"대표님."

우혁은 대답 대신 해인을 다시 벽으로 몰아붙이고 자신의 팔 안에 가두었다.

"저한테 왜 이러시는지 이해가 되질 않아요."

"나도 내가 왜 이러는지 지금 알아보는 중이야."

우혁은 자신의 눈빛이 얼마나 욕망으로 어두워졌는지 그 칠흑
같이 검은 눈동자에 해인이 얼마나 가득 차 있는지 알지 못했다.
그 검은 눈동자에 가득 찬 해인의 얼굴은 욕망에 들뜬 여자의 얼
굴이었다. 해인의 호흡이 점차 가빠지며 그녀의 커다란 가슴이 들
썩이고 있었다. 팽팽한 긴장감이 이제는 욕망으로 변해 있었다.

"그래도 이건……."

지금 우혁은 해인의 입술을 먹어 치우지 않는다면 미쳐 버릴 것
같았다. 많은 여자들을 안았지만 지금같이 떨린 적은 없었다. 지금
그는 김우혁이 아닌 욕망으로 활활 타오른 한 남자에 불과했다.

"으으읍."

해인이 고개를 돌리며 거부하고 있었지만 그의 강한 손에 얼굴
을 붙잡혀 꼼짝도 못 하고 있었다. 그의 입술 아래서 꿈틀거리는
부드러운 해인의 입술을 차지하고 있는 것만으로도 우혁은 야릇
한 쾌감을 느끼고 있었다. 그의 손은 해인의 얼굴을 감싸고 있었
고 해인은 솜방망이 같은 주먹으로 그의 가슴을 치고 있었다.

"으읍!"

그녀의 입술을 먹을수록 더 가지고 싶은 우혁이었다. 그녀의 입
술을 벌리고 그 안으로 그의 거친 혀를 집어넣고는 입안 전체를

쓸어내렸다. 그녀의 말랑한 혀를 빨았다가 놓기도 하면서 그는 자신이 가지고 있는 모든 기교를 다해 해인의 다리에 힘이 풀리게 만들었다.

해인은 마치 이런 키스가 처음인 것처럼 허물어져 갔다. 그의 손이 해인의 가슴에 닿았을 때 해인은 그의 손을 잡아 더 이상은 하지 못하게 했다.

"가만히 있어."

우혁은 해인이 어쩔 줄을 몰라 하고 있는 사이에 그녀의 재킷을 벗겨냈다. 그리고 안에 입은 나시 역시 머리 위로 순식간에 벗겨버렸다.

"안 돼요."

해인이 자신의 가슴을 손으로 가렸다. 이제 해인이 입은 것은 검은색 브래지어와 정장 바지가 전부였다. 그 모습을 바라보는 우혁은 거친 짐승의 본능이 자꾸만 살아나는 듯했다.

해인을 오늘 밤 갖고 싶었다. 이대로 계속 그녀를 만졌다가는 끝까지 갈 것 같았다. 하지만 해인이 원하지 않는 일은 하고 싶지 않았다. 그가 해인을 힘겹게 떼어냈다.

"입어."

우혁은 바닥에 아무렇게나 떨어진 해인의 윗옷들을 집어주었다.

"와인 한잔하겠나?"

"아뇨."

그는 냉장고로 가서 생수를 따라 해인에게 건넸다. 그리고 자신은 생수를 병째로 마셨다. 아직도 남아 있는 열기를 식히기 위함이었는데 효과는 없었다.

"앉아."

해인은 그의 말을 듣지 않고 서 있었다.

"앉으라고!"

자신도 모르게 큰소리가 나갔다. 여자에게 소리를 지른 건 진짜 처음이었다. 왜 이렇게 해인만 보면 흔들리는지 그는 알 수가 없었다. 해인은 그의 고함에 놀라 얼른 소파에 앉았다.

"왜 태수지?"

"네?"

"왜 하필 태수냐고?"

"엄마가 선을 보라고 해서 그냥 나간 자리예요. 전 아직 결혼을 할 형편도 아니고 생각도 없습니다."

해인의 눈에 눈물이 차올랐다.

"강태수 씨와 어떤 관계인지는 모르겠지만 일개 매장의 점원이 탐낼 만한 상대가 아니라고 판단하셔서 이러시는 거라면 걱정 안하셔도 됩니다."

해인의 눈에서 눈물이 흘러내렸다. 자존심이 많이 상한 모양이었다.

"내가 지금 20년의 우정을 지키고자 오늘 그렇게 미친놈처럼 굴었다고 생각하나?"

우혁이 해인의 앞으로 가서 그녀 앞에 쪼그리고 앉았다.

"그런 거야?"

"……."

"오늘은 우정을 지킨 게 아니라 우정에 금이 간 거지. 왜냐면 태수가 너를 마음에 들어 하는 눈치였으니까."

"제가 부족하다고 느끼셔서 그런 거네요."

"아니라니까!"

우혁은 또 한 번 버럭 소리를 질렀다. 이 여자가 이렇게 앞뒤가 꽉 막힌 여자인 줄은 몰랐다. 해인의 눈에서 또 한 번의 눈물이 흘러내렸다.

"미안해, 이럴 생각은 아니었는데……."

우혁이 해인의 손을 잡았다. 해인은 잡힌 손을 빼려고 했지만 그는 놓아주지 않았다.

"내가 자꾸 왜 이러는지 모르겠어. 그냥 화가 나서 죽을 것 같아. 널 다른 놈이랑 공유하고 싶지 않아."

그의 말에 해인이 손을 빼려는 움직임을 멈추고 멍하게 그를 보았다.

"내가 너무 싫은가?"

"……."

"싫겠지? 나이도 많고 성질은 못됐고."

"……."

해인은 놀란 표정으로 그를 바라보고 있었다.

"왜 대답이 없지?"

이렇게 말하기는 했지만 해인이 싫다고 하면 받아들일 준비가
되지 않은 우혁은 바로 해인의 손을 뿌리치며 자리에서 일어났다.

"아니, 말하지 마. 듣고 싶지 않아. 오늘 일은 모두 잊어. 나도
잊도록 노력할 테니까."

"저기……."

"가도 좋아."

"싫지 않아요."

"……."

이번에는 그가 말문이 막혔다. 해인이 지금 그가 싫지 않다고
말하고 있었다. 우혁이 천천히 해인에게 다가갔다.

"본인이 무슨 말을 하고 있는지 알고 있기는 한 건가? 난 해인
이 생각하는 우상과 같은 존재로 남고 싶지는 않아. 내가 해인을
생각하는 건 여자와 남자로서의 얘기야."

"알아요, 명동호텔에서 저를 끌고 나올 때부터 느끼고 있었으
니까요."

해인도 그를 남자로 생각하고 있었다. 우혁이 해인을 소파에서
일으켜 세워 자신의 품속에 가두었다.

"내가 그토록 답답하게 느꼈던 감정이 이제는 조금씩 풀리는군."

"네?"

"그동안 난 이런 감정에 휘말리는 걸 그 무엇보다 싫어했거든. 그래서 자꾸만 밀어내려고 했는데 내가 제대로 임자를 만난 거지."

우혁이 해인의 얼굴을 손으로 감쌌다. 그리고 해인의 입술을 다시금 빨아들였다. 황홀하다는 건 이런 걸 두고 말하는 것 같았다. 이번에는 힘들이지 않고 그녀의 입안으로 그의 혀를 밀어 넣었다. 달콤한 그녀의 입안을 우혁은 마음껏 느꼈다.

해인이 그의 목에 양팔을 감아오는 것을 느낀 우혁은 해인의 재킷 사이로 손을 넣어 그녀의 가슴을 감쌌다. 마른 몸에 비해 커다란 가슴이었다. 그가 가슴을 손으로 감싸고 주무르자 해인이 그의 손을 잡았다.

익숙하지 않은 애무에 당황한 것 같았다. 하지만 그는 포기하지 않고 부드럽게 그녀의 가슴을 다시금 감쌌다. 그녀의 재킷은 이내 바닥으로 다시 떨어졌고 그녀의 검은 나시도 사라졌다. 이제 시작하면 끝을 보리라는 걸 해인은 알고 있는 것 같았다. 우혁의 심장이 미친 듯이 뛰고 있었다.

작업실이 이렇게 더운 줄 해인은 상상도 하지 못했다. 이게 긴장을 해서 흘리는 식은땀인지 정말 작업실의 더위 때문인지, 가만히 서 있는 것만으로도 그녀의 몸에서 땀이 흘러내리고 있었다.

남자 앞에서 옷을 벗고 이렇게 있다는 게 믿어지지 않지만 해인은 지금 완벽한 나체로 우혁의 앞에 서 있었다. 우혁이 마른침을 삼키는지 목젖이 움직이는 게 보였다. 그도 그녀만큼이나 긴장하고 있는 것 같았다.

가끔씩 느꼈던 그의 시선이 그녀를 여자로 보고 있었다는 걸 오늘 처음 알았다. 명동호텔에서 그녀의 손을 잡고 엘리베이터에 올라 키스를 해왔을 때 해인 역시 깨달았다. 그녀 또한 그를 남자로 생각하고 있었다는 것을.

언제나 마음속 깊이 꼭꼭 숨겨두었던 그에 대한 끌림이 지금 해인의 가슴속에서 부끄러운 줄도 모른 채 나오려 하고 있었다. 한 번쯤은 해인도 솔직히 자신의 감정을 표현하고 싶었다.

해인은 어릴 때부터 가지고 싶은 것, 하고 싶은 것을 참는 법부터 배웠다. 하지만 지금 그녀가 가지고 싶어 했던 김우혁을 가질 수 있는 절호의 기회였다. 하루라도 좋았다. 그의 여자가 될 수 있다면 말이다.

봇물이 터지듯이 우혁에 대한 감정이 터져 버린 해인이었다. 이 밤, 그녀를 막을 수 있는 건 아무것도 없었다.

그녀 앞의 우혁은 아직 옷을 벗지 않은 그대로의 모습이었지만 그의 눈동자는 그가 얼마나 흥분했는지를 말해주고 있었다. 우혁이 말없이 해인을 안아 올렸다.

"생각이 많아 보이는군."

"……."

해인은 대답 대신 그의 입술에 자신의 입술을 가져다 댔다.

"날 더 이상 자극하지 마. 지금도 참기 너무 힘드니까."

"참을 건가요?"

"아니."

그의 입술이 그녀의 입술을 삼켰다. 마치 욕망의 화산이 분출된 것처럼 그는 거칠게 그녀의 입술을 먹어 치우고 있었다. 키스만으로도 해인은 몽롱함을 느끼고 있었다. 자신의 아랫입술을 거칠게 빨아들이는 우혁 때문에 해인은 정신을 차릴 수가 없었다.

"츠읍츠읍."

그가 해인의 입술을 빨아들이는 소리가 작업실 안을 울리고 있었다. 해인의 귀에는 그 소리가 민망하다기보다 그녀를 더욱 흥분시키고 있었다. 해인은 자신도 모르게 그의 목에 팔을 감고 더 깊이 그의 키스를 받아들이고 있었다. 서로의 혀가 얽히며 타액이 오갈수록 해인은 더 진한 그의 행동을 원하고 있었다.

그의 가슴에 그녀의 가슴이 눌리고 그의 흥분한 남성이 그녀의 배를 찌를 듯이 공격해 오고 있었지만 해인은 그의 목에 감긴 팔을 풀 수가 없었다. 그와 일분일초도 떨어지고 싶지 않았기 때문이다.

"네 안에 들어가고 싶어."

그녀의 귓가에 속삭이는 그의 원색적인 말에 해인의 온몸에 갑자기 소름이 돋았다.

"네 입술처럼 해인의 아래도 조이겠지?"

"……."

우혁이 이렇게 야한 말들을 내뱉으리라고는 상상조차 하지 못했지만 싫지는 않았다. 오히려 그의 말에 그녀의 여성이 젖어들고 있었다.

"자꾸 그러시면……."

해인이 부끄러워하자 그가 껄껄껄 웃었다. 그리고 해인의 입술에 입을 맞춘 채로 그녀를 안아 들었다. 그가 그녀를 작업실 한쪽에 있는 자신의 침실로 데리고 가서 침대 위에 내려놓았다.

그리고 자신의 옷을 급하게 벗기 시작했다. 해인은 그에게서 눈을 뗄 수가 없었다. 지금 자신이 무슨 행동을 하고 있는지 모를 정도로 해인은 우혁에게 빠져 있었다.

속으로 자신의 감정을 삭여야만 했던 정해인의 모습은 어디에서도 찾아볼 수가 없었다. 지금은 그냥 이 순간을 느끼고만 싶었다. 두려움이 없다면 거짓이겠지만 다비드 같은 멋진 근육을 뽐내고 있는 우혁을 보며 해인은 마른침을 삼킬 수밖에 없었다.

완벽하게 섹시한 남자가 그녀를 향해 다가오고 있었다. 그는 해인의 알몸에 자신의 알몸을 겹치며 해인의 입술을 차지했다. 너무나 달콤한 그의 입맞춤에 해인은 그대로 녹아버렸다. 사랑이 아니라 그저 단순한 호감이라도 지금 해인은 너무나 좋았다.

그의 입술이 그녀의 목을 따라 흘러 내려오고 있었다. 따뜻한 그의 입술은 이상하게 그녀의 온몸에 소름이 돋게 만드는 아주 신기한 능력을 가지고 있었다.

그의 입술이 그녀의 쇄골을 지나 가슴에 머물렀다. 한 번도 경험하지 못한 충격적인 느낌이 그녀의 유두에서 느껴졌다. 그가 그녀의 유두를 빨았다. 이 충격적인 느낌은 그녀의 온몸을 오그라들게 만들었다.

"이상해요."

"괜찮아, 앞으로 더 큰 자극이 있을 거야."

그의 말이 옳았다. 그가 혀끝으로 그녀의 유두를 건드리자 해인의 몸이 활처럼 휘어졌다. 그리고 그의 머리카락을 움켜잡았다.

"아흐~"

그가 세게 다시 한 번 그녀의 유두를 빨아들이자 해인은 강렬한 쾌감에 몸을 부르르 떨었다. 정말로 이상하게 짜릿했다. 한참을 그녀의 가슴에 머물렀던 그의 입술이 점점 아래로 향했다. 해인은 속으로 설마설마를 외치고 있었다.

"그만!"

해인이 그를 저지했지만 그는 도무지 말을 듣지 않았다.

"제발 그만해요. 이상하단 말이에요."

해인은 자신의 목소리가 이렇게 욕망으로 갈라질 수 있다는 게 놀라웠다. 하지만 그녀가 놀랄 사이도 없이 그가 그녀의 무릎을 세우고 다리를 벌리게 했다. 해인은 너무나 부끄러워서 자꾸만 다리를 오므렸지만 그는 허락하지 않았다. 그녀의 무릎을 손으로 벌려 고정시킨 그는 그녀의 핑크빛 여성을 한참이나 바라보았다.

"예쁘군."

"창피해요."

"이건 부끄러운 게 아냐."

그는 노련했고 해인은 그런 그에게 완벽하게 주도권을 빼앗겼다. 그의 손이 그녀의 허벅지를 따라 점점 안으로 들어오고 있었다.

"이제부터 남녀 간에 느낄 수 있는 최고의 쾌락을 내가 느끼게 해주지. 물론 해인도 알겠지만."

그는 해인이 경험이 있다고 생각하는 모양이었다. 하기야 여자가 스물셋 먹도록 키스 한 번 못했다고 하면 아마 아무도 믿지 않을 테지만 해인은 오늘의 경험이 모두 처음이었다. 하지만 정말 이상한 건 그와의 이런 행위가 왠지 지극히 자연스러웠다.

해인이 뭔가를 생각하기도 전에 그의 손이 그녀의 여성을 감쌌다.

"뭐, 뭐 하는 거예요?"

"쉿~"

오늘은 해인에게 있어서 가장 충격적인 날이었다. 어떻게 이런 행위를 하는 걸까? 해인은 온몸이 떨렸다. 하지만 앞으로 그녀가 겪게 될 일에 비하면 이건 빙산의 일각이었다. 그의 손가락이 잔뜩 긴장하고 있는 그녀의 여성을 가르고 들어왔다.

그리고는 그녀의 클리토리스를 손가락으로 건드렸다. 그런데 그가 더한 행동을 할수록 이제는 그녀의 몸이 다음을 기대하고 있었다.

"촉촉하게 젖었군."

뭐가 젖었다는 건지 해인은 아직 이해가 되지 않았다. 하지만 그가 만지는 여성이 이제는 미끄덩거리고 있었다. 잠시 후에 해인은 자신의 질 안으로 들어간 그의 손가락 때문에 화들짝 놀랐다. 이제 더 이상 놀랄 게 없겠지 하는 순간 그는 더 자극적인 행동으로 그녀를 놀라게 만들었다.

하지만 이게 끝이 아니었다. 갑자기 그가 자리를 잡더니 그녀의 여성에 크고 단단한 그의 남성을 밀어 넣기 시작했다.

"아파요."

"……"

그도 힘이 드는지 그의 이마에 힘줄이 튀어나와 있었다. 코끝에 송골송골 맺힌 땀방울이 지금 그녀만 힘이 든 게 아니라는 걸 말해주고 있었다.

살이 찢어질 듯이 아팠다. 하지만 그는 멈추지 않았고 해인은 기절하기 일보 직전이었다. 드디어 그의 남성이 그녀의 안으로 들어왔다. 따뜻한 살덩이는 그녀의 안을 꽉 채웠고 해인은 고통 끝에 아주 미묘한 쾌감을 느끼기 시작했다.

그리고 이어진 그의 거친 허리 짓에 해인은 완전히 정신을 놓아버릴 것 같았다. 처음에 아프기만 했던 느낌과는 다른 느낌이 그녀의 아래쪽에서부터 느껴지고 있었다.

이래서 연인들이 섹스를 하는구나라는 생각이 들었다. 가장 은밀한 사랑의 표현이 섹스인 것 같았다. 사랑은 아니지만 그래도 그와의 은밀한 행위가 해인은 너무나 흥분이 되었다.

"헉헉헉."

그의 입에서 거친 숨이 쏟아졌다. 이제 끝인가 싶었는데 그가 그녀의 가슴을 양손으로 움켜잡으며 마지막 피치를 올렸다.

"아아아아앙."

그녀의 입에서도 신음 소리가 흘러나오고 있었다. 그의 거친 몸짓이 멈춤과 동시에 그가 그녀의 몸 위로 부서져 내렸다.

그녀의 몸 위에 그대로 겹쳐진 우혁은 거친 호흡을 그대로 내뱉고 있었다. 어깨가 들썩이는 그를 해인은 차마 쳐다볼 수가 없었다. 섹스를 할 때는 몰랐는데 지금 해인은 너무나 부끄러웠다.

어떻게 우혁과 이렇게 진한 섹스를 할 수 있었을까? 그의 남성이 들어왔다가 빠져나가려고 했을 때 실망하던 자신의 모습이 떠오르자 해인은 이불 속으로 숨고만 싶었다. 아프다고 할 때는 언제고 그의 남성이 주는 쾌감에 빠져 버린 자신이 너무나 부끄러운 해인이었다.

그가 준 쾌감은 진짜로 놀라운 것이었다. 이래서 남녀가 사랑을 하는구나를 알게 된 해인은 플라토닉한 사랑도 좋지만 이제 어른들의 사랑 표현법을 알아버렸다.

"아무 데서나 머리 풀지 마."

"네?"

갑작스러운 그의 말에 해인은 당황했다. 해인은 그와의 섹스를 생각하고 있었는데 그는 좀 엉뚱한 소리를 했다.

"내 앞에서만 해. 다른 놈이 해인이의 섹시한 모습을 보는 건 싫으니까."

그가 질투를 하고 있는 것 같았다.

"대답해."

"알았어요."

해인이 엉뚱한 말을 하는 그를 보며 미소 짓자 그가 다시금 인상을 썼다.

"그렇게 웃지도 마. 아무래도 꽁꽁 숨겨놔야겠어."

"뭐라고요?"

해인은 그의 어이없는 말에 웃음을 참을 수가 없었다. 그러다 해인은 갑자기 정신을 차렸다. 지금 시간이 너무 늦은 것 같았다.

"저 집에 가야 해요."

"알았어. 같이 나가."

"오늘 집에 가면 엄마한테 혼날 것 같아요."

해인이 옷을 주섬주섬 입으며 말했다. 그때 갑자기 우혁이 그녀를 뒤에서 안았다.

"보내기 싫다. 이런 적은 진심으로 처음이야."

그의 말에 해인은 고마움을 느꼈다. 그리고 그녀의 처음을 이렇게 멋진 남자와 함께 할 수 있어서 정말로 행복했다.

"마음에 안 들었다고 얘기해."

"알아서 할게요. 그런데 태수 씨에게는 뭐라고 할 거예요?"

옷을 다 입은 해인을 우혁이 다시 꼭 안아주었다.

"처음이어서 기뻤어."

"저도 처음이 나의 우상이어서 기뻤어요."

그의 품에서 해인이 행복하게 속삭였다.

그들이 그녀의 집 앞에 도착한 시간은 12시가 다 된 시간이었다.

"잘 들어가."

"조심해서 들어가세요."

그가 헤어지는 게 아쉬운지 그녀의 입술에 가벼운 키스를 했다.

"벌써부터 그리워지는데?"

우혁의 닭살이 돋는 말에 해인의 얼굴이 빨갛게 물들었다. 차에서 내린 해인은 그의 차가 사라질 때까지 그 자리에 서 있었다.

"이게 꿈은 아니겠지?"

해인은 혼잣말을 하며 골목을 걸어갔다. 매일 오고 가는 길인데 오늘은 뭔가가 달랐다. 그와의 섹스로 다리 사이가 아팠고 머리는 온통 뒤죽박죽이었지만 이상하게 기분이 좋았다. 그동안 언제나 마음속으로 삭이고 끙끙 앓기만 했던 자신의 사랑이 이제는 이루어진 것 같다는 생각이 들자 해인은 너무나 행복했다.

"야!"

해인은 자기도 모르게 소리를 질렀다.

멍멍멍멍!

그녀의 소리에 놀란 개가 요란하게 짖기 시작했다.

"깜짝이야."

그래도 기분은 좋았다.

"맞다, 엄마한테 뭐라고 하지?"

집으로 가는 해인의 발걸음이 갑자기 무거웠다. 아니, 좀 두려워졌다. 엄마는 해인이 늦어도 기다리신 적은 없지만 오늘은 선 때문에라도 궁금해서 기다리고 계실 게 분명했다.

"다녀왔습니다."

"어, 오늘 마음에 들었어? 안 들 리가 없지. 잘생긴 데다가 사업하는 사람이라서 돈도 잘 벌고."

엄마는 해인의 얼굴을 살피며 말했다.

"그 사람이 내가 마음에 안 든대."

"뭐? 네가 어때서?"

해인이 세상에서 가장 예쁘다고 생각하는 엄마였다. 그도 그럴 것이 엄마는 절세미인이었지만 어릴 때의 사고로 얼굴 한쪽에 화상의 흉터가 있었다. 그래서 해인의 피부 하나만큼은 언제나 신경을 써준 엄마였다. 얼굴에 콤플렉스가 강한 만큼 해인으로 대리만족을 하는 분이었다.

"엄마, 자고 싶어."

해인은 화장을 지우러 부엌으로 나갔다. 세숫대야에 물을 붓고
는 쭈그리고 앉아서 세수를 했다. 세수를 마친 해인은 더운물을
받아서 간단하게 샤워를 했다. 씻고 들어와 엄마의 옆으로 간 해
인은 민호가 집에 없자 엄마에게 물었다.

"엄마, 민호는?"

"오늘 친구 집에서 잔대."

단칸방이다 보니 잘 때는 파티션을 쳐서 민호의 공간을 마련해
주었지만 민호도 불편함을 느끼는지 일주일의 반은 친구 집에서
잤다. 해인은 빨리 집을 얻어서 나가야겠다는 생각이 들었다.

"엄마."

기초 화장품을 바르며 해인이 누워 있는 엄마를 불렀다.

"왜?"

"우리 방 2개짜리로 이사 갈까?"

해인은 독립하려던 마음을 돌렸다. 민호까지 데리고 집을 나가
면 엄마 혼자 있을 텐데 그러면 나중에 너무나 후회를 할 것 같았
다. 그래서 고심 끝에 내린 결론이 엄마가 교회 일을 덜하고 직업
을 갖는다면 계속해서 같이 살 생각이었다.

"어?"

해인의 말에 엄마의 표정이 밝아졌다.

"엄마야 좋지만 우리가 돈이 어디 있어?"

"일단 여기 보증금하고 내가 대출을 좀 받으면 월세지만 방 2개 짜리로 옮길 수 있을 것 같아."

"그래?"

"응, 엄마가 알아봐. 여기 계약 기간도 다 돼가잖아."

엄마가 누워 있다가 벌떡 일어나 앉았다.

"내 생각에는 셋이 벌면 형편이 좀 나아질 것 같아."

해인이 이렇게 적극적으로 집에 대해 얘기한 적이 없기 때문에 엄마도 놀란 눈치였다.

"엄마도 사회복지사 자격증이 있으니까 간병인 같은 거 하면 돈도 되고 일요일은 쉬면 되잖아."

엄마의 표정이 진지했다.

"민호는 친구 소개로 큰 헬스장에 취직했어."

"뭐? 왜 엄마한테는 말도 안 하고."

"오늘 확정이 됐나 봐."

해인이 둘러댔다. 이 정도로 얘기를 하는데 삐딱 선을 타지는 않을 것 같았다.

"엄마도 이렇게 단칸방에서 생활하는 건 싫잖아."

"교회 옆에 빌라가 싸게 나왔다는데 이참에 살까? 네가 대출도 받는다며?"

"엄마."

아직 엄마가 철이 들려면 먼 것 같았다.

"알았어, 내일 당장 알아볼게."

"간병인 자리도 알아보고. 민호랑 나랑 엄마랑 같이 해서 저축 들면 금방 전세로 옮길 수 있을 거야. 나도 다음 달부터 인센티브를 받을 수 있거든."

엄마는 확실하게 대답은 안 했지만 싫은 건 싫다고 분명하게 말을 하는 사람이 아무 소리 안 하는 걸 보니 동의한 것이나 마찬가지였다. 해인은 오랜만에 엄마를 등 뒤에서 안고 잤다. 엄마가 교회에 미치기 전까지는 아주 다정한 모녀였는데 어쩌다가 이렇게 되었는지 안타까울 따름이었다.

그때 엄마가 갑자기 기도를 하기 시작했다. 아마도 하나님께 새 집을 얻게 도와주신 걸 감사하는 것 같았다. 이렇게 그냥 기도하는 걸 반대하는 건 아니었다. 종교가 나쁜 건 아니니까 말이다. 하지만 어느 곳이든 돈이 우선인 건 어쩔 수가 없는 일인 것 같았다.

엄마도 교회에서 직책이 있다 보니 남들보다 뒤지는 게 싫은 것이다. 그걸 이해 못 하는 건 아니지만 지금은 남들을 따라가다가는 가랑이가 찢어지기 십상이다.

주무시는 엄마를 바라보며 요즘은 제발 사고 치지 않기를 해인은 기도했다. 오늘은 여러모로 특별한 날이었다. 해인은 불 꺼진 창가에 달빛으로 비춰진 아빠의 사진을 보며 속으로 다짐했다. 꼭 집을 장만해서 안정적으로 우리 집을 만들겠다고 말이다.

6

탕탕탕.

"아얏!"

망치로 손을 때린 우혁이었다. 이렇게 작업을 하면서 다치는 건 일상이었지만 이렇게 멍하게 있다가 다친 건 처음이었다. 지금 우혁의 머릿속에는 어제의 일들이 가득했다. 그의 손안에 있던 그녀의 풍만한 가슴의 감촉이 아직도 생생했다.

마치 여자와 처음 자본 얼뜨기처럼 그는 해인의 벗은 몸 생각뿐이었다.

"미치겠군."

그는 망치에 맞아 피멍이 든 검지손톱을 바라보았다. 빠지지 않은 게 천만다행이었지만 손가락이 욱신거리며 아프기 시작했다. 피도 나지 않는데 수건으로 손을 감은 그는 1층 매장으로 내려갔다.

내려가면서 해인을 찾았는데 그녀가 보이지 않았다. 다시 몸을 돌려 작업실로 들어가려고 하는 데 눈치 없는 지 매니저가 그를 보았다.

"대표님."

"……."

"손은 왜 그러십니까?"

모두의 시선이 그에게로 향했다. 안 보이던 해인도 지 매니저 소리에 어디서 나왔는지 나와서 그를 올려다보았다. 이때다 싶어 우혁은 발걸음을 돌려 계단 아래를 내려다보며 말했다.

"작업을 하다가 망치에 좀 다쳤습니다."

"망치요?"

"괜찮습니다. 혹시 진통제가 있나 해서요."

"탕비실에 구급상자가 있을 겁니다."

딱 걸려들었다.

"그럼, 해인이 편에 올려 보내주세요."

"네."

그는 속으로 쾌재를 부르며 작업실로 들어갔다. 물론 진짜로 손가락은 아려왔다.

똑똑.

"네."

소파에 앉아 있는데 해인이 구급상자를 들고 들어왔다.

"많이 다치셨어요?"

해인은 걱정이 가득한 얼굴로 그의 앞에 무릎을 꿇고 앉아 그의 손을 살펴보았다.

"어머."

방금 전까지만 해도 손톱의 3분의 1 정도만 피멍이 들었었는데 지금은 반 이상이 피멍이었다.

"손톱이 빠질 것 같아요. 병원에 가야 하는 거 아니에요?"

"괜찮아."

해인은 곧 울 것 같은 표정으로 그의 손가락을 살폈다.

"진통제 하나만 줘."

"네."

해인이 물하고 진통제를 가지고 왔다.

"어서 드세요."

해인이 챙겨준 진통제를 먹고 난 우혁의 손에 해인이 반창고를 붙였다.

"병원에 가는 게 좋을 것 같긴 한데⋯⋯."

"병원보다 더 급한 게 있어."

그가 해인을 끌어당겨 그의 무릎에 앉혔다.

"지금은 정해인과의 키스가 더 급하지."

그의 입술이 해인의 입술을 집어삼켰다. 서로를 향한 육체적인 갈망이 끝없이 타오르고 있었다.

"이걸 상상하다가 다쳤지."

"진짜요?"

"서른다섯 먹도록 여자와의 섹스 생각에 허덕인 건 이번이 처음이야."

"영광인데요."

해인이 이렇게 가볍게 응수하고 그의 무릎에서 빠져나왔다.

"내려가 봐야 해요."

"이따가 저녁에 시간 되지?"

"미안해요. 오늘은 일찍 들어가 봐야 해요."

"왜?"

"가족회의가 있어서요."

그의 옆에 앉아서 해인이 구급상자를 정리하고 있을 때 송 디자이너가 문을 열고 들어왔다.

"오빠!"

그러더니 해인이 그의 옆에 앉아 있자 인상이 구겨져 버렸다.

"내가 좀 다쳐서 치료 좀 받느라고."

송 디자이너의 성격을 너무나 잘 아는 우혁은 이렇게 둘러댔다.

"치료받는 것치고는 분위기가 그런데?"

"뭐라고 하는 거야?"

우혁이 아니라는 식으로 송 디자이너에게 짜증을 냈지만 여자의 직감은 무서운 법이었다.

"해인이도 알지? 내가 대표님 좋아하는 거?"

"네?"

해인이 당황해서 귀까지 빨개지고 있었다.

"몰랐으면 알아두라고."

"헛소리 좀 그만해. 해인이는 내려가도 좋아."

해인이 내려가자 우혁은 허전함을 느꼈다. 자신의 마음을 인정하고 나니 해인에 대한 생각이 더 강렬해졌다.

"넌 또 왜 왔어."

"이번에 은제품 런칭 때문에 상의할 게 있어서."

"얘기해."

유빈은 열심히 이번에 어느 백화점에 입점을 하고 어느 정도의 규모로 시작을 할지 그에게 브리핑을 했다. 이렇게 일을 할 때 보면 참 똑 소리가 나는 유빈인데 왜 그렇게 자신에게 물불을 안 가리고 달려드는지 도저히 이해가 가지 않았다.

"잘했다."

"고마워. 오빠는 더 보완할 점은 없는 것 같아?"

"응, 완벽해. 내가 너를 스카웃하기 잘했다는 생각이 아주 새록새록 든다."

"여자친구로는 어때?"

"헛소리 그만하고 올라가."

"난 진지해."

"빨리 가."

유빈이 올라가자마자 그의 핸드폰이 울렸다.

윙~

핸드폰 액정을 보니 태수였다.

"여보세요."

[어제 잘 들어갔냐?]

"응."

[그 난리를 치고 갔으면 형한테 보고는 해야지. 어제 집에 와서 어머니한테 아주 들들 볶여서 죽는 줄 알았다.]

태수에게 전화를 먼저 했어야 했는데 자신만의 행복감에 젖어 황당했을 태수를 생각하지 못한 우혁이었다.

"어제는 진심으로 미안했다."

[그건 알겠는데, 해인 씨와는 무슨 관계야?]

"좋아하는 여자다."

[어? 너무 심플한 설명 아니야? 그건 어제 네가 해인 씨의 손을 잡고 갈 때 알았고 세부사항을 말해보라고, 인마!]

"말하자면 길어."

[나 시간 많다.]

어지간히 궁금한 모양이었다.

"디아망 직원이고 내가 존경하는 분의 딸이다. 디아망에 오기 전부터 머릿속에 각인이 되었던 여자고 이곳에 와서는 내 머릿속의 전부를 차지한 여자다. 그동안은 해인의 천부적인 재능에만 관심이 있다고 내 자신을 달랬는데 다른 놈 앞에 해인이가 있자 눈이 돌아가더라. 어제는 진짜 우연이었다."

[그래서 다른 놈은 나고?]

"미안하다. 어제 고백했고 이제 나는 해인이 못 놓는다."

우혁은 자신의 진심을 태수에게 말했다.

[아무튼 축하한다. 당분간 내가 어머니에게 시달리는 건 어떻게 보상할래?]

"술 살게."

[너무 약해.]

"원하는 게 뭐야?"

[나도 갑자기 사랑을 하고 싶다.]

"미친놈, 바쁘다며?"

[생각이 바뀌었다. 형도 장가를 가고 너도 여자친구가 생겼는데 비참하다. 난 우혁이 너보다는 먼저 장가갈 줄 알았는데.]

"좋은 사람 만나겠지."

[그래, 있는 자의 여유냐?]

"미친놈."

[알았다. 자세한 얘기는 다음에 너네 커플 얼굴 보면서 듣자.]

"그래, 미안하다."

[알면 해인 씨에게 잘해줘라.]

우혁은 태수와 통화를 한 후에 미소를 지으며 작업대에 앉았다. 금판을 만들기 위해 다시 망치를 든 그는 해인이 손가락에 감아준 반창고를 보며 다시 한 번 미소를 지었다. 해인에 관한 모든 일이 그에게 미소를 짓게 만들었다.

"내가 디아망을 경찰에 고소할 거니까 그렇게 알고 있어요!"

"사모님."

2층에 올라갔다가 내려온 사이에 매장은 난리가 나 있었다.

"나한테 거짓말을 해?"

"그게 아니고요, 사모님께서 잘못 보신 겁니다. 이건 저희 매장에만 있는 단 하나의 디자인이 맞습니다."

최 부장이 손님에게 허리를 구부리며 설명을 하고 있었고 그 광경을 모두가 지켜보고 있었다. 오늘따라 매장엔 손님들로 가득했고 고객들은 무슨 일인가 싶은 표정이었다. 해인은 구급상자를 탕비실에 넣어 두고는 얼른 최 부장의 옆에 섰다.

명품으로 온몸을 도배한 여자와 평범해 보이는 여자가 앉아 있었다. 두 여자는 모두 팔짱을 끼고 있었고 마치 빚을 받으러 온 사람들 같았다.

"내가 이 브로치를 이천만 원이나 주고 산 이유는 예쁘기도 했지만 세상에 단 하나뿐인 제품으로 김 디자이너가 직접 만든 거라고 해서 산 거야. 근데 한 달도 안 돼서 아나운서가 차고 나왔는데 그걸 어떻게 책임질 거야?"

"손님, 이 제품은 다이아가 수술처럼 매달려 흔들리는 게 포인트고 그걸 만들 수 있는 세공사가 김 디자이너님뿐인 건 확실합니다. 그리고 이 제품은 시리즈로 출시되자마자 5개의 제품이 모두 나갔는데 모두가 다른 디자인입니다."

"……."

"고객님은 그중에서 수술이 흔들리는 제품을 사셨죠. 다섯 개의 제품 중에 유일하게 다이아가 수술에 매달려 흔들리는 제품입니다."

"그럼 내가 거짓말을 한다는 거예요?"

"그건 아니지만 잘못 보셨을 수도 있지 않습니까?"

"어쨌든 싫어요."

"그럼 뭘 원하십니까?"

"내 정신적인 피해 보상을 해줘요."

"네?"

"내가 어제부터 심장이 두근거렸던 걸 생각하면 아직도 손발이 떨린다고."

그러면서 종이 한 장을 최 부장에게 내밀었다.

"이게 뭔가요?"

"내 건강 진단서. 보는 것과 마찬가지로 난 심장이 안 좋거든. 이렇게 충격을 받으면 쓰러져서 죽을 수도 있지."

진단서를 받아 든 최 부장의 얼굴이 굳어졌다.

"뭘 원하십니까?"

"삼천."

"지금 삼천만 원이라고 하셨습니까? 그건 너무하신 거 아닙니까?"

최 부장이 화가 났는지 언성을 높이자 고객의 표정이 아주 기고만장해졌다. 최 부장이 자신의 의도대로 끌려간 모양이었다.

"지금 나한테 화를 낸 거야? 점원 주제에?"

"죄송합니다."

하지만 이미 최 부장은 손님에게 꼬투리를 잡힌 상황이었다.

"그렇게 사과해서 되겠어? 무릎이라도 꿇어야지."

고객과 같이 온 여자가 한술 더 떴다.

"우리 언니가 어떤 사람인데 이렇게 동네방네 다 파는 물건을 가지고 수작질이야."

꼬붕처럼 여자는 그녀의 비유를 맞추려고 노력하고 있었다.

"뭐 해? 어서 무릎을 꿇지 않고. 성의가 없네."

최 부장은 완전히 당황을 했고 옆에서 보는 해인이 민망할 정도였다. 해인이 지 매니저를 쪽을 쳐다보자 지 매니저는 손님에게

양해를 구하고 최 부장 쪽으로 오고 있었다.

고객은 의자에 다리를 꼬고 앉아 최 부장을 쳐다보고 있었다. 가슴에는 그 문제의 브로치를 차고 말이다. 해인은 너무나 화가 났다. 자신의 우상은 절대로 거짓말을 하지 않는다. 그가 하나를 만들었다고 하면 그 제품은 세상에 하나뿐인 것이다.

"고객님, 그게 언제 적 프로인지 알 수 있을까요?"

해인의 말에 모두가 그녀를 쳐다보았다. 해인은 웃으며 노트북을 펼쳐 들었다.

"어제 NBC 청춘 오락관 김은희 아나운서."

"네, 그럼 지금 제가 찾아볼 테니 자세히 비교해 보십시오."

"뭐야? 지금 내가 사기라도 친다는 거야, 뭐야?"

"아니오, 김우혁 디자이너님의 명예와 관련이 있으니까요. 직원이 대표님의 억울함을 풀어드려야 하지 않을까요? 그리고 고객님의 억울한 부분도 없어야 하겠죠."

해인은 노트북을 펼쳐 들고는 그 장면을 찾아 캡쳐를 했다.

"고객님, 많이 다른데요?"

진짜였다. 김 대표의 작품은 백합에 수술인데 아나운서가 한 건 그냥 꽃모양의 브로치였다. 같은 점이 있다면 화이트골드 색상이라는 정도였다.

"고객님, 이제 아닌 것 아셨으니 화를 좀 푸시죠."

최 부장의 말에 고객의 얼굴이 홍당무가 되었다. 하지만 끝까지 자신이 옳다고 얘기하는 고객이었다.

"이거 조작한 거 아냐?"

"저희가 왜 조작을 합니까? 고객님께서 잘못 보셨을 수도 있죠."

"아니야, 난 정확하게 봤다고."

이때 가만히 보고만 있던 지 매니저가 입을 열었다.

"저희 집 거래가 처음이시죠?"

"그래."

"그래서 잘 모르셨나 본데 저희는 제품에 대한 자부심이 굉장히 강합니다. 만약에 자꾸만 의심이 되신다면 소송을 진행할까요? 그게 정확할 것 같은데. 그래야 저희도 이렇게 바쁜 날 쓸데없이 낭비한 시간에 대한 배상을 받을 수 있으니까요."

"뭐?"

"말이 짧으십니다. 고객에게 친절한 게 직원의 도리지만 저희는 자존심을 팔지는 않습니다. 교양 있게 말씀하십시오."

"……."

고객의 눈동자가 흔들리기 시작했다.

"개인 변호사는 있으시죠? 저희 쪽 변호사에게 연락해 놓겠습니다. 해인 씨, 최 변호사 전화해."

"네."

해인은 지 매니저가 너무나 멋있다는 생각이 들었다. 그리고 해인이 전화기를 들자 고객이 화를 내기 시작했다.

"고소를 해도 내가 해. 어디서 건방지게 먼저 변호사에게 전화를 해."

고객이 자리에서 일어났다.

"정말 기분 나쁜 곳이야."

이렇게 말을 하며 진상 고객이 매장을 나갔다.

"죄송합니다."

해인은 손님이 나가자 옆에 있는 지 매니저와 최 부장에게 사과를 했다. 막내인 자신이 나설 때가 아니었다.

"괜찮아."

최 부장은 그렇게 얘기를 해주었지만 지 매니저는 대답 없이 자신을 기다리고 있는 손님에게로 향했다.

어느 정도 손님들이 빠져나가자 지 매니저가 최 부장과 해인을 불렀다.

"최 부장, 아까의 일은 더 이상 신경 쓰지 마. 예전에는 더한 일도 있었잖아."

"네, 압니다."

"이거 받아. 집에 들어가기 전에 애들이랑 술이나 한잔하고 풀고 들어가."

최 부장에게 봉투를 내민 지 매니저였다.

"매니저님은?"

"오늘 어머니 제사야."

"네, 알겠습니다. 신경 써주셔서 감사합니다."

"조금만 마셔."

"네."

"가봐, 해인이는 남고."

최 부장이 가고 해인은 부하직원을 잘 챙기는 지 매니저를 존경 어린 시선으로 보고 있었다.

"해인이는 내가 왜 부른 줄 알고 있나?"

"네, 제가 아까 껴서는 안 될 자린데 화를 참지 못하고 나선 게 잘못되었다고 생각합니다."

지 매니저가 너무 저자세인 해인을 보고 피식 웃었다.

"그렇다고 죽을죄를 지은 것처럼 하지는 말고."

"네."

해인은 이제부터 혼나겠다 싶어서 심호흡을 한 번 했다. 그러자 그 모습을 본 지 매니저가 또 웃었다.

"내가 부른 건 혼내려고 한 게 아니라 칭찬해 주려고."

"네?"

"모든 고객이 옳을 수는 없지. 때론 고객에게 끌려 다니지 말고 자신의 얘기를 당당하게 할 줄도 알아야 해. 물론 접객 태도에 문제가 있어서는 안 되겠지만 말이야."

뜻밖의 칭찬에 해인은 눈물이 나올 것 같았다.

"오늘은 최 부장이 조금 미흡했고 해인이가 잘했지만 최 부장 앞에서는 칭찬을 할 수 없지 않겠어?"

"네, 감사합니다."

"이따가 최 부장이랑 애들하고 술이나 한잔해. 저번처럼 고주 망태가 되지는 말고."

"오늘은 못 갑니다."

"왜?"

"이사 가는 것 때문에 가족회의가 있거든요."

"알았어. 가봐."

"네."

해인은 지 매니저가 직원들에게 존경의 대상인 이유를 알 것 같 았다.

시끄러웠던 하루를 마무리하고 해인은 집으로 향했다. 엄마가 문자를 보내 집을 알아보았고 마음에 드는 집이 있다고 했다. 이 제 문제는 보증금액을 맞추는 일이었다.

"다녀왔습니다."

집에 와보니 민호도 일찍 와 있었다. 해인이 도착하자 엄마는 치킨과 음료수를 차려 나오셨다.

"먹자."

이렇게 가족이 둘러앉아 있으니 아빠가 살아 있었을 때가 생각이 났다.

"기도하자."

엄마는 간식을 먹을 때도 기도를 하시는 분이었다. 기도를 마치고 본격적으로 집에 대한 얘기를 나누었다.

"엄마, 핸드폰으로 찍어왔어?"

"어, 여기."

집을 보러 같이 못 갔기 때문에 엄마에게 핸드폰으로 찍어오라고 부탁을 한 해인이었다.

"세 군데 봤는데 이 집이 제일 좋은 것 같아."

"보증금은 얼만데?"

"보증금 오천에 월 30만 원."

"쉬는 날에 같이 가서 보고 결정하자."

해인의 말에 엄마의 눈이 동그래졌다.

"회사에 말해서 대출 받기로 했어. 그 정도는 할 수 있어. 여기 보증금하고 합치면 될 것 같아. 대신에 엄마가 좀 보태줘야 대출금을 갚을 수가 있어. 농담 아니야."

"알았어."

민호는 흐뭇한 시선으로 해인을 보았다. 해인이 독립하면 엄마가 혼자 있는 게 은근히 걱정이 된 모양이었다. 해인은 민호를 보며 윙크를 했다. 그동안 민호와 그녀가 모은 돈이 꽤 되었다. 굳이 대출을 받지 않아도 이사를 할 수 있을 것 같았다. 엄마에게는 비밀이었지만 말이다.

해인은 아빠의 사진을 보며 미소를 지었다.

해인과의 일이 있은 후에 그들은 더 만나기가 힘들어졌다. 저녁
에 해인은 이사 때문에 바로 퇴근을 했고 쉬는 날에도 집 때문에
그와 만나지 않았다.

"이사는 혼자만 하는 거야?"

그렇게 툴툴거리며 그는 출근을 준비하고 있었다.

"밥 먹자."

어머니가 그를 부르셨다.

"네."

식탁에 온 가족이 둘러앉아 아침식사를 했다.

"며칠 전에 태수 엄마를 만났는데 태환이 결혼 날짜를 잡았다
고 하더라고요."

"그래?"

"네. 그 집이나 우리 집이나 아들놈들이 결혼을 안 해서 속 썩
지, 다른 게 뭐 있나요. 근데 태수 엄마가 부러워서 죽는 줄 알았
어요."

"또 왜?"

아버지는 계속해서 식사를 하시며 어머니의 말을 건성으로 듣
고 있었다. 그건 우혁도 마찬가지였다.

"태환이 색시가 임신을 했다지 뭐예요. 혼수도 어쩜 그렇게 야무지게 해왔는지 완전 부럽지 뭐예요. 태환이가 서른여덟이니 아주 늦은 결혼인데 이보다 더 큰 경사가 어디 있어요. 에휴, 우리 아들은 뭘 하는지 여자가 있나 어디 가서 손자를 만들어 오기나 하나."

"애 체하겠어."

아버지가 우혁의 편을 들어주었다.

"태수는 교회에서 만난 아가씨를 소개해 주었는데 잘 안 돼서 태수 엄마가 속상해하더라고요. 그래도 태수는 그렇게 선이라도 보지, 우리 집 아들은 선도 안 보니 아주 속이 터져요."

우혁은 해인의 얘기를 하고 싶었지만 타이밍을 놓쳐 버렸다. 어머니의 실망이 이만저만이 아닌 것 같았다.

어제 아버지가 차를 가지고 오지 않으셔서 모처럼 아버지를 모시고 출근을 하는 우혁이었다.

"엄마 말 신경 쓰지 마라."

"틀린 말도 아닌데요 뭐."

디아망에 거의 다 도착해서 주차장에 차를 세운 그는 아버지와 매장으로 걸어갔다. 오늘도 여전히 해인이 매장 앞을 쓸고 있었다. 옆 가게의 사람들에게까지 인사를 하는 해인이 우혁은 너무나 예뻤다.

"아버지."

"어."

"저 여자친구 있어요."

"뭐?"

"아직 어머니께는 말씀드리지 말아주세요. 제가 다음에 기회 봐서 말할게요."

"알았다."

이렇게 아버지에게 말을 하면서도 우혁의 눈은 해인에게로 가 있었다.

"안녕하십니까?"

해인이 웃으며 인사를 했다. 우혁은 확실히 자신이 콩깍지가 씌었음을 인정하지 않을 수가 없었다. 그의 눈에는 해인뿐이 보이지 않았다. 봄날의 따뜻한 미소를 하나 가득 담은 해인이었다.

아버지가 셔터 문을 여는 동안에도 우혁의 눈은 매장 앞을 열심히 쓸고 있는 해인에게로 가 있었다.

"해인이 그만 쓸고 사무실로 들어와."

아버지가 해인에게 말했다.

"네?"

"내 말 안 들려?"

"아뇨, 커피 타서 들어갈까요?"

"그래, 세 잔 타가지고 와."

"네."

해인은 디아망에 출근을 해서 처음으로 회장실에 들어왔다. 회장실은 2층 김 대표의 작업실에 비하면 형편없이 작았다. 작은 책상과 소파가 전부인 사무실의 모습에 해인은 조금 놀랐다. 이곳은 청소도 회장님이 직접 하셨다. 아마 치울 게 없기 때문인 것 같았다.

"뭘 그렇게 있어."

"네, 커피 드세요."

"너도 앉아."

해인은 어쩔 수 없이 우혁의 옆에 앉게 되었다.

"안 힘들어?"

"이제는 많이 적응이 되었습니다. 모두들 잘해주시고요."

"내가 오늘 너를 보자고 한 건 너를 이태리로 유학을 보낼까 해서다."

"아버지!"

우혁은 너무 놀랐다. 아니, 막 시작한 연인을 갈라놓으려 하다니 아버지의 갑작스러운 말에 우혁은 정말로 욱했다.

"아니, 입사한 지도 몇 개월이 되지도 않았고 다른 직원도 있는데 어떻게 해인이만 유학을 보낸다는 겁니까?"

"시끄러. 왜 네가 난리야. 해인이 생각은 어때?"

"너무 갑작스러운 얘기시라……."

해인이 단번에 거절을 하지 않자 우혁은 서운한 생각이 들었다.

"그래서 가겠다는 거야?"

"아니, 네가 왜 난리야? 시끄럽게."

"아버지, 잠깐만요. 대답 안 해?"

"너 나가."

김 회장이 우혁을 바깥으로 내쫓으려 하자 그가 말을 멈추었다.

"생각해 보지 않은 문제라서 뭐라고 말씀을 드릴 수가 없습니다. 하지만 김 대표님의 말씀처럼 제가 간다면 말이 많을 것 같습니다."

"해인아, 달호의 딸이라서가 아니라 너의 재능을 아깝게 보기 때문이다."

아버지도 해인의 재능을 알고 계신 듯했다.

"달호와 춘삼이 그리고 나는 둘도 없는 친구였다. 우리 셋은 정말로 명동에 귀금속 공장들이 생길 무렵부터 이곳에서 인생을 보냈다고 해도 과언이 아닌 사람들이다. 배운 거 없고 가진 것 없는 우리에게 유일한 희망은 부지런하고 건강한 몸뿐이었다. 하지만 달호는 우리와는 다른 하나를 더 가지고 있었지. 그건 재능이었어. 세공사로서의 네 아버지는 정말로 최고 그 이상이었다. 나와 춘삼이는 그런 달호를 부러워했지."

해인은 자신의 아버지 얘기에 흥미로운지 깊이 빠져 있는 모습이었다.

"제일 먼저 세공에서 손을 턴 건 나였다. 아무리 봐도 달호를 따라잡을 수가 없었거든. 그리고 그 뒤로 춘삼이 두 손을 들었지. 달호는 내가 본 사람 중에 가장 뛰어난 세공사였다."

아버지는 커피를 한 모금 하시고 다시 말을 이어가셨다. 뭔가 고민 끝에 하시는 말씀이신 것 같았다.

"나는 언제나 사람들의 주목을 받는 달호가 미웠다. 그건 내가 아무리 노력을 해도 안 되는 것이니까. 그래서 둘도 없는 친구에게 등을 돌렸지. 그게 아직도 마음에 걸린다. 그건 춘삼이도 마찬가지일 테고. 처음엔 너를 그래서 쓴 걸 테지."

"……."

해인은 좀 놀랐는지 아버지의 얼굴을 뚫어지게 바라볼 뿐 뭐라고 말을 꺼내지 못했다.

"춘삼이 공장에서 일하는 네 모습을 보고 내가 디아망으로 보내달라고 했지. 너의 솜씨를 보는 순간 달호가 생각이 났다. 처음엔 몰랐는데 나중에 네가 달호 딸이라는 걸 알고 얼마나 놀랐던지……."

"공장에 오셨었어요?"

"그래. 나는 춘삼이에게 약속했다. 너를 나에게 주면 우혁이 같은 보석 디자이너로 키우고 싶다고 말이다."

갑작스러운 아버지의 고해성사에 우혁은 멘붕이 되었다. 해인의 재능을 아버지도 인정하시는 것이었다. 그래서 그 재능을 키워주고 싶다는데 우혁은 더 이상 말릴 수가 없었다. 이건 어디까지나 해인이 선택할 문제였다.

"생각해 보겠습니다."

"긍정적으로 생각해라. 나도 너의 아버지에 대한 미안함을 좀
씻어버리게."

"알겠습니다."

"나가봐."

해인이 나가고 우혁은 아버지와 둘만 남았다.

"저하고 먼저 상의하셨어야 했어요."

"왜?"

"저는 제 작업실에서 교육할 생각이었거든요."

우혁의 말에 김 회장이 미소를 지으며 말했다.

"우리 우혁이도 사람을 보는 눈이 있었구나. 하지만 해인이는
큰물에서 배워야 한다."

"바로 보내시게요?"

"원한다면."

우혁은 무거운 발걸음으로 회장실에서 나왔다. 해인도 머리가
복잡한지 진열장을 닦으면서 먼 산을 보고 있었다. 해인을 위한다
면 이태리로 유학을 보내야 하는데 우혁은 보내고 싶지 않았다.

해인의 머리가 길가에 굴러다니는 꽃가루보다도 복잡했다. 5월
의 햇살은 뜨거웠고 그녀의 머리도 매일같이 과부하 상태였다. 우

혁과 말을 안 한 지 일주일이 지났다. 그가 작업실에서 나오거나 아니면 그녀가 올라가지 않는 이상은 만나기 힘든 상황이었다. 도대체 어쩌라는 건지 알 수가 없었다. 그냥 그날 감정에 휘말려서 그녀를 안은 건지조차 이제는 헷갈리고 있었다.

"좋아하기는 하는 거야?"

속이 타는 해인이었다. 만나고 싶은데, 만나서 유학에 대한 이야기도 듣고 싶은데 그는 답이 없었다. 가지 말라고 하면 해인은 가지 않을 생각이었다. 그가 그녀의 스승이 되어준다면 해인은 굳이 유학을 가고 싶다는 생각이 들지 않았다.

그녀도 자신이 사랑하는 남자의 곁에 있고 싶었다.

"도대체 뭘 어쩌라는 거야?"

"너 아까부터 뭐라고 중얼거리는 거야?"

최 부장이 해인을 쳐다보며 말했다.

"아닙니다."

"너 뭐 잘못 먹었어?"

"아뇨, 조금 있으면 한 달 동안 쓴 보고서하고 고객 리스트 지매니저님에게 보고해야 해서요."

"어디 먼저 줘봐."

최 부장이 해인의 앞에 있는 노트북을 자신의 쪽으로 돌렸다.

"어디 보자."

"진짜 열심히 했거든요. 혼나지는 않겠죠?"

"잘했어. 이 정도면 칭찬을 받아야지. 나보다 훨씬 잘했어. 이렇게 관리하면 괜찮겠어."

최 부장은 아낌없는 칭찬을 해주었다.

"감사합니다."

한 시간 후 해인은 지 매니저에게 불려가 보고를 했다. 침착하게 하기는 했는데 최 부장 앞에서 보여줄 때보다 100배는 더 떨렸다.

"잘했어."

"감사합니다."

"그런데 유학은 아직 안 정한 거야?"

지 매니저도 유학에 관해 알고 있었다.

"저도 너무 머리가 아파서 이번 주 내에 끝을 보려고요."

"그래, 회장님도 기다리시는 눈치야."

"네, 알겠습니다."

해인이 자리로 돌아가자 핸드폰이 울리고 있었다. 김 대표이기를 바라는 마음에 핸드폰을 들었지만 영희의 전화였다.

"어쩐 일이야?"

일주일 만에 영희에게 전화가 왔다. 반가웠지만 선배들의 눈치가 보여 해인은 전화기를 들고 탕비실로 향했다.

[너는 친구가 전화를 했으면 반가운 척이라도 해야 하는 것 아니냐?]

"선배들 눈치 보여서. 어쩐 일이야?"

[나 명동이다. 조금 있으면 퇴근하지? 나와.]

"무슨 일로 왔어?"

[오늘 면접 봤다.]

"전에 다니던 데는?"

[잘렸다.]

"알았다. 어디로 갈까?"

[명동호텔 앞에서 봐. 지금 백화점에 왔다가 네 생각 나서.]

"그래, 호텔 앞에 가서 전화할게."

졸업 후에 너무 바빠서 얼굴도 못 보고 전화 통화만 했는데 오늘은 영희를 만날 수가 있었다. 요즘 너무 기분이 꿀꿀했는데 영희와 맥주나 한잔하면서 회포를 풀어야겠다고 해인은 생각했다.

퇴근 후에 해인은 명동호텔 앞에서 영희를 만나 근처 호프집으로 갔다.

"치킨 가지고 되겠어? 밥도 안 먹었다며?"

영희는 직장에서 잘린 것 때문에 마음고생이 심했는지 얼굴 살이 쪽 빠져 있었다.

"야, 뭐 직장이 거기 하나뿐이냐? 오늘 면접 본 데서 오라고 할 거야."

해인이 영희를 위로했지만 영희의 표정이 좋지 않았다.

"왜 잘린 건데?"

"너도 알다시피 나 부부가 운영하는 금은방에 취직했잖아?"

"그런데?"

"그집 사모가 나랑 사장을 의심하는 거야."

"뭐?"

진짜로 놀랄 노자였다.

"미친 거 아냐? 사장이 몇 살인데?"

"오십이 넘었다. 우리 아빠랑 동갑이야."

"미쳤다."

영희가 맥주를 빈속에 계속해서 마시고 있었다.

"그래서 가만있었어?"

"아니, 아주 그 집안을 풍비박산 내고 왔지."

"뭐?"

영희가 핸드폰의 음성 메시지를 들려주었다. 사장이 매일 영희에게 전화를 걸어 술이나 한잔하자고 꼬시는 내용이었다.

"이 사람 제정신이 아니다."

"녹취한 음성 파일을 다 전송해 줬고 사장이 만나는 여자의 전화번호도 알려줬지."

"그랬더니."

"사장에게 사과 받고 둘이 싸우든지 말든지 하고 나와 버렸지."

"잘했다."

그래도 영희는 화가 덜 풀렸는지 맥주를 계속해서 마셨다.

"야, 안주도 먹어. 너 벌써 네 잔째야."

"얼굴을 보아하니 해인이 너도 뭔가 말할 게 있는 거 같은데?"

"돗자리 깔아야겠어."

"말해라 아무렴 이 언니만큼 복잡하지는 않겠지."

"그래, 너만큼은 아니다."

해인은 그간의 일들을 김우혁이라는 이름만을 빼고 다 얘기해 주었다.

"그 남자 되게 묘하네. 너 선보는데 끌고 나올 정도로 너를 좋아하는데 그리고 다음 날 좀 잘해주더니, 그 뒤로부터 2주가 넘었는데 계속 쌩까는 거야?"

"응."

"뭐냐? 좀 성격이 이상한가?"

"그건 모르겠고 내가 싫어진 걸까?"

"그건 아닌 것 같은데? 뭔가 그 사람도 심경이 복잡한가 보지. 나이가 열두 살이나 많다며. 그 나이엔 함부로 여자를 만나지 않지. 만나면 결혼까지 생각을 하는 게 당연한 거 아냐? 그러니까 어떻게 시작해야 하나 고민이 되는 거지."

"역시~"

해인이 감탄 어린 시선을 보내자 영희가 어깨를 으쓱였다.

"넌 역시 모르는 게 없다, 영희야."

"그나저나 유학은 갈 거야?"

"모르겠어. 난 한국에서 그냥 배우고 싶어. 김우혁한테 배우면 좋겠는데 우리 김 대표님은 그럴 생각이 없으신 것 같다."

"예술가 아니냐. 혼자 고독을 즐기며 예술에 대해 고뇌하고 싶지, 누가 우리 같은 초짜들을 옆에 놓고 가르치고 싶겠냐?"

"하긴."

영희가 말을 할 때마다 해인은 그녀의 추종자처럼 고개를 격하게 끄덕이고 있었다.

"너 많이 힘든가 보다, 해인아."

"왜?"

"애가 줏대가 없어진 거 같아."

"그렇지?"

"이거 봐라. 말만 하면 아주 긍정적이야. 이때 사기를 쳐야 하는데."

"지금은 뭘 원해도 오케이다."

해인이 영희의 손을 꼭 잡았다.

"뭐 하는 짓이지?"

영희가 해인의 손을 빼려고 했다.

"내가 마음의 안식처를 찾은 것 같다, 친구."

"정해인, 정신 좀 차려."

둘은 또다시 잔을 기울이기 시작했다.

"근데 진짜 유학 갈 생각이 없으면 김우혁한테 미친 척하고 네가 가르쳐 달라고 해봐. 싫다고 하면 유학 가면 되지. 밑져야 본전이고."

"넌 역시 천재야."

역시 영희는 현명했다. 왜 직접 물어볼 생각을 못 한 것일까?

"그리고 그 남자한테도 물어봐, 이제 관심없어졌냐고. 그리고 없어졌다고 하면 쿨하게 잊어주는 거지."

"그것도 좋은 방법이네. 하지만 그 남자에게는 못 물어보겠다."

"왜?"

"내가 쿨하게 못 끝낼 것 같아. 내가 많이 좋아하는데 싫다는 말을 들으면 견디기 힘들 것 같아."

해인의 눈에서 갑자기 눈물이 흘러나왔다. 정말로 우혁이 그녀에게 이제 관심이 없어졌다고, 하룻밤 즐겼으면 그만이지라고 한다면 해인은 정말로 미칠 것 같았다.

"해인아? 진짜 좋아하는구나?"

"응."

"그 사람도 분명히 무슨 사정이 있을 거야. 싫었으면 싫다고 벌써 얘기했겠지."

"그럴까?"

"응, 술이나 마시자."

해인과 영희는 늦은 시간까지 맥주잔을 기울였다. 해인의 머릿속에는 온통 우혁의 생각으로 가득했다.

"정해인!"

"어?"

"정신 좀 차려, 가시내야."

"왜?"

영희가 턱으로 뭔가를 가리켰다. 지금 그녀의 앞에 뻥튀기가 한 보따리였다. 먹지도 않을 것을 계속 자신의 앞접시에 가져다 놓고 있었기 때문이었다.

"내가 남자를 알아보마. 아무래도 우리 해인이 정신 나가겠다."

"그래, 남자 좋지."

해인은 다시 웃으며 영희의 잔에 자신의 잔을 부딪치며 속으로 생각했다. 지금은 김우혁 하나로 충분하다고 말이다. 술잔을 기울일수록 해인은 우혁의 얼굴이 계속해서 떠오르고 있었다. 그래서 인지 해인은 늦도록 술잔을 기울였다. 친한 친구인 영희도 알코올도 이 밤 해인의 마음을 달래주지 못하고 있었다.

7

아침부터 분주한 해인이었다. 오늘 성훈 선배가 쉬는 날이라 더 정신이 없었다. 막내가 혼자이니 청소하랴 이것저것 심부름하랴 몸이 열 개라도 부족한데 2층의 남자까지 신경을 쓰다 보니 더 정신이 없었다. 오늘은 꼭 김 대표에게 자신을 어떻게 생각하는지 물어볼 생각인 해인은 틈이 나는 대로 2층을 올려다보며 한숨을 지었다.

그와의 일이 있은 지도 2주가 흘렀고 영희와 술을 마신 지도 일주일이 흘렀다. 유학에 대한 이야기를 김 회장에게 해야 하는데 해인의 머리가 복잡했다. 오늘은 기필코 그와 얘기를 해야겠다고 생각한 해인이었다.

"오늘은 커피 안 타주나?"

황 대리가 해인에게 커피를 부탁했다.

"네, 이것만 하고 타드릴게요."

해인이 대답했다.

"니들이 타 먹어!"

지 매니저가 상황을 보더니 한마디 했다.

"넵!"

눈치 빠른 황 대리가 얼른 탕비실로 향했다.

"해인이는 그거 끝나고 이리 와."

"네."

해인은 오픈 전에 진열장을 모두 닦느라 온몸이 땀투성이였다.

"지 매니저님, 부르셨어요?"

"그래, 오늘부터 해인이는 2층에 올라가도록 해."

"네?"

"유학을 가기 전까지 김 대표님의 보조를 맡기로 했으니까 그런 줄 알고."

"지금요? 오늘은 성훈 선배도 없는데요."

"해인이를 2층에 보내신다고요? 지금요?"

최 부장도 놀랐는지 한마디를 했다.

"그냥 이제 보조 없다고 생각하고 일해."

"아니, 그래도 마음의 준비라도 하게 미리 말씀을……."

247

"최 부장, 네가 언제부터 보조를 뒀다고 그래?"

"죄송합니다."

최 부장은 지 매니저에게 한 소리를 듣고는 바로 꼬리를 내렸다.

"다 알아서 할 수 있는 사람들이야."

"네."

해인은 계단을 오르고 있었지만 다리에 모래주머니가 달린 듯이 무거웠다. 그녀가 연락을 하기 전에 김 대표를 만날 기회가 생겨서 다행이었지만 그가 그녀를 어떻게 맞이할지 너무나 무서웠다.

그냥 덤덤하게 아무 일도 없었다는 듯 해인을 맞이해도 서운할 것 같고 모르는 척해도 속상할 것 같았다. 그렇다고 그녀를 보자마자 끌어안지는 않을 것 같았다. 그렇게 보고 싶었다면 연락을 했을 테니까 말이다.

체리우드로 된 문이 그녀의 코앞에 있었다. 열고 들어가야 하는데 도통 손잡이로 손이 가지 않았다. 얼마나 시간이 흘렀을까, 밑에서 누군가 계단을 오르고 있는 소리가 들렸다. 가까울수록 들려오는 목소리의 주인공은 황 대리였다.

디아망에서 가장 말이 많은 황 대리가 손님을 모시고 올라오고 있었다. 아기가 있는 손님이었다.

똑똑.

드디어 문을 두드렸고 김 대표의 대답이 들리기도 전에 안으로 들어간 해인은 망치를 들고 있는 김 대표와 눈이 마주쳤다. 땀 냄새가 가득할 것 같은 면 티는 땀에 젖어 그의 단단한 몸에 달라붙어 있었고 그의 얼굴은 땀으로 범벅이 되어 있었다.

작업에 방해가 되는 에어컨을 켜지 않아 작업실은 그야말로 찜통이었다. 그를 본 순간 해인은 쿵쾅거리는 자신의 심장 소리에 깜짝 놀랐다. 그는 너무나 아무렇지 않은 표정으로 그녀를 보고 있었다. 서운했다.

"뭐지?"

해인은 정신을 가다듬으며 편안한 목소리로 자신의 떨리는 감정을 위장하며 말했다.

"지 매니저님께서 이제 이리로 출근하라고 말씀하셨습니다."

"그래?"

"네."

그는 하던 일을 멈추고 자신의 방으로 들어가 버렸다.

"뭐지?"

뻘쭘한 해인은 작업실의 문 앞에 한참을 서 있었다. 꼴도 보기 싫으니까 나가라는 건가? 뭐라고 말을 해줘야 나가든지 말든지 할 텐데 그는 말없이 방으로 들어가 한참이 지나도 나올 생각을 하지 않았다.

해인은 그 자리에 그대로 서서 작업실을 살펴보았다. 세계 최고 디자이너의 작업실은 부러울 정도로 세공에 관한 모든 기구들이 갖추어져 있었다.

지하에 있는 공방과는 많은 차이가 있었다. 대부분의 공방들이 어둡고 퀴퀴한 향이 가득하다면 이곳은 환하고 깨끗하기까지 했다. 환기 시설도 잘되어 있었고 작업대도 깔끔하게 밝은 우드 톤이었다. 그러고 보니 지난번에 왔을 때와는 작업실의 분위기가 많이 달라져 있었다.

소파가 안쪽으로 더 밀렸고 커다란 탁자가 들어와 있었다. 그리고 그의 작업대 옆으로 하나의 작업대가 더 있었다. 아마도 작업 공간을 늘린 모양이었다.

"오빠!"

명랑한 목소리의 송 디자이너였다.

"해인이 와 있었네?"

"네."

"대표님 어디 가셨어?"

오빠라고 그럴 땐 언제고 금방 대표님이라고 바꾼 송 디자이너를 해인이 찬찬히 바라보았다. 김 대표가 그냥 자신을 가지고 놀았나 하는 생각이 들자 얼굴이 붉게 변한 해인이었다.

"해인이 나한테 할 말 있어?"

해인의 표정이 안 좋은 걸 느꼈는지 송 디자이너가 해인을 보며 말했다. 요즘 아주 사사건건 그녀를 괴롭히는 송 디자이너였다.

"네? 아뇨."

"그런데 뭘 그렇게 기분 나쁘게 쳐다봐?"

"제가요? 아닙니다. 오해세요."

일단은 상사니까 싫어도 고개를 숙여야 하는 게 현실이었다. 송 디자이너는 해인을 곱게 보지 않았고 솔직히 해인은 그게 힘들었다. 거기다가 김 대표까지 좋아하니 해인의 입장에서는 신경이 안 쓰일 수가 없었다.

해인 앞에 팔짱을 끼고 서 있는 송 디자이너는 거의 가슴이 다 드러난 흰색 면 티에 청바지를 입고 머리는 하나로 묶고 있었다. 이렇게 작업복을 입어도 송 디자이너는 너무나 섹시했다. 눈을 어디다 둬야 할지 모를 정도로 화끈해 보였다.

"송 디자이너 왔어?"

그가 드디어 방에서 나와 숨 막히는 정적을 깨뜨렸다.

"오빠, 뭐 좀 물어보려고 했는데 손님이 있네."

"해인이 이제부터 내 작업실에서 디자이너 수업 받아."

"디자인 전공했어?"

"응. 실력도 있고, 너를 봤을 때의 느낌이랄까?"

"극찬이네, 내 보기엔 그렇지 않은데 말이야."

송 디자이너의 입에서 고운 말이 나올 리가 없었다.

"그럼 나는 갈래. 할 말은 이따 저녁에 만나서 얘기해."

이렇게 자신의 할 말만을 하고 송 디자이너는 자신의 사무실인

3층으로 올라갔다. 송 디자이너가 작업실을 나가자 또다시 숨 막히는 정적이 흐르고 있었다. 그 정적이 싫었는지 그가 그녀를 향해 옷을 내밀었다.

"이거 입어."

"네?"

"일을 하려면 작업복을 입어야지."

"네."

해인은 얼른 그의 앞으로 가서 작업복을 받아 들었다.

"갈아입고 나와."

"네."

해인은 그의 방으로 들어가 그가 준 옷으로 갈아입었다. 검은색 티는 생각보다 너무 커서 키가 큰 그녀에게도 무릎까지 내려왔고 바지는 거의 흘러내릴 지경이었다.

"저기요."

해인이 방문을 조금 열고 그를 불렀다. 아무래도 밖에 나가서 작업복을 사 오는 게 나을 것 같았기 때문이었다.

벌컥!

그가 문을 열고 들어와 자신의 옷을 입고 어쩔 줄을 몰라 하는 그녀를 매서운 눈으로 쳐다봤다. 그의 등 뒤로 문이 닫히자 해인은 그와 둘뿐인 공간이 너무나 신경이 쓰였다. 김 대표의 시선이 그녀의 얼굴에서 그의 커다란 티를 지나 그녀가 손등의 힘줄이 튀어나올 정도로 꽉 쥐고 있는 바지까지 서서히 아래로 이동하고 있었다.

그의 시선의 흐름이 얼마나 느린지 해인은 숨이 넘어갈 것 같은 긴장감을 느꼈다. 그리고 그 움직임만큼이나 느리게 그녀에게로 다가왔다. 그의 표정은 정말로 자신과 싸우는 듯해 보였다. 해인에게로 다가가면 안 되는데 어쩔 수 없는 끌림에 그녀에게 오고 마는 듯한 모습이었다.

어느새 그는 그녀의 바로 앞까지 다가와 있었다. 숨막힐 듯한 긴장감에 해인은 무슨 말이라도 해야 했다.

"그러니까 옷이 너무 커서요. 밖에 잠깐······."

그가 그녀에게로 한걸음에 성큼 다가오더니 그녀의 얼굴을 잡고 그대로 입술을 삼켜 버렸다. 놀란 해인이 그의 가슴을 밀치자 이번에는 그녀가 잡고 있던 바지가 그녀의 다리 아래로 미끄러져 내렸다.

그의 키스는 마치 굶주린 짐승처럼 사나웠고 해인은 그런 그의 강한 키스에 점점 무너져 내리고 있었다. 그녀의 팔이 그의 목을 감았다. 그의 몸이 땀으로 끈적이기는 했지만 왠지 그게 더 자극적이었다.

"송 디자이너······."

그녀의 말을 그가 다시 삼켜 버렸다. 송 디자이너가 자신보다 더 섹시한데 그녀에게 가지 그러냐고 말을 하고 싶은 해인이었지만 그녀의 말은 그의 입속으로 사라져 버렸다.

그의 입안에서 담배 맛이 느껴졌다. 이 사람의 모든 것 하나하나가 해인을 자극하고 있었다. 이렇게 무너지면 안 되는데 자꾸만 그의 품에서 해인은 물에 젖은 솜이 되어버리는 것 같았다.

그의 혀가 이제는 그녀의 목구멍 안쪽까지 깊숙이 들어와 그녀의 이성을 완벽하게 마비시키고 있었다. 아무리 그의 방이라고는 하지만 디아망의 식구들이 언제든지 들어올 수 있는 곳이었다. 이렇게 계속하다가는 들킬 것 같아 불안했지만 해인은 그의 혀를 더 깊게 받아들였다.

그의 손이 해인의 팬티 안으로 들어오자 해인은 깜짝 놀랐지만 그녀의 몸은 이성을 배반하고 다리를 살짝 벌려 그의 손이 더 깊게 들어올 수 있게 허락하고 있었다. 그는 한마디 말도 없이 계속해서 그녀의 몸을 탐하기만 했다.

그래도 좋았다. 이 미칠 것 같은 갈증을 해인은 해소하고 싶었다. 해인 스스로 손을 올려 자신이 입고 있는 그의 티셔츠를 벗고 브래지어도 벗어버렸다. 그리고 자신의 팬티마저 벗은 해인이 그에게 말했다.

"가져요."

그리고 그에게 다가가 그의 버클을 풀었다. 그는 해인이 하는 행동을 그냥 가만히 내버려 두었다. 그의 얼굴은 뭔가를 참고 있는 듯 일그러져 있었다.

"참지 마요."

그녀의 말이 떨어지기가 무섭게 그는 자신의 침대 위로 그녀를 눕히고 바로 그 위로 올라탔다. 지난번 그들의 뜨거웠던 밤도 이 침대 위에서였다.

"강하게 해줘요."

"……."

어디서 이런 음란한 말들이 나오는지 해인은 지금 자신의 입술이 내뱉는 모든 말들이 낯설었다. 그리고 그 말들은 위험했다. 그의 눈빛이 변했고 그는 그녀처럼 알몸이 되어 그녀의 중심에 자리 잡았다.

"넣어줘요."

그가 그녀의 말을 이렇게 잘 듣는 사람이라는 걸 해인은 지금 알았다.

"아악!"

그의 남성이 크다는 걸 잠시나마 잊었던 해인을 일깨워 주듯이 커다란 그의 남성은 해인의 여성을 찢을 듯이 강하게 밀고 들어왔다.

"아아아악!"

마침내 그녀의 안에 들어온 그의 남성은 잠시도 지체하지 않고 피스톤 운동을 시작했다. 넣었다 뺐다를 반복하는 그의 몸짓에 해인은 완벽하게 빠져 들어가고 있었다. 고통뿐일 줄 알았던 그의 몸짓이 이제는 그녀가 허리를 움직일 정도로 쾌락을 안겨주고 있었다.

"미치겠어요."

"으으윽."

그이 입에서도 신음이 흘러나왔다. 그리고는 더 속도를 높인 그는 자신의 분신을 쏟아내고는 그녀의 몸 위로 부서졌다. 그리고 아무런 말 없이 바로 몸을 일으켰다.

해인은 모든 게 부끄러웠다. 그의 행위에 일순간 무너져 버린 자신의 자존심이 이제는 복구가 되지 않을 것 같았다. 그는 그녀가 섹스에 미쳐서 날뛰는 여자라고 생각할 게 틀림이 없었다.

어느새 옷을 다 입은 그를 보며 그녀도 자신의 유니폼으로 갈아입었다. 우혁은 해인의 뭔가가 마음에 들지 않는 것 같았다. 그런데도 그녀와 이렇게 되어버린 자신에게 화가 난 듯했다.

"송 디자이너가 더 섹시하지 않나요?"

해인의 입에서 드디어 묻고 싶은 질문이 흘러나왔다.

"그런 걸 왜 묻지?"

김 대표는 차갑게 말했다.

"송 디자이너는 모든 남자들의 로망이니까요."

"그런가?"

김 대표는 자신에게 속 시원한 확답을 주지 않았다. 해인은 그게 너무 속상했다.

"옷이 너무 커서 잠깐 나가서 작업복을 사 와야겠어요."

해인은 눈에 눈물이 고이자 고개를 돌렸고 그 역시 뒤돌아선 채로 고개를 끄덕이더니 밖으로 나갔다. 해인은 그의 화장실에 들어가 흐트러진 머리를 다시 단정하게 묶고 눈물자국도 지웠다. 그리고 아무 일도 없었던 것처럼 밖으로 나갔다.

해인의 시야가 점점 더 뿌옇게 변하고 있었다. 아무래도 디아망을 그만두어야 할 모양이었다. 유학이고 뭐고 지금 해인의 마음속엔 우혁이 가득한데 그가 자꾸만 해인에게 상처를 주고 있었다.

보세 옷가게에 들른 해인은 청바지와 검은 면 티를 사서 그가 있는 작업실로 올라갔다.

"다녀왔습니다."

옷을 얼른 갈아입은 해인은 그의 옆에 서서 뭔가를 지시할 때까지 기다렸다.

"이거 도안해 놓은 거니까 이 중에서 쉬운 거 골라서 만들어 봐."

"네."

해인은 그에게 도안집을 받아서 신중하게 고른 후에 그가 설명해 주지 않아도 그녀의 자리인 곳에 앉아서 작업을 시작했다. 세공은 어려서부터 놀이에 가까운 것이었다. 처음에는 아빠의 칭찬이 듣고 싶어서 한 일인데 이렇게 집중을 하다 보면 모두가 그녀를 칭찬해 주었다.

해인은 도안 중에서 오기로 가장 어려운 것을 골라 하기 시작했다. 웨딩링인데 한번 해볼 만하다 싶었다. 디아망의 시스템은 아주 고가의 제품은 모두 김 대표가 디자인하고 세공까지 담당했다. 대부분 억대를 호가하는 가격에 손님들이 줄을 서서 사가는 제품들이었다.

일반 웨딩 제품들은 지하의 디아망 공방에서 만들었다. 김 실장님의 솜씨도 굉장히 좋아서 신혼부부들에게 아주 인기였다. 그리고 간단히 선물을 할 수 있는 선물용 제품들과 은제품들 역시 모두 공방의 작품이었다.

해인은 반지의 기본틀 작업을 하고 있었다. 금을 초가다에 넣어 만드는 작업이 아니라 처음부터 오로지 손으로만 작업을 하는 핸드메이드 과정이라 해인의 신경이 더 날카로워져 있었다. 아무것도 가르쳐 주지 않고 시작하라고 하는 걸로 봐서는 그녀의 솜씨와 수준을 다시금 체크하기 위함인 것 같았다.

쓱싹쓱싹.

야스리질을 한참 하던 해인은 무심결에 김 대표 쪽을 쳐다보았다. 그러자 그가 얼른 고개를 돌리는 게 보였다. 해인은 그의 행동에 실망이 되었다. 왜 뭐라고 똑 부러지게 말을 하지 않는 것일까? 답답한 마음에 해인은 더욱 세게 야스리질을 했다.

우혁의 마음은 날이 갈수록 답답해졌다. 해인에 대한 자신의 마음이 확실해진 이때 그의 아버지가 충격적인 제안을 그녀에게 함으로써 우혁은 고민에 빠졌다. 유학이라니, 언제는 장가를 가라고 난리더니 이제는 겨우 만난 마음에 드는 여자를 유학 보내겠단다.

해인에게 어떻게 할 건지 물어보고 싶었지만 그의 자존심이 허락하질 않았다. 유학이냐 그이냐는 해인이 선택할 문제였다.

옆에서 열심히 뭔가를 만들고 있는 해인의 모습을 힐끔거리며 보던 우혁은 해인과 눈이 마주치자 얼른 고개를 돌렸다. 옆에 있는 게 이렇게 고문일 줄은 상상도 하지 못한 우혁이었다.

아까 작업실의 문을 열고 들어왔을 때 우혁은 심장이 그대로 멈추는 줄 알았다. 2주 만에 그녀의 모습을 보았기 때문이다. 얼마나 그리웠던지 그건 하늘만이 아실 거다. 그는 간신히 그녀에게 가는 걸 참았다.

지난 2주간 그는 해인에게 삐져 있었다. 확실하게 유학을 가지 않겠다고 의사 표현을 했으면 그 자리에서 아버지에게 둘이 사귄다고 말하려고 했었다. 하지만 그가 화를 냈음에도 불구하고 해인은 생각해 보겠다고 했다.

"생각한다고?"

속에서 또 화가 치밀어 올랐다. 그가 구시렁거리는지도 모르고 해인은 혼신의 힘을 다해 야스리질을 하고 있었다.

"된장."

그나저나 아까부터 그의 남성이 자꾸만 고개를 쳐들고 있었다.

259

본능적인 것이라서 그도 통제하기가 힘이 들었다. 해인이 올라왔을 때 그는 옷을 가지러 간다는 핑계로 그녀에게서 잠시 떨어져 떨리는 자신의 마음을 추스르고 아무 옷이나 집어 들고 해인에게 건넸다. 그게 화근이었다.

해인은 너무 큰 그의 옷 때문에 그를 불렀고 엉거주춤하게 그의 침대 옆에 서서 난감해하는 해인을 본 순간 우혁의 이성은 무너져 내렸다. 그녀를 안아야 했고 해인은 저항하지 않았다. 오히려 그를 자극하며 여기가 작업실인지도 망각하고 그냥 그녀에게 덤벼들게 만들어 버렸다.

그는 이상하게 해인만 보면 단순해지는 것 같았다. 이건 아닌데 자꾸만 그녀에게 달려드는 우혁이었다.

해인은 아직 유학에 대한 얘기를 하지 않고 있었다. 그는 해인과 밤을 보낸 다음 날부터 해인을 가르치기 위해 작업실에 새로운 작업대도 놓고 디자인을 의논할 수 있게 커다란 탁자도 가져다 놓았다. 하지만 그의 노력은 결국 아무것도 아니었다.

다만 유빈이 작업실에 왔을 때 보니 해인은 유빈을 의식하는 것 같았다. 자신은 한 번도 유빈을 여자로 생각해 본 적이 없는데 해인의 생각은 다른 모양이다. 해인이 유빈을 질투하는 것 같아 우혁은 다행이라는 생각이 들었다. 그나마도 반응을 안 한다면 진짜로 속이 상할 것 같았다.

똑똑!

우혁이 고개를 돌리자 아버지가 그의 작업실로 들어오셨다. 해인이 하던 일을 멈추고 자리에서 벌떡 일어났다.

"바쁘냐?"

"아니오."

"해인이도 오늘부터 여기서 일하기로 했냐?"

"네."

김 회장이 안으로 들어와 소파에 자리를 했다.

"둘 다 앉아라. 해인이가 커피 좀 타오고."

"제가 탈게요. 해인이는 뭐가 어디에 있는 줄도 몰라요."

우혁은 자신을 아버지가 이상한 눈으로 쳐다본다는 걸 알지 못했다. 우혁이 커피를 세 잔 타와 테이블 위에 올려놓았다.

"다음에는 저기 정수기 옆에 커피랑 차 종류가 있으니까 타면 돼."

"네."

해인은 옆에 앉은 그가 신경이 쓰이는지 자꾸만 벽 쪽으로 조금씩 이동을 하고 있었다. 하긴 아까 짐승처럼 덤볐으니 싫을 것이다.

"할 말이 있어서 온 건 아닌데 해인이가 여기 있으니 말을 해야 할 것 같아서 말이다."

김 회장이 커피를 한 모금 마시더니 해인을 보았다.

"지난번에 내가 얘기한 건 마음을 정한 거야?"

"네."

"그래?"

해인은 유학을 가기로 마음을 정한 것 같았다. 우혁은 해인의 말을 듣고 싶지 않았기에 자리에서 일어나려고 했다.

"두 분 말씀 나누세요. 전 일 마무리하고 퇴근하렵니다."

원래의 우혁의 모습이 아니었다. 이건 자신이 생각해도 남자답지 못한 행동이었다.

"잠깐만요."

해인이 우혁을 불렀다.

"여쭈어볼 말이 있는데 잠시 계셔주시면 안 돼요?"

해인의 말에 그는 다시 자리에 앉았다.

"그래, 유학 가려고?"

"그 대답을 하기 전에 제가 김 대표님께 여쭈어보고 싶은 말이 있어서요."

"뭐지?"

우혁은 인상을 쓴 채로 해인을 바라보았다.

"제가 유학을 가지 않는다면 절 가르쳐 주실 수 있나요?"

의외의 질문이었다. 해인의 얼굴을 김 회장이 아주 흥미롭게 쳐다보았다.

"전 학교를 졸업한 지 얼마 되지도 않았고 세계적인 디자이너이신 김 대표님께 사사를 받기……."

"가르쳐 줄게."

해인의 말이 끝나기도 전에 우혁이 대답을 해버렸다.

"네?"

"내가 가르쳐 준다고."

우혁은 해인이 유학을 안 갈 수만 있다면 뭐든지 하고 싶었지만 방법이 없다고 생각했다. 자신에게 배우는 것보다 유학을 택할 거라고 생각했는데 해인의 의외의 말에 우혁은 기회다 싶어 얼른 말했다.

"그럼, 저는 유학은 가지 않겠습니다. 회장님께서 절 그만큼 생각해 주신다는 건 마음속 깊이 새기겠습니다."

"그래, 너의 뜻이 그렇다면 그렇게 해. 우혁이도 지난번 네 말대로 되었으니 다행이구나. 알았다. 나는 이만 퇴근할 건데 집에 안 갈 거야?"

"정리만 하고 가려고요."

"매장 식구들도 다 퇴근했으니까 그만하고 집에 가."

김 회장은 해인을 보며 미소를 짓고는 작업실을 나갔다. 해인은 커피잔을 치우고는 다시 작업대에 앉았다.

"퇴근해."

"네."

해인이 하던 일을 멈추고 작업대를 정리하자 우혁은 마음이 급해졌다.

"왜 처음부터 이렇게 말하지 않았지?"

"전 뭘 요구할 수 있는 위치가 아니니까요."

"그런데 왜 지금은 물었지?"

"안 그러면 후회할 것 같았으니까요."

해인은 그를 쳐다보지도 않고 자신이 쓰던 도구들을 정리하고는 옷을 갈아입기 위해 그의 방으로 향했다. 그가 그의 옆을 지나치던 해인의 손을 잡았다. 그리고 그녀를 그의 품에 안았다. 괜히 자신의 생각에 갇혀 해인을 힘들게 했던 것 같아 미안한 마음이 들어서 더욱 꼭 끌어안았다.

"미안해."

그의 품 안에 안긴 해인은 마치 그를 위해 만들어진 것처럼 폭 들어왔다.

"뭐가요?"

"내가 너무 옹졸했어. 나는 해인이가 나를 두고 유학을 선택하는 줄 알았거든."

그는 진심으로 해인에게 미안했다.

"묻지도 않았잖아요."

"그날 아버지 앞에서 내가 화를 내는데도 생각을 해보겠다고 했을 땐 하늘이 무너지는 느낌이었어."

"설마요."

"진심이야."

우혁은 말없이 해인을 안고만 있었다. 이렇게만 있어도 좋았다. 그동안 마음고생을 한 걸 생각하면 자신이 얼마나 이 아가씨에게 빠져 있는지 알 것 같았다.

우혁은 안고 있던 손을 풀고는 다시 해인의 얼굴을 양손으로 감 쌌다. 해인의 작은 얼굴이 그의 손에 감싸였다.

"미안해."

그는 다시 한 번 해인에게 사과를 하고는 그녀의 입술에 가볍게 입을 맞추었다. 그리고 다시 해인을 자신의 품 안에 안았다. 해인 이 얼마나 그의 가슴 깊이 들어와 있는지 깨달을 수 있었다. 그는 한참 동안 해인을 가만히 안고 있었다. 그녀가 얼마나 그에게 소 중한지를 되새기면서.

지수한 매니저는 아침부터 서류 정리에 정신이 없었다. 요즘 예 물 시즌이라서 그런지 정신없이 바쁜 나날이었다. 거기다가 해인 이 우혁의 작업실로 빠지는 바람에 잔일까지 많아졌다.

"최 부장, 어제 주문 받은 예물은 다 체크했어?"

"네, 공장에는 오전에 주문을 다 넣었습니다."

"황 대리는?"

"저도요."

"영철이하고 현호는?"

"저희도 주문 잘 넣었습니다."

"알았어."

수한이 장부를 들고 지하의 공방으로 향하는데 핸드폰이 요란 하게 울려댔다.

윙~

"여보세요?"

[삼촌!]

그의 조카 수민이었다.

"어, 아침부터 웬일이야?"

[삼촌, 오늘 우리 취재 간다고 말했잖아요. 우리 30분이면 도착해요!]

전화기 너머로 수민의 고함 소리가 들렸다.

"알았어."

그는 주문장을 들고 얼른 공방으로 향했다. 일단 주문을 넣고 뭔가를 처리해야지 지금은 정신이 없었다. 며칠 전에 조카가 집으로 술을 사들고 형이랑 놀러 와서 김 대표를 찍네 마네 했던 기억이 났다. 그때 술에 취해서 오케이를 한 모양이었다.

NBC 교양 부문의 잘나가는 PD인 조카 수민은 요즘 유명한 명사들을 찾아다니며 그들과 인터뷰를 하는 프로를 맡고 있었다. 정확히 기억은 나지 않았지만 그가 김 대표를 섭외해 주겠다고 한 모양이다. 김 대표에게 말도 하지 않았는데 말이다.

일단 주문부터 넣고 조카에게 말을 다시 해봐야지 그냥 들이닥치면 아주 난감한 상황이 될 게 분명했다.

"일단은 주문부터 넣고 보자. 이건 조카가 아니라 웬수라니까."

지 매니저 평생 이렇게 어이없이 당하긴 처음이었다.

"그놈의 술이 웬수지."

공방에 주문장을 거의 던져 놓다시피 한 수한은 1층으로 올라갔다. 공방의 김 실장은 지 매니저의 처음 보는 허둥거림에 본인이 더 놀란 것 같았다.

2층으로 올라가서 자초지종을 설명하고 김 대표를 피신시킬 생각이었던 지 매니저는 2층의 계단을 오르려는데 불길한 소리에 걸음을 멈추었다.

"어서 오십시오."

성훈의 목소리와 섞인 목소리가 그의 등골을 오싹하게 만들었다.

"삼촌!"

수민이었다. 큰 키에 날씬한 수민은 예쁜 얼굴에도 불구하고 항상 청바지에 티만을 걸치며 선머슴처럼 하고 다녔다.

"수민이 왔구나."

최대한 아무렇지 않은 척하며 그가 계단에서 조카를 내려다봤다.

"삼촌, 뭐 해요? 2층에 김우혁 씨 있는 거예요?"

눈치는 거의 백여우 수준이었다.

"아니."

그는 다시 계단을 내려오며 수민의 일행을 살펴봤다. 수민은 한 무리의 사람들을 몰고 왔는데 카메라는 없었다.

"삼촌, 우리 여기 계속 서 있어요?"

수한은 진짜 미치고 팔짝 뛸 것 같았다.

"이리로 와."

그는 그의 진열장 앞에 다섯 명의 사람들을 쭉 앉히고는 음료수를 하나씩 따주었다.

"드세요."

"네, 감사합니다."

"뭐야? 오늘 촬영하는 거야?"

"아니, 오늘은 사전 인터뷰. 우리 팀원들이야."

"나 아직 김 대표에게 얘기도 못했다. 그리고 그 사람 인터뷰 같은 거 잘 안 해."

지 매니저는 솔직하게 수민에게 말했다. 이럴 때는 거짓말이 아무 소용이 없다는 걸 알기 때문이었다.

"알아, 그래서 삼촌에게 부탁을 한 거지. 그리고 디아망에 피해는 안 갈 거야, 홍보가 되면 몰라도."

"우리는 지금도 일거리가 너무 많아서 더 이상의 홍보는 원하지 않아."

"그건 직접 물어볼게."

조카만 아니면 한 대 패주고 싶었다.

"2층이야?"

그가 말릴 사이도 없이 수민이 2층으로 올라갔다. 그가 말리려고 했지만 수민의 일행이 그의 앞길을 막아 수민이 2층의 김 대표 작업실에 들어가는 걸 간발의 차이로 못 막았다. 그가 들어갔을 때는 황당한 표정을 짓고 있는 김 대표와 해인이 수민과 자신을 번갈아 보고 있었다.

"안녕하십니까? NBC 지수민 PD입니다. 오늘 삼촌에게 취재 요청을 했는데 말씀을 못 드렸다고 해서 제가 직접 올라왔습니다. 무례를 용서하십시오."

"지수민!"

"잠시 앉아도 되겠습니까?"

"대표님, 죄송합니다. 제 조카가 잠시 정신 줄을 놓은 모양입니다."

평생에 이렇게 당황해 보긴 처음이었다. 지 매니저의 허둥대는 모습이 웃겼는지 잘 웃지 않는 김 대표가 웃음을 참고 있는 게 보였다.

"괜찮습니다. 앉으세요."

"대표님."

"걱정하지 마세요. 앉으세요. 해인 씨 커피."

"네."

그는 끼고 있던 장갑을 벗고는 수한에게도 앉으라고 권했다 요즘 김 대표가 이상하게 부드러워지긴 했지만 그 까칠한 성격이 어딜 가겠는가?

"앉아요."

김 대표가 앉자 수민이 그 앞에 앉았다.

"무슨 일로 저를 찾으시죠? 보시다시피 전 지금 아는 게 아무것도 없는데……."

"이번에 저희 프로에서 세계적인 보석 디자이너이신 김우혁 씨를 모실까 해서요."

"저를요?"

"네."

"그건 좀 곤란할 것 같습니다. 보시다시피 제가 지금 굉장히 바빠서요."

"압니다. 하지만 제가 우리 삼촌을 술까지 먹여가면서 만취 상태에서 허락을 받은 건 그만큼 간절하게 모시고 싶기 때문입니다."

수민은 여우처럼 온갖 감언이설로 김 대표를 꼬시고 있었다. PD 말고 장사를 시켰어야 했다.

"지 매니저님의 생각은요?"

"저야 도와주시면 감사하겠지만 싫으시다면……."

"삼촌!"

수민이 소리를 버럭 질렀다. 이상하게 수한은 수민에게 약했다. 첫 조카라서도 그랬지만 어렸을 때부터 유난히 그를 따랐기 때문이기도 했다. 가장 정이 많이 가는 조카였다.

"생각해 보고 말씀드리겠습니다."

"안 됩니다. 아래층에 저희 작가들하고 팀원들이 사전 인터뷰를 하려고 대기 중입니다. 1시간이면 됩니다. 촬영도 이곳에서 할 거고요. 본 촬영은 진짜 시간이 되시는 날 두세 시간 안에 끝내도록 하겠습니다. 부탁드립니다."

아주 무릎이라도 꿇을 기세였다. 김 대표의 표정을 보자 곤란한 기색이 역력했다.

"알았어요. 그럼 빨리 합시다."

김 대표도 지쳤는지 허락을 했다.

"죄송합니다, 대표님."

수민에게 뭐라고 하려 했지만 벌써 아래층으로 사람들을 부르러 가버린 뒤였다.

"조카가 꽤 씩씩합니다."

"네."

수한은 할 말이 없었다.

사전 인터뷰는 정말로 한 시간 안에 끝났고 촬영은 3일 후에 하기로 했다. 어찌나 사전조사가 철저히 이루어졌는지 속사포 같은 작가들의 질문에 김 대표는 거의 정신없이 대답을 했다.

"촬영 날은 요즘 대세인 이은진 아나운서가 올 겁니다."

이렇게 말을 하고는 수민과 그 일당들은 썰물 빠지듯이 빠져나갔다. 수한은 오늘 10년은 더 늙은 것 같았다.

"지 매니저님, 누구예요?"

"조카."

"진짜 미인이던데 몇 살이에요."

다들 수민이 예쁘다고 난리였다.

"배우를 하지. PD 하기는 좀 아까운 인물이에요."

어려서부터 봐서 그런지 수민은 언제나 귀여운 조카였다. 하지만 모두들 조카가 예쁘다고 하니 뿌듯하기는 했다.

"예쁘고 똑똑한데 애인이 없으니 전 어떻습니까?"

황 대리의 말에 지 매니저는 앞의 손걸레를 그에게 던졌다.

"헛소리하지 말고 진열장이나 닦아."

"네."

인터뷰가 오늘로 끝이 나는 게 아니라는 게 더 걱정이었다. 수민은 생각보다 집요하고 드센 성격의 아이였다. 오죽하면 어릴 때부터 동네의 골목대장은 언제나 수민의 몫이었다. 커서도 이렇게 대장 짓을 하고 다닐 줄은 꿈에도 생각하지 못한 수한이었다.

어느덧 삼 일이 흘러서 촬영 당일이 되었다. 해인은 아까부터 자꾸만 왕따가 된 느낌이었다. 작업실과 매장에서 촬영을 하다 보니 그녀가 설 곳이 아무 데도 없었다. 김 대표가 분장을 하고 옷을 갈아입는 동안 해인은 구석에 서서 그의 촬영을 볼 뿐이었다.

"어머! 해인 씨, 안녕하세요?"

지난번에 봤던 지 매니저의 조카가 해인에게 인사를 했다. 1시간이나 지나서 말이다. 그만큼 그녀는 바빴고 옆에서 보는 해인은 수민이 굉장히 멋있다고 생각했다. 여자가 봐도 멋진 여자였다.

빠른 시간 내에 마치고자 노력하는 것 같았다. 하지만 해인이 더 넋을 잃고 쳐다본 건 이은진 아나운서였다. 여자가 봐도 단아하고 아름다운 여자였다. 수민과는 극과 극의 매력이었다. 왜 자신이 이렇게 그녀들을 비교하게 되었는지는 김 대표의 태도가 다 말해주고 있었다.

언제는 그녀가 유학을 간다고 하니까 삐져서 말도 안 하던 사람이 이제는 아예 대놓고 수민과 이 아나운서 사이에서 좋아 어쩔 줄을 모르고 있었다. 오전의 작업이 끝이 나고 그들이 오면서부터 해인과는 한마디도 하지 않은 김 대표였다.

"좋겠지."

해인은 입이 뚝 튀어나와 구석에 작업복을 입은 채로 서 있었다. 자신이 이렇게 초라하게 느껴진 적은 처음이었다.

"자, 이제 슛 들어갑니다. 5, 4, 3, 2, 1 시작합니다."

카메라가 아나운서를 잡고 있었다. 아름다운 이은진 아나운서는 편안하게 인사 멘트를 했다. 카메라는 이은진 아나운서에게 향했을지 몰라도 해인의 시선은 김 대표의 넋 나간 표정에 가 있었다. 아니, 저렇게 좋으면 이은진이랑 사귀든가?

해인의 속이 마구 뒤집어졌다. 그들이 마음을 확인한 지 두 달이 다 되어갔지만 그들은 정식으로 사귀자는 얘기도 없었고 두 번의 섹스가 그들 관계의 전부였다. 그는 그 후로 해인을 건드리지 않았고 둘은 작업실 이외의 특별한 데이트도 없었다.

"참 사람을 불안하게 하는 데 재주가 있어."

여전히 곱지 않은 눈으로 그들의 촬영현장을 보면서 해인은 계속해서 구시렁거리고 있었다. 이은진 아나운서가 부드러운 미소를 보내며 그에게 질문을 하면 그는 머릿속의 모든 걸 꺼내려는 사람처럼 아주 열심히 설명을 하고 있었다.

"촬영 잘돼가? 김 대표님 화나신 건 아니지?"

지 매니저가 올라와서 김 대표가 어떻게 하고 있냐고 물었다.

"아주 좋아 죽으십니다."

"그래? 다행이다. 나 같아도 이은진 아나운서 정도면 좋아하겠지."

지 매니저까지 해인의 염장을 지르고 있었다.

"그러게요."

해인은 팔짱을 끼고 서서 건성으로 대답했다.

"수민이는?"

"저기 계시네요."

"걱정했는데 역시 똘똘하게 잘하고 있군."

"……."

"우리 수민이도 이은진 아나운서처럼 아나운서나 하지 PD는 너무 고달파."

지 매니저는 평소의 그답지 않게 조카의 칭찬을 계속해서 늘어

놓고 있었다.

"어머, 지 매니저님도 와 계셨네."

송 디자이너도 궁금했는지 작업실로 들어왔다. 뭔 촬영에 이렇게 많은 사람들이 오는지 해인은 가슴이 터질 듯이 꽉 막힌 느낌이었다.

"아니, 이은진 아나운서 생긴 것 별론데?"

이건 송 디자이너만이 할 수 있는 얘기였다.

"몸매도 그렇고. 아니, 오빠는 뭐가 좋다고 저렇게 웃고 난리야? 안 그래?"

송 디자이너와 갑자기 친해진 느낌이었다.

"그러게요."

"뭐 예쁘기만 한데?"

지 매니저가 한마디 했다가 송 디자이너에게 완전히 묵사발이 되었다.

"일 안 하십니까?"

"내려갑니다."

송 디자이너의 퍼펙트 승이었다.

"오빠에게 완전 실망이야. 보는 눈이 그렇게 없어서야."

오늘따라 송 디자이너의 막말이 아주 마음에 드는 해인이었다.

"저기요, 촬영하는 데 방해되니까 나가주시겠습니까?"

갑자기 덩치가 산적같이 큰 남자가 송 디자이너에게 조용히 나가달라고 말했다. 여기에 기가 죽을 송 디자이너가 아니었다.

"별로 재미도 없고, 예쁘다고 해서 구경 왔는데 그것도 아니고 실망하고 갑니다."

송 디자이너가 남자에게 윙크를 날리고 갔다. 역시 대단한 여자였다.

촬영이 끝날 때까지 해인은 완벽하게 찬밥 신세였다. 1층 직원들이 돌아가면서 올라와서 해인을 더 열받게 하고 내려갔다. 하지만 지금 해인이 가장 열이 받는 건 이은진 아나운서만을 쳐다보고 있는 김 대표 때문이었다.

뭐가 그리 좋은지 연신 얼굴에 미소가 가득했다. 마치 이 아나운서의 팬인 듯 그녀가 말만 하면 아주 즉각적인 반응을 보이는 우혁이 해인은 마음에 들지 않았다.

거기다 수민의 애정 공세도 해인의 눈에는 거슬렸다. 한 컷이 끝나면 우혁에게로 달려가 너무나 과하게 몸을 들이대며 다음 내용에 대한 설명을 하는 수민이 해인은 보기 싫었다.

이러다가 미치는 게 아닌가 생각이 될 정도였다. 언제부터 이렇게 질투에 눈이 멀었는지 해인은 벽에 붙어서 이 촬영이 빨리 끝나기만을 바라고 바랐다.

8

일진이 사납다고 하는 건 이럴 때를 두고 하는 말 같았다. 촬영이 다 끝나갈 무렵 김 회장이 작업실로 들어왔다. 촬영이 흡족하게 보였는지 갑자기 촬영팀에게 저녁을 쏜다고 했다.

20명이 넘는 스태프와 해인 그리고 지 매니저가 함께 근처의 쭈꾸미 삼겹살 집으로 향했다. 모두가 김 회장에게 고맙다고 했고 수민은 오는 내내 김 대표의 팔짱을 끼고 이동을 했다. 누가 보면 둘이 애인 같았다.

"해인아, 수민이랑 김 대표 잘 어울리는 거 같지?"

"네? 네."

뭐라고 할 말이 없어 해인은 지 매니저의 말에 건성으로 대답을 했다. 아니, 여자친구를 이렇게 뒤에 놔두고 그는 눈길 한 번을 주지 않고 있었다.

"뭐냐고?"

"어?"

지 매니저가 그녀의 혼잣말을 듣고 물었다.

"아닙니다."

완전히 막내인 그녀는 술자리에서도 촬영팀 스태프들에게 귀여움을 한 몸에 받았다. 촬영 감독은 나이가 지긋하신 분이었는데 딸이 스물셋으로 해인과 동갑이라며 해인을 무척 귀여워해 주셨다.

"해인 씨는 이 일을 한 지 오래됐어요?"

조명팀의 스태프가 해인에게 아까부터 추파를 던지고 있었다. 해인의 눈은 김 대표에게 꽂혀 있어서 그의 말을 잘 듣지 못했다.

"네?"

"예쁘다고요. 이 일 하지 말고 광고 모델 같은 거 하는 건 어때요?"

"맞아, 화면발은 굉장히 잘 받겠어."

촬영 감독이 맞장구를 쳐주었다.

"술 한잔 받아요."

"네."

조명팀의 스태프가 해인에게 술을 따라주었다.

"제 이름은 김명환입니다."

"저는 정해인이요."

"이것도 인연인데 짠!"

그가 아주 귀여운 표정으로 그녀에게 술을 권했다. 해인의 신경
은 온통 이은진 아나운서와 김 대표 그리고 그 옆에 앉아 있는 수
민에게 가 있었다.

"은진이가 아무 때나 끼지 않는데 김우혁 씨가 마음에 드나 보
다. 그리고 지 PD도 완전히 빵간 것 같고 둘이 아주 김 대표를 두
고 경쟁이 심한데?"

촬영 감독이 그들을 보며 말했다. 해인이 보기에도 두 여자 사
이에서 김 대표는 아주 좋아 죽었다. 신경질이 난 해인은 일부러
조명팀의 남자와 촬영 감독 사이에서 연거푸 술을 마시고 있었다.

"와, 우리 해인 씨 술 잘하네."

한잔 한잔 마시던 해인은 점점 취해가고 있었다. 해인은 정신을
놓지 않으려고 애를 썼지만 자꾸만 눈이 감겨왔다.

1차가 끝이 나고 모두 밖으로 나왔을 때 해인이 취해 있자 지 매
니저가 혼을 내셨다.

"정해인."

"죄송합니다. 속이 좀 상해서요."

"뭐? 네가 속이 상할 게 뭐가 있어."

"아버지를 아버지라 부르지 못하고 애인을 애인이라 부르지 못

하는 이 더러운 세상."

혀가 말리고 있었지만 아직까지는 정신 줄을 놓지 않았다. 다만 혀가 꼬이고 다리가 꼬일 뿐.

"해인 씨, 우리 노래방 갑시다."

명환이 해인을 부축하며 말했다.

"가요, 가. 렛츠 고."

"아주 가관이구만."

지 매니저는 마음에 들지 않는 말투였다. 모두가 술들을 많이 마신 것 같았다. 해인은 갑자기 따가운 시선을 느꼈다. 김 대표가 해인을 째려보고 있었다.

"아, 대표님이다. 인기 많은 우리 대표님."

"해인 씨가 많이 취했나 봐요. 해인 씨 택시 태워서 집에 보내고 2차는 우리끼리 가요."

수민이 또 김 대표의 팔짱을 끼며 말했다.

"떼끼, 우리 애인 팔에서 손 좀 빼지."

해인의 이 말에 모두가 웃었다.

"진짜 많이 취했네."

하지만 그 순간 웃지 않는 건 김 대표와 해인뿐이었다. 김 대표가 자신의 팔에서 수민의 손을 떼어냈다.

"오늘은 여기까지면 충분할 것 같습니다."

"왜 그러세요? 2차 가요, 우리."

"우리 애인이 싫다고 하네요."

이렇게 말하면서 그는 해인에게로 가서 명환의 품에 안긴 해인을 자신의 품으로 당겨 안았다.

"우리 애인 좀 그만 안고 있지."

모두가 놀란 표정이었다.

"자, 오늘은 여기까지. 저희들은 먼저 갑니다. 고생하셨습니다."

김 대표가 해인을 부축하고는 그들에게 인사를 했다.

"바보, 싫으면 싫다고 얘기를 하지."

"내가 어떻게 그래요."

해인이 혀가 꼬인 소리로 말을 했다.

"왜, 내 애인인데? 난 김우혁의 애인입니다. 눈웃음치지 마요. 이렇게 말이야."

그 여자들하고 즐거웠던 게 누군데 해인은 취한 와중에도 기가 막혔다.

"피."

"술이 취한 게 아닌데?"

"취했어요."

해인이 그의 목에 팔을 감았다.

"어디로 가는 거예요?"

"작업실."

그가 말하는 의미를 누구보다 잘 아는 해인이었다.

"좋아요."

작업실에 도착한 그들은 누가 먼저랄 것도 없이 서로에게 달려들었다.

"으으읍."

서로의 입에서 흘러나오는 신음 소리가 작업실을 울리고 있었다. 문 앞에서부터 하나씩 벗은 옷들은 뱀이 허물을 벗어놓은 것처럼 침대에까지 이어졌다.

풀썩!

그녀를 침대로 살짝 민 그는 마지막 속옷까지 벗어버렸다.

"와우."

그의 커다란 남성을 바라보며 술 취한 해인이 부끄러운 줄도 모르고 탄성을 질렀다.

"하하하, 술 취하니 재미있어."

"어서 와요. 아까부터 하고 싶었어요."

"뭐?"

그녀의 적극적인 말에 우혁이 놀란 것 같았다. 하지만 그의 남성은 성을 내며 고개를 더 쳐들었다. 너무나 큰 크기였지만 그게 그녀의 안에 들어갔을 때 얼마나 황홀한지 누구보다 잘 아는 해인이었다.

그가 몸을 천천히 그녀에게 겹쳐 오고 있었다. 입술이 겹쳐지자

부드러움은 금세 사라지고 굶주린 늑대같이 그는 그녀의 입술을 잡아먹을 듯이 빨아들였다. 그녀의 입술 안으로 들어온 혀는 계속해서 소용돌이를 치며 그녀의 정신까지도 몽롱하게 만들어 버렸다.

"아앙."

키스를 하며 그녀의 가슴을 움켜잡은 그의 손이 힘 조절을 못하자 해인이 그의 손을 잡았다.

"아파요."

"미안, 도저히 조절이 안 돼."

술기운이라서 그런지 이상하게 해인도 더 흥분이 되고 있었다. 그가 입술을 내려 이번에는 가슴을 빨아들이기 시작했다. 하얀 그녀의 가슴은 그가 입술로 만들어놓은 빨간색의 영역 표시들로 가득했다.

그의 입술에 들어간 그녀의 유두는 마치 사탕이 되어버린 듯 그의 혀에 굴림을 당하고 있었다.

"아, 미치겠어."

점점 아래로 내려온 그의 요망한 입술은 마침내 그녀의 여성을 집어삼켜 버렸다.

"뭐, 뭐 하는 거예요?"

처음으로 남자의 입술이 닿은 여성을 그가 세게 빨아들였다.

"이상해요."

처음으로 느끼는 생경한 감각에 해인은 미칠 것 같았다. 아랫배가 찌릿했고 그가 가르고 들어온 클리토리스는 그의 혀의 감각에 미친 듯이 움찔거리고 있었다. 이대로 쾌락의 노예가 되어버릴 것 같았다.

"우혁 씨."

그녀의 입에서 처음으로 그의 이름이 불려졌다.

"미칠 것 같아."

그의 입술이 더 자신에게 들어맞게 해인은 엉덩이를 들어 올렸다. 도대체 이런 몸짓은 배운 적도 없는데 어떻게 하는지 본인 스스로도 놀라고 말았다. 그의 혀는 어느새 그녀의 질까지 점령하고 있었다. 해인의 정신이 반쯤 나가 있을 때쯤 우혁은 자리를 잡고 그녀의 질 안으로 자신의 남성을 밀어 넣기 시작했다.

"아아아아~"

여전히 그가 그녀의 질 안으로 들어올 때는 고통스러웠다. 하지만 그 고통은 끝이 없는 쾌락으로 그녀를 인도하는 첫 번째 관문이었다.

퍽퍽퍽!

서로의 살이 부딪치는 소리가 부끄러운 줄도 모르고 방 안을 울리고 있었다.

"너무 조여."

그가 인상을 쓰며 말을 했다. 이게 좋다는 건지 아니면 싫다는 건지 그의 표정으로는 도저히 알 수가 없었다.

"싫은 거예요?"

해인이 저도 모르게 물었다.

"뭐?"

그의 표정이 정말로 가관이었다.

"해인아, 너를 어떻게 하면 좋을까?"

그가 허리 짓을 멈추지 못하고 더 격하게 하며 말했다.

"네가 나의 것을 집어삼키는 느낌이야. 너무 좋아서 미칠 것 같아."

그의 말에 해인은 안심이 되었다.

그의 허리 짓은 지칠 줄 모르고 계속되었다. 해인의 입술과 가슴을 번갈아가면서 물 때도 그는 자신의 남성을 빼지 않았다.

"요물이야."

"네?"

"날 아주 미치게 하고 있어."

그가 격하게 마지막으로 움직이더니 거친 숨을 몰아쉬며 그녀의 위로 무너져 내렸다.

"허억허억."

해인은 그의 머리를 끌어안았다. 그리고 그녀도 같이 호흡을 가다듬었다. 숨소리가 어느 정도 가다듬어진 잠시 후에 그는 해인이 정신을 차리기도 전에 그녀를 안아 들고 샤워실로 들어갔다. 둘이

서 있으면 딱 맞는 작은 공간의 샤워 부스였다.

"뭐 하는 거예요?"

"같이 씻고 싶었어."

"네?"

"여자랑 한 번도 이렇게 같이 씻어본 적이 없어서."

"영화를 너무 많이 봤어요."

"그런가?"

그가 샤워젤을 타월에 짜서 거품을 내더니 해인의 가슴에 거품을 묻히기 시작했다.

"해인이 가슴은 너무 예뻐. 내 손에서 이렇게 넘칠 정도로 크고."

그가 거품과 함께 그녀의 가슴을 주무르기 시작했다. 이건 시작에 불과했다. 가슴에서 머물던 그의 손은 거품 타월과 함께 그녀의 온몸을 돌아다니더니 마지막으로 그녀의 여성을 거품과 함께 만지기 시작했다.

그의 손가락이 그녀의 여성을 가르고 질 안으로 들어가자 해인은 이성이란 걸 온전히 날려 버리고 그의 몸에 매달렸다.

질 안을 긁어대는 그의 얄미운 손가락이 그녀의 안에서 흐르는 물로 인해 흠뻑 젖어들었다. 해인은 발뒤꿈치를 들어 그의 입술에 키스를 했다. 서로의 혀가 얽혀들었고 어느새 그의 남성이 그녀의 배를 찌르고 있었다.

쏴아아~

둘 중에 누가 눌렀는지 샤워기에서 물이 흘러나왔다. 그는 해인을 아주 가벼운 인형을 들 듯이 들고는 자신의 남성을 질 안으로 그대로 밀어 넣었다. 한 번의 관계가 있는 후라 그런지 해인은 아프지 않게 그의 남성을 받아들일 수 있었다.

그의 목에 팔을 감고 해인은 필사적으로 매달렸다. 처음 해보는 자세였지만 깊숙이 들어온 그의 남성이 주는 쾌감은 최고였다.

모든 행위가 끝이 나고 그는 샤워 물줄기를 맞으며 한참이나 해인을 안아주었다. 그리고 사이좋게 야릇한 샤워를 끝내고는 새벽 1시가 되어서야 그녀의 집으로 출발할 수가 있었다.

그의 벤츠에 탄 해인은 옆에 앉은 그를 보며 물었다.

"이은진 아나운서가 마음에 들었어요?"

"어?"

"마음에 들었으니까 촬영하는 내내 그리고 회식 자리에서도 나한테는 눈길 한 번 주지 않은 거 아니에요?"

"삐진 거야?"

"네."

그렇게 말하자 그가 갑자기 차를 멈추었다.

"왜요?"

그리고는 갑자기 그녀의 입술에 입을 맞추었다.

"뭐 하는 거예요?"

"이렇게 하지 않으려고 그 여자들에게 집중을 했지."

"뭐라고요?"

"해인이만 보고 있으면 그냥 안고 싶어지니까. 일할 때도 요즘 자꾸만 그래서 신경이 쓰이거든."

"거짓말."

그가 해인의 손을 잡아 자신의 남성에 가져다 댔다.

"해인이하고 있으면 항상 이 상태야."

"설마요."

"내가 왜 거짓말을 하겠어. 요즘 이것 때문에 아주 힘들거든. 그러니까 삐지지 마."

"……."

"왜 답이 없지?"

"이번에도 이렇게 또 넘어가네요."

그가 웃으며 그녀가 이사 간 집으로 데려다주었다.

"새로 이사 간 집은 마음에 들어?"

"네, 지금까지 단칸방에 살았는데 이제 남동생 방이 생겨서 너무 좋아요."

해인의 말에 그의 인상이 좋지 않았다. 하지만 해인은 눈치채지 못했다.

"그래?"

"네, 이제 저 앞에 세워주시면 돼요."

그가 차를 세운 다음 그녀의 입술에 가벼운 키스를 했다.

"잘 자."

"우혁 씨도요."

해인은 이렇게 마음을 풀 수밖에 없는 자신이 한심스러웠지만 그래도 조금이라도 해인을 생각하고 있는 그를 느낄 수 있어서 조금이나마 위로가 되었다.

다음 날 해인은 출근길에 지 매니저에게 붙잡혀 매장으로 들어갔다.

"이리로 와봐."

해인의 팔을 붙들고 들어간 그는 해인을 쳐다보았다.

"해인이 김 대표하고 사귀는 거야?"

"네?"

"아니지?"

차마 사실을 말할 수가 없었다. 그가 해인의 몸에 빠져 있다는 건 어제 확실하게 알았지만 마음까지 그녀에게 줬다는 건 확신을 할 수가 없었다.

"어제 제가 술에 취해서 대표님이 데려다주신 거예요."

"확실해?"

"네. 그런데 왜요?"

"그게 수민이가 김 대표가 마음에 드는 모양이더라고. 나이가 이제 서른셋인데 시집은 가야 하지 않겠어? 어제 완전히 반한 모양이던데 조만간에 전화를 하겠다고 하더라."

"그래요?"

"응. 만약에 해인이 김 대표와 그런 관계더라도 녀석은 김 대표가 결혼하지 않았으면 끝까지 포기하지 않을 거야. 독한 녀석이거든."

"네."

"알았으니까 가봐."

해인은 작업실로 들어가서 청소를 하다 말고 그 자리에 빗자루를 든 채 쪼그려 앉았다.

"남친이 인기가 많아도 걱정이네. 근데 남친이긴 한 거야?"

해인은 답답한 마음이 들기 시작했다.

수민은 편집실에 틀어박혀 있었다. 어제 촬영한 촬영 분을 편집하기 위함이었다. 모니터에 가득한 김우혁의 얼굴을 수민은 뚫어져라 보고 있었다.

"잘생겼다."

처음이었다. 남자의 생김새만 보고 이렇게 빠져든 건 말이다. 그와 만난 건 두 번뿐이었지만 사전에 그에 대한 조사를 하면서 수민은 그의 모습에 완전히 마음을 빼앗겼다. 그래서 아주 유명한 명사들만이 출현하는 자신의 방송에 사심을 가득 담아 일반인들에게는 익숙지 않은 보석 디자이너를 초대한 것이다.

잘못이라고 생각했는데 어제 녹화를 하고 보니 그의 뛰어난 말솜씨 덕분에 시청률은 걱정하지 않아도 될 것 같았다. 거기다가 끝내주는 비주얼의 소유자니 더 이상 바랄 게 없었다.

"PD님, 식사 뭘로 하실래요?"

"난 짬뽕!"

"네."

벌써 점심시간이었다. 혹시나 하는 마음에 수민은 핸드폰을 들었다.

Rrrrrrrr—

신호가 가자 심장이 쫄깃해지는 느낌이었다. 실로 오랜만에 느끼는 설렘이었다.

"받아라~ 받아라~"

수민은 언제나 긍정의 아이콘이었다. 뭐든지 노력하면 된다고 믿었다. 예쁜 얼굴 때문에 남자들이 끊임없이 대시를 했어도 그녀가 먼저 이렇게 전화를 건 건 처음이었다.

[여보세요.]

전화기 너머로 낮은 중저음의 듣기 좋은 목소리가 들렸다.

"안녕하세요? 어제 만났던 지수민입니다."

[아, 예.]

"어제 해인 씨는 잘 바래다주셨나요?"

[네.]

"다름이 아니라 제가 지금 편집 중이라서 하루 종일 김우혁 씨를 보고 있어야 하거든요."

[뭐 잘못된 거라도?]

잘못되긴 한참 잘못되었다. 그의 얼굴을 볼 때면 아주 심장이 탈출할 것 같으니까 말이다.

"잘못된 건 없고요. 어제 제가 밥을 사야 하는데 얻어만 먹은 것 같고 또 삼촌한테도 죄송하고 해서 제가 저녁 한번 대접하려고요."

[말씀은 감사합니다만 제가 어제도 어렵게 낸 시간입니다. 일이 너무 많이 밀려 있어서요.]

"네, 알겠습니다. 그럼 다음엔 꼭 같이 드셔야 해요."

[네.]

김우혁과 통화를 끝낸 수민은 어디론가 전화를 걸었다.

"한 번에 오케이 하면 재미가 없지. 역시 밀당을 알아."

Rrrrrrrr—

"삼촌!"

[또 왜?]

"이번 촬영 때문에 고마워서 전화드린 거죠. 경계하시기는……."

[너 같으면 경계하지 않겠냐?]

"릴렉스 하십시오."

[무슨 일이야? 그냥 전화를 할 지수민이 아니지.]

"빙고! 삼촌, 나하고 김우혁하고 밥 한 번 먹게 도와주면 안 돼요?"

[안 돼.]

"삼촌."

삼촌이 이렇게 빡빡하게 굴 때는 다 방법이 있었다.

"자꾸 이러시면 숙모에게 찾아갑니다."

[그 사람한테 왜?]

"아시면서?"

1년 전에 수민은 촬영차 강화도에 갔다가 삼촌을 우연히 보았다. 물론 아는 체는 안 했지만 여자 분과 팔짱을 끼고 가시는 명장면을 핸드폰 카메라에 담았다.

"강화도."

[야!]

"부탁해요, 삼촌."

이렇게 말을 하고는 전화를 끊은 수민은 즐겁게 점심을 먹으러 편집실을 나왔다.

"짬뽕 왔어?"

"다 왔답니다."

"그래, 먹고 죽은 귀신이 때깔도 좋다는데 얼른 점심이나 먹자."

삼촌의 속이야 타들어가든 말든 수민은 지금 핑크빛 상상에 사로잡혀 있었다.

해인은 작업실로 들어와서 우혁을 힐끔거리고 있었다.

"왜?"

"네?"

"지금 계속 보고 있잖아?"

마치 옆에 눈이 달린 것처럼 그가 해인에게 물었다.

"그냥요."

"내가 좀 잘생기기는 했지."

그가 농담을 하며 자신의 작업을 계속하고 있었다.

"자꾸만 그렇게 넋을 놓고 보면 방으로 끌고 들어갈 수도 있어."

그랬다. 그와의 관계는 육체적인 것이었다. 다른 연인처럼 저녁에 일이 끝나고 나면 같이 밥 먹고 데이트도 하는 그런 평범함이 그들에게는 없었다. 몇 번의 섹스와 몇 번의 키스가 그들이 공유하고 있는 전부였다.

그녀를 좋아한다는 건 알지만 속이 상한 건 사실이었다. 그리고 지금 그녀는 최대의 위기를 맞이했다. 지 PD가 우혁이 좋다고 나섰기 때문이었다. 미모, 학벌, 집안 뭐 하나 빠지는 게 없는 데다가 성격까지 화통한 수민을 해인은 이길 방법이 없었다.

"오늘 이상해."

우혁이 어느샌가 그녀의 곁에 와 있었다.

"네?"

"뭘 그렇게 넋을 놓고 있어?"

"아닙니다."

"아니긴, 이거 마셔."

그가 커피를 건넸다.

"요즘 피곤해?"

그의 다정한 물음에 해인은 순간 또 봄눈 녹듯이 걱정이 사라졌다.

"열심히 해. 그래야 유학을 안 간 걸 후회 안 하지."

"네."

연인으로서의 걱정이 아니라 그녀가 뒤처질까 봐 걱정하는 그였다. 마치 교수님처럼 말이다.

"잘 안 되는 게 있으면 물어보고."

"네."

"아참, 그리고 이거."

그가 자신의 작업대에서 뭔가를 꺼내 와 그녀에게 건넸다.

"이건……."

"국내에서 열리는 보석 디자인대전이야. 이번에 주최가 삼정그룹이라서 작은 대회는 아니야. 이 정도의 대회에서 입상하면 아무래도 스펙이 쌓이니까 좋지. 한번 나가봐."

"제가요?"

"정해인이라는 이름으로 나가는 대회이니만큼 잘하도록 해."

해인은 멍한 얼굴로 우혁을 보았다.

"이거 한 달 정도밖에 시간이 없어. 혹시 생각해 둔 게 있으면 나에게 먼저 스케치라도 보여줘. 봐줄 테니까."

"감사합니다."

해인은 순간 그를 남자라기보다 스승으로 봤다. 우혁에게 인정을 받고 싶었다. 이번 대회가 그녀에게 기회를 주는 것 같았다. 김우혁에게 인정을 받을 수 있는 기회 말이다.

모처럼 둘이 있는데 갑자기 불청객이 들어왔다.

"오빠."

송 디자이너는 해인의 작업대에 둘이 붙어 있자 얼굴이 대번에 굳어졌다. 마치 심술쟁이 시누이 같다는 생각이 들었다.

"왜 둘이 붙어 있어?"

"할 얘기가 있어서. 그런데 무슨 일이야?"

송 디자이너가 둘에게 가까이 오더니 해인의 손에 들려 있는 대회 포스터를 빼앗았다.

"뭐야? 얘도 나가는 거야?"

"그래."

"그게 말이 돼? 얘랑 나랑 경쟁이 되냐고? 디아망 대표는 나 아니야?"

송 디자이너는 얼굴이 벌겋게 달아올라 있었다.

"해인이는 첫 도전이야. 너보다야 좋은 등수를 낼 수는 없겠지만 이렇게 하나씩 도전을 해야 되지 않겠어?"

"싫어. 디아망 대표로 둘이 나가다니 내 자존심이 허락하질 않아."

"네가 이기면 되지. 이길 자신이 그렇게 없어?"

"오빠."

"이럴 시간에 빨리 만들어. 시간이 얼마 남지 않았으니까."

처음으로 김 대표가 그녀의 편을 들어주었다. 해인은 든든한 빽을 얻은 기분이었다.

"김 대표님, 이건 디아망의 디자이너로서 얘기하는 거예요."

"압니다, 송 디자이너님."

"오빠!"

송 디자이너가 화가 나서 발을 동동 굴러도 김 대표는 꿈쩍도 하지 않았다.

"회장님에게 말해야지 안 되겠어."

"그건 알아서 하는데 아버지의 허락은 이미 떨어졌어. 아버지도 디아망에서 우수한 인재들이 대회에 많이 참여하는 게 좋겠다고 하셨어. 그리고 해인이는 이런 대회가 너만큼 익숙한 아이가 아니야."

"그래도 싫어. 똑같은 위치에 있는 것 같단 말이야. 그리고 오빠는 애 거 봐줄 거잖아."

"이건 본인의 실력이야. 너는 김 실장님이 다 만들어주시잖아."

송 디자이너의 아킬레스건을 우혁이 건드렸다.

"누가 출품작을 공방에 맡겨. 내가 직접 하지."

"알았어, 나도 해인이 거 깊숙하게는 봐주지 않을 테니까 너도 네 말에 대한 책임을 져."

"너무해."

송 디자이너가 해인을 한 번 째려보고는 작업실을 나갔다.

"신경 쓰지 마. 원래 주목 받기를 좋아해서 그래. 그리고 자신에 대한 프라이드도 강하고."

"신경 쓰지 않아요. 제가 죄송하죠."

"왜 해인이가 죄송해."

해인은 이 대회에 자신이 나가도 되는 건지 걱정이 되기 시작했다. 아무 일이 없어야 할 텐데 왠지 모르게 불길한 예감이 드는 해인이었다.

9

"안녕하세요?"

출근길에 보니 새로운 얼굴이 디아망의 앞을 쓸고 있었다. 그녀가 김 대표의 작업실로 들어가면서 아침에 매장 앞을 쓸고 매장을 청소하는 일은 끝이 났다. 성훈은 해인이 작업실로 간 게 부러운 게 아니라 청소에서 탈출한 게 부럽다고 말할 정도로 디아망은 막내들에게는 힘든 작업장이었다. 그런데 성훈의 밑으로 신입 직원이 온 모양이었다.

"네, 안녕하십니까?"

아주 성격이 좋아 보이는 청년인데 낯이 익었다.

"선배님."

"날 알아요?"

"그럼요, 인성대학의 살아 있는 전설인 정해인 선배님 아니십 니까."

아주 아부가 입에 밴 친구인 것 같았지만 기분이 나쁘지는 않았다.

"인성대 나왔어요?"

"네."

"그런데 왜 나는 모르지?"

"전 보석학과를 나오지 않았거든요."

"그럼?"

"웹디자인과를 나왔습니다."

웹디자인과를 나와서 디아망이라, 해인은 좀 신기한 생각이 들었다.

"판매는 아닌가 보네?"

"네, 저하고 내일 올 친구들은 디아망의 사이트를 관리하려고 요."

"사이트?"

"네, 백화점에 매장을 차리실 것 같던데 잘 모르겠어요."

"그러면 사무실에서 컴퓨터 작업을 해야 하는 거 아닌가?"

"당분간 멤버 구성될 때까지만 매장 일 돕기로 했어요. 그리고 아마 여기 4층을 저희가 쓸 것 같아요."

디아망의 건물은 총 5층이었다. 지하부터 3층까지는 디아망이 썼고 그 위에는 명동을 대표하는 대부업체가 쓰고 있었다. 명동하면 원래 사채 시장이 유명한 곳이니까 말이다.

"그래, 수고해."

디아망이 좀 더 영역을 확대할 모양이었다. 해인은 작업실에 올라가려다가 말고 성훈을 찾았다.

"선배!"

"네, 디자이너님."

"디자이너는 무슨."

"이제 그렇게 부르라고 말했잖아."

지 매니저가 어제 오전 조회시간에 해인이 디자인 팀에 속해 있으니 이제는 디자이너라 부르라고 직원들에게 말했다.

"그건 그렇고 바깥에 새로 온 직원이 이상한 소리를 하던데……."

"뭐?"

"사이트를 만든다고."

"몰라, 청년 실업을 줄이기 위해 생각해 낸 대표님의 아이디어시다. 그리고 우리 디아망도 좀 더 규모가 커질 것 같고."

"그래요?"

"응, 백화점도 들어가고 홈페이지도 만들고 뭐 바쁠 것 같아. 그래서 직원들도 많이 뽑으셨나 봐."

"그렇구나."

"처음에는 그냥 말뿐인 줄 알았는데 송 디자이너님이 지난번에 이태리 다녀오시면서부터 본격화된 것 같아."

"아."

"열심히 디자인해라. 혹시 아니, 네가 김우혁 대표님처럼 될 수 있을지."

"고마워요."

"뭘, 다 네가 실력이 좋아서 그런 거야."

"올라가 볼게요."

"그래."

해인이 작업실에 도착하자 작업실 안에 꽃과 사탕이 가득한 바구니가 도착해 있었다. 꽂혀 있는 카드를 보니 수민이었다. 그 안의 내용을 펼쳐보기엔 너무 양심에 찔려서 그녀는 고개를 돌렸다.

그때였다. 누군가 문을 열고 들어왔다. 카드를 보고 있었으면 망신을 당할 뻔했다.

"매니저님?"

"어, 내가 이거 아침에 가져다 놨다."

"네."

"네가 김 대표에게 잘 좀 전해줘. 아니, 디자이너님께서 잘 전달해 주세요."

해인이 너무 놀라서 대답도 못 하고 고개만 끄덕였다. 어지간히 조카를 챙기시는 분 같았다.

"나도 이런 거 하기 싫지만 꼬투리를 잡힌 게 있어서 어쩔 수가 없어."

"꼬투리요?"

"아니, 뭐 그런 게 있어. 부탁할게."

"네."

일단은 받아두기야 하겠지만 청소를 하는 내내 해인의 시선은 바구니에 가 있었다. 보통 정성이 아니었다. 이런 건 중고등학생들이나 하는 줄 알았는데 참 보기와는 다르게 소녀 취향인 수민이었다.

빨간색 장미 꽃바구니와 그 옆에 사탕으로 만들어진 바구니 두 개를 번갈아 쳐다보던 해인은 자신도 모르게 그 앞에 가서 카드를 펼쳐 들었다.

"생신을 축하드려요. 지난번 저녁 약속은 잊지 않으셨죠?"

해인도 모르는 김 대표의 생일을 알고 그것도 모자라 저녁까지 먹자고 하는 여자의 대담함에 해인은 두 손 두 발을 다 들었다. 자신은 도저히 상상할 수 없는 일이었기 때문이다. 해인이 카드를 다시 꽃다발에 끼워두기가 무섭게 우혁이 들어왔다.

"좋은 아침."

"안녕하십니까."

해인은 약간 떨떠름하게 말을 하고는 대걸레로 바닥을 박박 문지르기 시작했다.

"이건 뭐지?"

"지수민 씨가 보냈습니다."

"그래?"

정말로 해인은 의식하지도 않는 듯 그는 카드를 읽더니 미소까지 지었다. 속에서 천불이 나는 해인이었다.

"뭐라고 써 있어요?"

"별말 아니야."

내용은 말해주지도 않고 옷을 갈아입기 위해 자신의 방으로 들어간 우혁이었다. 작업복을 갈아입고 나와서도 바로 자신의 스케치북을 들고 테이블에 앉았다.

"우리 커피 좀 마실까?"

"네."

해인은 청소를 대충 마무리하고는 커피 두 잔을 가지고 테이블에 앉았다.

"대회 출품작은 골랐어?"

"네."

"어떤 거지?"

해인은 자신의 스케치북을 가지고 와서 한 작품을 그에게 보여주었다.

"음, 괜찮군. 이번에는 목걸이군."

"네, 이번에는 무속신앙인 천하대장군과 지하여장군을 만들 생각입니다. 목걸이를 봤을 때 두 장승이 서로 연결이 되는 느낌으로 디자인했습니다."

"그래, 재료는?"

"18금으로 할 생각이고 요즘 유행하는 세라믹을 접목해서 확실하게 금에 색감을 줄 생각입니다. 금인데 나무같이 보이게 만들고 싶습니다."

해인은 자신이 어떤 디자인을 할 것이며 어떻게 만들 것인지에 대한 설명을 하느라 잠시나마 수민에 대한 생각을 잊을 수 있었다.

"좋아."

그가 오케이 사인을 주었다.

"정확하게 한 달 남았는데, 해인이가 말한 디자인은 대작이야. 시간을 맞추는 게 관건인 것 같아. 다른 데 신경 쓰지 말고 작품에만 집중을 했으면 좋겠어. 디아망으로서도 처음으로 디자이너 양성에 힘을 쓴 거니까 자부심을 가지고 말이야."

"네, 감사합니다."

해인은 그의 눈을 참으로 오랜만에 보는 것 같았다. 여자들의 마음을 사로잡는 짐승의 강인한 눈을 그는 가지고 있었다. 쌍꺼풀이 없는 눈은 이렇게 마주 보고 있으면 사람의 마음을 꿰뚫어 보는 느낌이었다.

"커피가 다 식었군."

"새로 타드릴까요?"

"아니, 괜찮아. 식은 커피도 나름의 매력이 있거든."

낮은 저음이 해인의 귀를 사로잡았다. 왜 이 사람은 하나서부
터 열까지 이렇게 매력이 넘치는 것일까? 그래서 해인은 그를 거
부할 수가 없었다. 마음은 그의 무심함에 상처를 받고 있어도 말
이다.

"왜 묻지 않지?"

"네?"

그의 뜬금없는 물음에 해인은 커피를 마시다가 그를 쳐다봤다.

"꽃바구니 그리고 사탕."

"개인적인 일이시니까요."

"그래서 카드조차 안 읽었다?"

"……."

"읽었군."

"저한테는 그냥 오늘 아침의 선약과 같은 것이었으니까요. 궁
금한 건 사실이니까. 왜 수민 씨가 꽃을 보냈을까? 뭐 그 정도의
호기심이었습니다. 기분 나쁘셨다면 죄송합니다."

그가 커피를 다 마시고는 자리에서 일어났다.

"나에 대한 궁금증이 그 정도밖에 안 되는 건가?"

이건 또 무슨 자다가 봉창 두드리는 소린지.

"보통은 여자친구가 되면 이 정도만으로도 화를 내야 하지 않나?"

그가 자신의 작업대로 갔다. 그녀에게 뭘 원하는 건지 감이 잘 안 올 때가 있었다. 그는 아무에게도 해인이 여자친구라고 말한 적도 없었고 사람들이 있는 곳에서는 아예 티조차 내지 않으면서 지금은 그녀에게 왜 화를 내지 않느냐고 묻고 있었다. 이게 무슨 경우인지 해인은 정말로 화가 나고 이해할 수가 없었다.

그러면 지금 그녀에게 여자친구로 인정받지도 못 하면서 여자친구나 할 수 있는 질투를 하라는 것인지 그녀는 너무 속이 상했다.

해인은 커피 잔을 치우며 일을 하고 있는 그의 뒤통수를 한 번 째려보았다. 그리고 설거지를 한 후에 자신의 자리에서 작품 만들기에 돌입했다. 진짜 속이 상한 건 그가 그 후로 한마디도 안 하고 있다는 것이었다.

윙~

영희의 전화였다.

"여보세요?"

[잘 지냈어? 너의 짝사랑과는 잘돼가고 있고?]

"아니, 조금 그래."

영희와 작은 소리로 얘기를 하고 있었지만 신경이 쓰이는 해인이었다.

"영희야, 점심시간에 내가 전화할게."

[그러면 얼른 답만 해. 소개팅할 거야?]

"뭐? 소개팅?"

일부러 그가 들으라고 해인이 큰 소리로 말했다.

[괜히 짝사랑만 하지 말고 이번에 우리 오빠 친구 중에 대기업 다니는 오빤데 나이가 좀 있어서 그렇지 완전 킹카야.]

"나이가 몇 살인데?"

[서른하나.]

"서른하나면 좋네 뭐. 알았어."

[그럼 날짜 잡아서 전화줄게.]

"응."

해인이 전화를 끊었지만 그는 별 반응이 없었다. 아니, 그녀에게는 꽃다발 온 걸로 화를 안 내냐고 하면서 그는 소개팅 전화에도 아무 반응이 없었다.

"웃겨 정말."

육체적인 관계만 신경을 쓰지 다른 건 관심이 없는 것 같았다. 뭘 하자는 건지 도저히 알 수가 없었다. 해인은 다시금 작품을 만드는 데 신경을 집중했다.

우혁은 해인을 생각할수록 화가 치밀었다. 무슨 여자가 이렇게 쿨한지 도저히 알 수가 없었다. 남자친구에게 이런 선물이 왔으면 화를 내야 정상이지만 지금 해인은 그 어느 때보다도 차분했다.

차라리 화를 내면 좋을 것을 말이다. 해인의 놀라운 실력은 아침에 보여준 스케치 작품으로 또 한 번 확인했다. 그 반짝이는 아이디어와 아직 작품을 만들지는 않았지만 작품에 담고 있는 의미가 그는 스물세 살의 어린 디자이너에게서 나왔다는 게 그저 놀라웠다.

그는 지금 해인을 보고 있는 것만으로도 황홀했고 그녀를 안고 싶은 마음을 자제하느라 자신의 작품을 제대로 만들지도 못하고 있었다. 한 번 안고 나니 계속해서 욕심이 생기는 그였다. 마주 앉아서 커피를 마시기보다는 침대로 직행하고 싶은 마음이 커서 그는 해인과 데이트도 즐길 수가 없었다. 이렇게 여자에게 미친 적은 그의 생에 단연코 한 번도 없었다.

그와 여자들은 떼어낼 수 없는 묘한 관계였다. 그의 주변에는 항상 무리지어 따라다니는 여자들이 있었고 우혁은 언제나 그게 귀찮았다. 하지만 요즘 그는 그를 쫓아다니던 여자들의 마음을 이해할 것 같았다.

그녀의 작은 반응이 그를 기쁘게 하고 슬프게 했다. 이건 무슨 갱년기 여자도 아니고 그의 기분이 해인에 의해서 하루 종일 왔다 갔다 했다. 오늘은 또 해인의 무심한 행동에 이 여자가 과연 자신을 남자로 생각하고 있는지 의심이 되었다. 너무 어린 여자를 만나서 그런 건지 우혁은 자꾸만 자신감이 떨어지고 있었다.

거기다가 소개팅이라니, 기가 막힐 노릇이었다. 선을 보는 걸 데려다 놨더니 이제는 소개팅이란다. 우혁은 도저히 참을 수가 없었다.

"정해인!"

그가 야심차게 의자를 돌린 순간 작업실에는 우혁 혼자뿐이었다.

"정해인!"

그가 해인을 불렀지만 화장실에도 안 간 것 같았다. 시간을 보니 점심시간이었다. 평소 그는 일에 집중을 한다기보다 해인과 마주 앉아서 밥을 먹기 불편해서 해인에게 언제나 12시가 되면 밥을 먹으러 가라고 했는데 벌써 12시 20분이었다.

"밥 한끼 안 먹으면 안 되는 건가?"

그는 툴툴거리며 매장 쪽으로 나갔다. 오늘은 무슨 일인지 모두가 지 매니저의 자리에서 뭔가를 먹고 있었다. 피자하고 떡볶이 김밥 뭐 그런 분식 종류들을 놓고 모두가 둘러모여 먹고 있었다.

해인이 정중앙에 앉아 있었고 나머지는 이번에 새로 들어온 직원과 매장 식구들이었다. 오늘 새로 들어온 녀석이 자꾸만 해인에게 기대며 웃었다. 해인은 가만히 그의 행동을 받아주고 있었다.

우혁은 도저히 참을 수가 없었다. 해인과 남자들이 있는 거 자체가 그는 싫었다.

"아주 좋아 죽는구만."

우혁은 몸을 돌려 작업실로 향했다. 점심시간이 지나고 해인이 들어와 자신의 자리에 앉아서 작업을 시작했다.

"오빠."

이제는 저 소리만 들어도 소름이 돋았다. 다시 이태리로 출장을 보내든지 해야지 요즘 우혁은 유빈이 때문에 머리가 아팠다.

"왜?"

그는 자신도 모르게 퉁명스러운 반응을 보였다.

"오늘 오빠 생일인데 저녁이나 같이 먹을까 해서."

"미안한데 약속 있다."

오늘은 해인과 오붓하게 저녁을 먹을 생각이었다.

"그래? 누구랑 약속인데? 나 아는 사람이면 나도 끼워주라."

아주 찰거머리였다.

"너 모르는 사람이야."

"이건 뭐야? 웬 꽃?"

"너는 모르는 사람이야."

"여자야? 해인이는 누구한테 왔는지 몰라?"

유빈이 해인에게 묻자 해인이 퉁명스럽게 답했다.

"지수민 PD님이요."

"왜 보낸 건데? 오늘 만나는 사람이 이 여자야?"

"아이고, 머리 아프다. 용건 없으면 얼른 본인 방으로 가세요."

우혁은 유빈을 밖으로 밀어냈다.

"오빠, 저녁에 이리로 올 거니까 그렇게 알아."

"안 된다고 했다."

점심 생각은 없었지만 그는 밥을 먹으러 가기 위해서 작업실을 나서려고 했다. 머리가 도저히 복잡해서 살 수가 없었다. 좋아하는 여자는 거의 돌부처요, 주변의 여자들은 오히려 그를 들들 볶고 있었다. 나가서 바람이나 쐬고 올 생각이었다.

윙~

수민의 전화였다. 그냥 받지 않을 생각이었지만 화가 난 우혁은 어느 때보다도 정중하게 전화를 받았다.

"여보세요?"

[안녕하세요?]

"뭘 그런 걸 다 보냈어요. 어쨌든 예쁘네요."

우혁은 자신의 행동이 얼마나 유치한 줄 알지만 해인의 뒤통수를 보며 통화를 이어나갔다.

"손재주가 좋으시네요."

[뭘요? 생일 축하드려요.]

"감사해요. 이제 나이가 들어서 그런지 내 생일을 알아서 챙겨주는 사람이 없네요."

[그래요? 그럼 오늘 저녁 어떠세요?]

"네, 좋습니다. 명동호텔에서 8시에 뵙죠."

[네.]

우혁이 이렇게 초강수로 나가도 해인은 아무렇지 않은 듯이 일을 하고 있었다. 무슨 여자가 질투라는 걸 모르는 것 같았다. 우혁은 그냥 무작정 점심을 먹으러 나왔다.

해인은 부글거리는 속을 혼자서 가라앉히고 있었다. 오늘은 도저히 안 되겠다는 생각이 들었다. 아니, 이건 도대체 뭘 하자는 건지. 그녀의 속을 완벽하게 뒤집어놓고 점심을 먹으러 나간 김 대표였다.

"지금 나랑 밀당이라도 하자는 거야?"

해인은 작업을 하다 말고 자리에서 일어나 한참을 서성였다. 이대로 김우혁을 놓아버리기엔 해인의 마음이 너무나 많이 그를 향해 있었다. 오늘 그의 생일에 그녀가 아닌 다른 여자가 그를 차지할 거라고 생각하니 속에서 천불이 났다.

"내가 왜 이러지?"

연애라도 시원하게 해보고 헤어지자는 게 그녀의 결론이었다. 육체적인 관계에만 빠져서 허우적거리는 거라면 아주 시원하게 빠지게 해줄 생각이었다. 오늘 그는 어디에도 못 갈 것이다. 점심을 먹고 그가 돌아오기 전에 해인은 영희에게 전화를 걸었다.

"안녕, 친구."

[안녕은 무슨, 아까 통화했잖아. 치매야?]

"히히."

[빨리 말해.]

"나 그 남자 다시 꼬셔보려고."

[누구? 네 마음 몰라주고 불만 질러놓은 그 남자?]

"응."

[왜 또 선보는 거 흘려서 또 너 데리고 가게 하려고?]

"아니."

[그럼?]

"이번엔 육탄전이다. 아주 화끈하게."

[미친년. 네가 무슨 육탄전을 해. 그것도 경험이 바탕이 돼야 하는 것이다.]

해인의 상황을 모르는 영희는 그녀가 아직도 아무것도 모르는 숙맥인 줄 알고 있었다. 하지만 그건 천만의 말씀이다.

[그런데 전화는 왜 했어?]

"너의 응원이 필요해서."

[우유 빛깔 정해인, 사랑해요 정해인! 이런 걸 원하나, 친구?]

"그래."

[잘해봐라. 안 말린다. 하지만 남자 쌍코피는 터트리지 말고.]

"알았어. 그리고 미안한데 소개팅은 취소다."

[그 말 하려고 전화했고만. 알았다, 이년아.]

"미안."

해인은 다시 작업실을 서성거리기 시작했다. 오늘이 아니면 어쩌면 그녀보다 더 불나방 같은 여자들에게 우혁을 빼앗길지도 모른다는 생각이 들었다. 그리고 그가 그녀의 육체에 빠져들었다면 그걸로 그를 평생토록 그녀만의 성에 가둘 수 있는 가능성도 있었다.

해인이 갑자기 미소를 띠었다. 안 된다면 할 수 없지만 절대로 그가 거절 못할 계획이 그녀의 머릿속에 떠올랐기 때문이다. 나간 지 한참 후에 그가 돌아왔다.

저녁 퇴근시간까지도 해인과 김 대표 사이에는 아무 일도 없었다. 한차례 송 디자이너와의 실랑이가 있었지만 그건 김 대표가 알아서 처리를 했다. 해인이 보기에 김 대표는 송 디자이너를 동생 이상으로 생각하지 않는 것 같았다.

오늘에서야 그 느낌을 알았다. 하지만 지금 그녀를 바싹 긴장시키는 건 수민이었다. 분명 김 대표는 송 디자이너를 제치고 수민을 선택했다.

퇴근 시간인 7시였다. 매장은 9시까지가 근무시간이었고 공방과 작업실은 매장보다 일찍 끝이 났다. 김 대표가 8시 명동호텔로 가기 위해 자신의 방으로 들어갔다. 해인은 이를 기다렸다는 듯이 10분 후에 그의 방으로 들어갔다. 지금 머릿속에는 벗고 덤비는 전략뿐이었다. 송 디자이너나 수민처럼 다 갖춘 미인은 아니지만 지금 솔직히 그는 해인의 몸에 만족하고 있었다. 이제 해인이 그의 마음을 알 차례였다. 그의 방으로 들어가는 한 걸음 한 걸음이 소름이 돋을 정도로 떨려왔다.

"생각을 말고 본능으로 덤비는 거야."

해인이 방문을 열자 그의 욕실에서 샤워 물소리가 들리고 있었다. 살며시 문을 연 해인은 김이 서려 있는 샤워부스를 확인하고 욕실 안으로 들어가 문을 잠갔다. 그전에 한 번 이곳에서 그들은 사랑을 나누었었다. 해인은 심하게 떨리고 있는 가슴을 진정시킬 수 없었다.

"오늘 나는 비정상이야."

해인은 실오라기 하나 걸치지 않은 채로 그의 샤워부스에 들어 갔다. 샤워를 하다 말고 그가 얼굴로 흘러내리는 물을 쓸어 올리 며 해인을 쳐다보았다. 오늘따라 커다란 그가 더 커 보였다. 그의 단단한 몸 위로 물줄기가 흘러내리고 있었다.

그의 남성은 그녀를 보자마자 반응을 했고 해인은 그에게 한 발 짝 다가가 문을 그녀의 뒤로 닫았다. 둘 사이의 열기가 샤워부스 유리를 흐리게 만들었다.

해인은 그의 가슴에 손을 가져다 대고 손가락 하나하나로 그의 심장이 뛰는 걸 느끼고 있었다.

"내가 오늘 미친 것 같아요."

"……"

"오늘 우혁 씨 생일을 축하해 주고 싶은데 다른 게 떠오르지 않 아서요."

그녀가 이렇게 말을 하는데도 그는 돌부처처럼 가만히 서 있기 만 했다. 해인은 갑자기 그가 자신이 싫어서 이러나 하는 생각이 들었다.

"내가 온 게 싫은가요? 미안……"

그녀의 뒷말은 그의 거친 키스에 사라졌다. 그의 혀가 입을 맞추자마자 그녀의 입안으로 들어와 어지러울 정도로 깊게 키스했다. 그의 손은 정신없이 그녀의 가슴을 만지고 있었고 그의 남성은 성이 나서 그녀의 배를 찔러댔다.

그의 입술이 그녀의 목을 배회하고 있을 때 해인이 물었다.

"내가 이러는 게 싫어요?"

"싫은데 이렇게 미친놈처럼 구나?"

그의 입술은 어느새 그녀의 가슴을 배회하고 있었다. 오늘따라 해인의 가슴이 몹시 예민해서 그가 만질 때마다 찌릿찌릿한 느낌이 너무나 강렬했다.

"아까 꽃이 왔을 때 너무 화가 났어요. 당신이 나한테 미안해하지 않는 것도 화가 났고요. 어떻게 화가 안 날 수가 있어요."

"그럼 화를 냈어야지."

그는 그녀의 유두를 핥으며 말했다.

"어떻게요. 난 당신의 여자친구도 아닌데."

그가 갑자기 그녀의 유두를 물고 있다가 벌떡 일어났다. 그리고 그녀를 벽으로 밀어붙였다. 물줄기가 여전히 그들 사이를 흐르고 있었다.

"우리는 연인이야. 왜 우리가 연인이 아니라고 생각하지?"

"우리는 그 흔한 데이트 한 번을 안 했으니까, 당신이 나의 몸만을 원한다고 생각했어요. 그래서 난 당신을 쫓아다니는 여자들을 질투조차 할 수 없었다고요."

"바보 같긴. 진작에 하고 싶은 걸 말하지 그랬어."

"제가 어떻게 알고 그래요."

그가 해인을 꼭 안았다.

"다 내 잘못이야. 나이만 먹었지 해인이를 배려하지 못했어. 용
서해 줘."

해인은 고개를 들어 그의 눈을 바라보았다. 이 순간 해인은 그
누구보다도 행복했다. 그의 진심 어린 사과를 들었기 때문이었다.

그의 입술이 다시 그녀에게로 향했다. 그러더니 갑자기 샤워기
의 물을 끄고는 그가 샤워부스에서 그녀의 손을 잡고 나와 해인의
몸을 닦아주기 시작했다.

"왜요?"

"머리 말려. 우리 갈 데가 있어."

"어딜요?"

"따라오면 알아."

그가 하도 성화를 하는 바람에 해인은 옷을 입고 머리를 대충 말
렸다. 그러자 그가 드라이어를 가져와 해인의 머리를 말려주었다.

"풀고 다녀."

"언제는 다른 놈들 본다고 싫다면서요?"

"내가 그랬나?"

"네."

그가 그녀의 머리를 다 말려준 다음에 작업실을 나섰다. 차를 타고 명동호텔에 도착한 후 그가 갑자기 카운터로 가더니 방을 잡았다. 얼굴이 빨개진 해인은 사람들이 다 자신을 보고 있다고 생각했다.

"지금 뭐 하는 거예요?"

"데이트를 하자며?"

"누가 호텔 방에서 하자고 했어요?"

"그거나 그거나. 그전에 할 일도 있고."

그가 15층을 누르고 20층을 눌렀다.

"먼저 가 있어. 난 수민 씨 돌려보내고."

맞다. 수민이 있었다. 그는 지 매니저의 조카인 수민을 바람맞힐 수는 없는 것 같았다. 해인은 그에게 호텔 키를 받았다. 해인은 처음으로 남자와 호텔 방에 들어가는 것이었다.

"금방 갈게. 조금만 기다려. 그리고 집에도 전화하고, 오늘은 못 들어간다고."

그는 아주 당연하다는 듯이 말했다. 이런 게 이 사람이랑은 너무나 자연스러웠다. 스물셋 정해인에게 김우혁은 뭐든 당연하게 만드는 사람이었다.

카펫이 깔린 복도를 지나 자신의 방에 들어온 해인은 소파에 앉아 길게 심호흡을 했다. 이런 용기가 도대체 어디에서 나오는 건지 해인은 알 수가 없었다. 하지만 오늘 그의 마음을 알았다는 게 해인은 너무나 기뻤다.

해인은 명동호텔 룸서비스에 전화를 해서 케익과 샴페인을 부탁했다. 그를 위해 오늘 그녀가 큰맘을 먹고 쏘는 것이었다. 그가 오기 전에 준비를 하고 싶어서 빨리 넣어달라고 부탁했다.

"엄마."

[응, 어디야?]

"나 오늘 친구 생일이라서 다들 모여서 놀다가 친구 집에서 자기로 했어."

[친구 누구?]

"영희."

이럴 때 가장 이름을 팔기 좋은 친구가 영희였다.

"민호는?"

[지금 들어와서 씻고 밥 먹으려고.]

"알았어, 엄마. 내일 일찍 들어갈게."

전화를 끊고 욕실에 들어가 다시 한 번 샤워를 한 해인은 목욕 가운을 걸치고 그를 기다렸다. 다행히 케익과 샴페인이 먼저 왔다. 이제부터 어떻게 해야 그가 좋아할지 누구보다 잘 아는 해인이었다. 해인은 목욕 가운을 입은 채로 창밖을 바라보며 그를 기다리고 있었다.

10

　해인을 먼저 방으로 보낸 우혁은 수민이 기다리고 있을 레스토랑으로 향했다. 그가 들어서자 수민이 기다렸다는 듯이 손을 흔들었다.

　"금방 오셨네요."

　수민의 얼굴에 웃음이 가득했다.

　"제가 좀 늦었네요."

　"우선 생신 축하드려요."

　얼굴이 붉게 상기된 수민은 우혁을 제대로 보지도 못하고 있었다.

　"오늘 제가 여기에 온 건 수민 씨에게 할 말이 있기 때문입니다."

"네? 저한테요?"

잔뜩 기대를 하고 있는 모습이 조금은 안쓰러웠다.

"제가 여자친구가 있습니다. 사귄 지 몇 달 되지 않았지만 결혼까지 생각하는 여잡니다."

"네? 그런데 왜 이 자리에 나오신 건지?"

"수민 씨같이 좋은 분이 저에게 꽃도 보내주시고 사탕도 보내주신 뜻을 모르는 게 아니기 때문에 만나서 얘기하는 게 예의라고 생각했습니다."

"……."

그는 지금 이 상황에서 여친은 아래에 있고 아까 홧김에 나오려고 했다는 말은 차마 할 수가 없었다.

"죄송합니다."

"아닙니다."

수민을 두고 나오는 마음이 그닥 좋지는 않았지만 이번에 해인이와의 일이 있은 후로는 여자들에게는 모호한 행동보다 정확하게 얘기해 주는 게 나은 방법이라는 걸 알았다. 15층 해인이 기다리고 있을 방이 가까워오자 그의 심장이 다시 미친 듯이 뛰기 시작했다.

오늘 그의 생일이라고 해인이 보여준 과감한 행동을 생각하면 지금도 그의 남성이 뻐근해져 온다. 샤워실에서 욕설을 내뱉으며 들어가 있었던 그에게 알몸으로 들어온 해인은 숨이 멎을 만큼 충격적이었다. 그녀의 촉촉이 젖은 살을 만지며 그는 그녀를 갖고 싶다는 일념뿐이었다. 하지만 해인의 말 한마디가 그의 모든 행동을 멈추게 했다.

데이트도 없이 잠자리만을 했다는 말에 우혁은 너무나 놀랐었다. 그녀의 말에 틀린 점이 없었기 때문에 그는 더 이상 해인의 몸을 만질 수가 없었다.

우혁은 해인의 모든 걸 사랑했지 육체적인 관계만을 원한 건 아니었다. 다시 걸음을 돌린 우혁은 호텔 근처의 꽃가게에 들러 해인을 위한 장미 꽃다발을 준비했다. 시작은 그렇게 로맨틱이 아닌 에로틱이었지만 지금이라도 잘해주고 싶은 그였다.

그리고 객실에 오르기 전에 그는 커피숍에 들러 커피 두 잔을 테이크 아웃 해서 같이 들고 올라갔다. 이렇게라도 데이트의 분위기를 내고 싶었다.

똑똑!

문을 두드렸는데 답이 없었다.

똑똑!

"잠깐만요, 가요."

해인의 목소리가 들리고 잠시 후에 문이 열렸다.

"생일 축하합니다. 생일 축하합니다. 사랑하는 우혁 씨. 생일 축하합니다."

그녀가 목욕 가운을 입은 채로 케익을 들고 있었다.

"소원을 빌고 불어요."

그는 눈을 감고 소원을 빈 다음에 촛불을 껐다. 해인이 그를 위해 준비한 생일 케익이었다.

"고마워."

"소원은 뭐라고 빌었어요?"

"비밀."

해인이 케익을 테이블에 놓고 그에게 돌아서자 우혁은 준비한 장미꽃다발과 커피를 그녀에게 주었다.

"이게 다 뭐예요?"

"우리 데이트의 시작이지. 해인이를 닮은 정열적인 장미와 평범한 연인이 되기 위한 커피까지."

해인이 장미 향기를 맡았다. 그 모습이 너무나 사랑스러워 안아버리고 싶었지만 우혁은 평범한 데이트를 즐기기 위해 자신의 허벅지를 꼬집고 있었다. 뭐, 말하자면 호텔에 들어온 것도 섹스를 감안한 거지만 그래도 그전에 조금이라도 둘만의 편한 시간을 갖고 싶은 우혁이었다.

해인에게 자신이 사 온 커피를 건네고 그녀의 손을 잡고 도심이 내려다보이는 창으로 데리고 간 그는 해인과 마주 보고 서서 야경을 내려다보았다.

"어때, 이제 평범한 데이트를 즐기고 있는 것 같아?"

"그러네요. 여기가 호텔인 거 빼고, 그리고 내가 아무것도 입지 않고 가운만 걸친 걸 빼면요."

해인이 환하게 웃었다.

"그건 그렇군. 나도 지금 미친 듯이 참고 있는 것만 빼면 우리는 평범한 데이트를 하고 있는 거지."

"호호호, 그렇네요."

그들은 커피를 짠하고 부딪쳤다. 그리고 한 모금을 마신 후에 같이 도심을 내려다보았다.

"난요, 아빠처럼은 안 살 거예요."

"왜지?"

"아빠는 정말 놀라운 실력을 가지셨지만 사람들에게 자신의 능력을 보이길 두려워하셨죠. 전 달라요, 이 명동에 내 브랜드의 간판을 세울 거예요. 사람들이 나의 작품을 보고 감탄하게 만들고 사고 싶게 만들고 싶어요. 돈도 많이 벌고 싶고요. 우혁 씨처럼요."

해인이 당차게 자신의 목표를 말하고 있었다.

"이번 대회에서도 송 디자이너님을 이기고 싶어요. 난 실력으로 누군가에게 지고 싶지는 않거든요."

"열심히 해봐. 내가 도와줄게."

"감사해요. 그리고 내가 이기고 싶은 또 하나의 이유는 우혁 씨에게 멋진 여자가 되고 싶기 때문이에요. 지금은 아무것도 내세울 게 없는 사람이니까요."

우혁이 해인에게 다가가 그녀를 품에 안았다.

"난 해인이 자체로도 충분해."

"고마워요. 그런데 우리 진짜 사귀는 거예요?"

"그럼, 사귀지도 않는 여자 때문에 그렇게 매일 전전긍긍한 줄 알았나?"

"전전긍긍한 건 나예요."

해인이 발끈했다.

"우리 이제 더 이상 시간 낭비하지 말자."

"네."

해인이 그를 더 꽉 끌어안았다.

"아참, 수민 씨는요?"

"잘 말했어. 똑똑한 여자니까 잘 알아들었을 거야."

"송 디자이너님은 어떻게 하실 거예요?"

"글쎄, 좋은 생각인 줄은 모르겠지만 나에게 아이디어가 있긴 하지. 찰거머리 소탕 작전이라고나 할까?"

"그리고 현지 씨는요? 아니, 무슨 남자가 이렇게 여자가 많은 거예요?"

해인의 말에 우혁은 아주 당황했다. 해인의 얘기가 틀린 말도 아니지만 그도 의도하지 않은 일이었다.

"현지는 끝났어."

"앞으로 해인이 인생이 보이네요. 너무 멋진 남친 때문에 속 썩을 내 모습이 말이에요."

해인의 입술이 툭 튀어나왔다.

"아니, 신경 쓰이지 않게 할게. 여자들이 들러붙는 건 나도 어쩔 수가 없지만 해인이만 바라볼게."

"우리가 앞으로 어떨지는 모르겠지만 난 당신 믿어요."

"고마워."

우혁이 해인을 더 꽉 끌어안았다.

"우리 빨리 다른 얘기 하자."

"네?"

"이렇게 가만히 있으니까 해인이를 덮칠 것 같아. 빨리."

"뭐예요?"

해인은 막 웃었지만 우혁은 괴로웠다.

"참지 마요. 당신 마음 이제 저도 알아요. 샤워하고 와요."

이렇게 얘기를 하자 그가 웃으며 말했다.

"샤워는 오기 전에 우리 둘이 같이 했잖아."

우혁이 해인을 안아 들었다.

"준비는 다 되었습니다, 마님."

"뭐라고요?"

우혁의 입술이 해인의 입술을 덮고 미친 듯이 빨아들이기 시작했다. 언제 그녀가 침대 위에 눕혀졌는지 그가 언제 옷을 다 벗었는지 알지 못하게 그들의 입술은 한참이나 서로를 간절하게 찾았다.

"너무 달콤해."

해인의 입술 위에서 그가 홀린 듯이 중얼거렸다. 그의 눈은 칠흑같이 어두워져서 해인을 바라보았고, 욕망으로 짙어진 그의 눈 안에는 거친 숨을 내뱉고 있는 해인의 환상적인 몸이 가득했다. 잘 다듬어진 보석 같은 그의 몸을 해인은 거침없이 더듬고 있었다. 그녀의 손길이 그를 얼마나 미치게 하는지 그녀는 알지 못하고 있는 것 같았지만.

"해인아~"

그는 갈라진 자신의 목소리 사이로 해인을 불렀다. 어찌나 강렬한 자극이 그를 뚫고 지나가는지 그는 숨이 탁하고 막혔다.

해인의 가는 허리선을 손으로 쓰다듬으며 그는 이대로 죽어도 좋다는 생각이 들었다. 그녀의 가는 허리선을 잡고 있던 손이 점점 아래로 내려와 그녀의 검은 숲을 향했다. 그녀의 무성한 검은 숲에 숨어 수줍게 자신을 붉히고 있는 클리토리스에 대한 기대로 그는 그녀의 숲을 자신의 긴 손가락으로 가르고 있었다.

"우혁 씨, 미치겠어요."

그가 해인의 애를 태우고 있었다. 그는 만질 뿐 아직 해인의 안으로 들어가지 않았다. 그는 아직 해인의 안으로 들어갈 생각이 없었다. 그녀를 완벽하게 쾌락에 물들인 후에 그녀의 안으로 들어갈 생각이었다.

그의 손이 다시 그녀의 가슴으로 향하고 있었다. 하얗고 둥근 가슴이 조명에 색스럽게 비춰지고 있었다. 이 여자의 모든 게 그를 미치게 만들고 있었다.

"벌을 받아야겠어."

"왜요?"

"날 미치게 만드는 죄에 대한 벌."

해인이 까르르 웃고 있었다.

"당신도 그럼 벌을 받아야겠네요. 같은 죄목으로 말이에요."

그녀의 손이 그의 얼굴을 감쌌다.

"사랑해요."

우혁은 순간 심장이 멈추는 줄 알았다.

"오늘은 여러모로 날 충격에 빠뜨리는군. 샤워하는 욕실에 들어와 유혹하질 않나? 이렇게 먼저 고백을 하질 않나? 얼마나 나를 놀래켜야 직성이 풀리는 거야?"

"글쎄요."

그는 해인에게 사랑한다는 말을 아끼고 싶었다. 정말로 해야 할 순간에 고백을 하고 싶은 그였다. 우혁에게 해인은 그만큼 소중한 여자였다.

그는 해인의 얼굴을 찬찬히 바라보았다. 그리고 그녀의 얼굴을 손가락으로 쓸어내렸다. 짙은 눈썹을 지나 커다란 두 눈 그리고 오똑한 코를 따라 내려온 손은 그녀의 입술 위를 쓸었다.

"아름다워."

"치, 거짓말!"

"진짜. 나의 심장이 멈출 만큼 아름다워."

그녀가 장난스럽게 그의 심장에 손을 가져다 댔다.

"너무 멀쩡하게 뛰는데요."

우혁은 그녀의 얼굴을 잡고 깊은 키스를 했다. 그의 혀로 그녀의 모든 걸 느끼고 싶었다. 이 밤의 시간이 너무나 아까운 그였다. 그녀의 입안의 부드러움은 그의 단단한 혀로 철저하게 핥아지고 있었다. 그 작은 입안을 그는 한참이나 꼼꼼하게 핥았다.

그리고 그녀의 혀를 빨면서 그는 이 밤을 불태우기 위한 시동을 조금씩 걸어가고 있었다. 그의 입술이 해인의 목을 타고 내려와 어느덧 커다란 가슴에 머물고 있었다. 해인의 헐떡거리는 호흡마저도 그를 흥분의 도가니로 몰아가고 있었다.

애무만으로도 둘의 호흡은 흐트러졌고 우혁의 짐승 본능이 자꾸만 밖으로 나오려 하고 있었다. 오뚝하게 자존심을 드러내듯이 솟아오른 그녀의 유두를 우혁은 게걸스럽게 빨아댔다.

미칠 듯이 그녀의 유두를 빨던 우혁은 해인의 무릎을 세우고 옆으로 크게 벌려 그녀의 핑크색 클리토리스를 찾았다. 그리고 단번에 입술로 그것을 빨아 당겼다. 놀란 해인이 그의 머리카락을 잡았지만 그는 지금 아픔보다는 쾌락을 더 느끼고 싶었다.

"그만해요!"

"......"

그는 입술로 여성을 빨아들이는 소리를 내며 더욱 흥분을 하고
있었다. 해인이 그의 머리카락을 놓지 않고 있었지만 그녀도 그의
애무가 계속될수록 엉덩이를 들어 그가 더 깊이 그녀의 여성을 빨
아들일 수 있도록 하고 있었다.

"이제 그만 넣어줘요. 미치겠어."

해인은 이제 그에게 사정을 하고 있었다. 하지만 그는 아직 그
의 여성을 더 먹고 싶었다. 그는 혀로 해인의 여성을 가르고 클리
토리스를 찾아 혀로 찰싹거리며 치기 시작했다. 해인의 몸은 활처
럼 휘어지며 그의 자극이 얼마나 그녀에게 치명적인지 말해주고
있었다.

그녀의 질에서 애액이 샘물처럼 쏟아져 나오자 우혁은 자신의
몸을 일으켜 흥분한 남성을 잡고는 해인의 여성에 문지르기 시작
했다.

"뭘 해주길 바래?"

"넣어줘요."

해인이 자신의 엉덩이를 들어 올리며 그의 남성을 받아들일 준
비를 하고 있었다. 우혁은 자신의 성이 난 남성을 해인의 촉촉하
게 젖은 질의 입구로 밀어 넣었다. 역시 빡빡하게 조여오는 그녀
의 질은 그의 이성을 마비시키기에 충분했다.

"아아아아~"

그녀의 신음 소리가 방 안을 울리고 있었다. 그의 가슴을 양손으로 잡은 그녀의 손이 떨리고 있었다. 그가 허리를 돌리자 이번에는 그녀의 입에서 더 큰 신음 소리가 흘러나왔다.

"아흐~"

그의 엉덩이에 힘이 들어가고 피스톤 운동이 빨라지기 시작하자 그의 온몸에 땀샘이 열린 듯이 땀이 흘렀다. 우혁은 숨을 참으며 열심히 그녀의 질 안으로 자신의 남성을 밀어 넣고 있었다.

땀방울이 그의 격한 움직임에 따라 그의 몸을 타고 흘러내렸고 그녀의 허리를 잡고 있는 그의 팔에는 힘줄이 툭툭 튀어나와 그의 남성미를 더해주었다. 해인의 손이 그의 힘줄을 따라 팔을 쓸어내렸다.

퍽퍽퍽!

그녀의 안에 깊숙이 파고들수록 그는 사정감에 몸부림을 쳤다. 자신의 남성은 이처럼 터질 듯한 쾌감을 느껴본 적이 없었다. 오늘은 해인과의 섹스 중에서도 최고였다.

해인과의 섹스는 하면 할수록 더 좋았다. 우혁은 더 이상 참지 못하고 피치를 올리고 있었다.

"더 이상은 힘들어."

그가 속도를 높이자 해인의 몸이 더 세차게 흔들리고 있었다. 그의 눈에 비친 해인의 눈은 욕망에 짙게 물들어 있었다.

"아아아아앙~"

해인의 신음이 울리고 그가 자신의 분신들을 쏟아내며 그녀의 몸 위로 무너졌다. 온몸이 땀으로 젖은 우혁은 고개를 들어 해인을 보았다. 해인도 거친 숨을 몰아쉬며 그를 바라보았다. 아직 그의 남성은 해인의 몸 안에 그대로 있었다.

"우혁 씨, 사랑해요."

우혁은 대답 대신 그녀의 입에 깊은 입맞춤을 해주었다.

"빼기 싫은데."

"뭐라고요."

해인이 얼굴 가득 해맑은 미소를 지었다.

"진짜 예쁘다."

"이럴 때만요."

우혁은 해인의 입술에 다시 입을 맞추었다. 평생 이러고 있으라고 해도 있을 수 있을 것 같았다. 우혁은 해인의 입안에 다시 자신의 혀를 밀어 넣으며 정염의 불을 지피기 시작했다. 그렇게 한차례 더 섹스를 한 그는 완전히 침대에 뻗었고 해인은 기절하듯이 잠들어 버렸다.

얼마나 단잠을 잤는지 눈을 뜨니 날이 밝아오고 있었다. 창문으로 아직 태양은 뜨지 않았지만 뿌연 회색 빛이 날이 밝고 있음을 말해주었다.

우혁은 완전히 넉다운이 된 해인을 위해서 욕조에 따뜻한 물을 받았다. 그리고 자는 그녀를 깨워 따뜻한 욕조에 같이 앉았다.

"너무 피곤해요."

"알아."

"오늘도 출근해야 하고."

"오늘은 하루 쉴까?"

그녀의 가슴을 만지며 그가 말했다.

"아뇨, 출근할래요. 이러다가는 내가 죽을 것 같아요."

"오늘은 쉬자. 내가 데리고 가고 싶은 곳도 있고."

"매장에는 뭐라고 하실 건데요?"

"급한 일은 없으니까 괜찮아."

"저도 같이 쉬는데요? 말이 많을 텐데……."

"내가 알아서 할게."

해인과 이대로 헤어지고 싶지 않았다.

"왜 송 디자이너님의 표정이 궁금할까요?"

"못됐군."

해인이 그에게 돌아앉았다. 그리고 그와 마주 보고 앉아 그의 목에 팔을 감았다.

"이렇게 여자하고 욕조에 들어와 본 적 있나요?"

"아니."

"아침에 일어나서 여자와 목욕한 경험은요?"

"없어."

"다른 여자와 자본 적이 있냐고 묻지는 않을게요. 노련함으로 봐서는 한 트럭쯤은 될 것 같으니까."

"내가 해인이처럼 처음이 아니어서 미안해."

그가 해인의 머리카락을 넘겨주었다. 그리고 그로서는 한 번도 해본 적이 없는 아주 다정한 손길로 해인의 얼굴을 감쌌다.

"이제부터 내가 하는 모든 건 해인이하고만 할 거야."

"뭐든지요?"

"뭐든지."

그는 이렇게 약속을 하고 해인의 입술에 도장을 찍었다. 그의 손이 해인의 가슴을 타고 오르고 있었다.

"당신 거 또……."

"해인이만 옆에 있으면 이 녀석은 항상 이 상태야."

"문제네요."

해인은 말은 그렇게 했지만 그의 남성을 손으로 잡았다.

"위험한 짓이야."

"별로."

"얼마나 위험한 짓을 한 건지 보여주지."

그가 해인을 자신의 위에 앉히고 단번에 자신의 남성을 해인의 질 안으로 밀어 넣었다. 해인이 당황할 거라고 생각한 건 그의 아주 오만한 착각이었다. 그의 목에 팔을 감은 해인은 무릎을 세워 그와 똑같이 피스톤 운동을 시작하고 있었다. 그녀의 엉덩이가 들썩거릴 때마다 그녀의 질이 그의 남성을 잘라 버릴 듯이 꽉 쥐었다가 놓았다.

"별로 위험하지 않은데요?"

"으윽, 내가 아주 요물을 키웠군."

그가 신음 소리를 내뱉으며 인상을 썼다.

"잘 키웠죠."

해인이 다시 움직이기 시작하자 우혁은 해인이 편하게 움직일 수 있도록 해인의 허리를 손으로 잡아주었다.

"아, 미칠 것 같아요."

"아아아~"

신음 소리는 해인의 입이 아닌 그의 입에서 더 많이 나오고 있었다. 무슨 여자가 피스톤 운동을 그보다 더 잘했다. 거기다가 그녀의 미칠 것 같은 허리 움직임에 그는 하마터면 그대로 사정할 뻔했다. 첨벙거리는 욕조 물의 소리도 우혁에게는 휘발유와 같은 효과를 주고 있었다.

"도저히 참을 수가 없어."

그렇게 말한 우혁은 움직이는 해인을 꽉 끌어안았다. 그리고 자신의 분신들을 또 한 번 그녀의 안에 쏟아냈다. 같이 샤워를 한 그들은 침대로 장소를 옮겨 같이 꿈나라로 빠져들었다.

윙~

요란한 진동 소리에 우혁은 잠에서 덜 깬 상태로 전화를 받았다.

[너 어디야?]

아버지였다.

[10시가 넘었는데 아직 출근을 안 하고 뭐 하는 거야? 작업실의 문은 열지도 않고.]

"아버지, 오늘 해인이하고 밖에 촬영 나왔어요."

[촬영 나간 놈의 목소리는 왜 그래?]

"어제 술을 마시고 잤더니 목소리가 그러네요."

[아니, 출장을 갔으면 간다고 말을 해야 다들 걱정을 안 하지. 유빈이는 아주 난리가 났어.]

"신경 쓰지 말라고 해주세요. 그리고 오늘 못 들어갑니다."

[알았다.]

아버지에게 거짓말한 건 조금 미안했지만 지금 그의 품에서 세상모르고 자고 있는 해인을 보자 그는 잘했다는 생각이 들었다.

자꾸만 간지러운 바람이 그녀의 코끝을 간질이고 있었다.

"후~"

해인이 눈을 뜨자 우혁이 그녀의 얼굴에 입으로 바람을 불고 있었다.

"언제 일어났어요. 그냥 깨우지."

해인이 핸드폰의 시계를 보고 자리에서 벌떡 일어났다.

"우리 완전 지각이에요!"

"오늘 그랬잖아, 출근 안 하겠다고."

"그렇다고 진짜로 안 하면 어떻게 해요!"

해인이 침대에서 벌떡 일어나 욕실로 향했다. 대충 세수만 하고 얼굴에 화장도 대충했다. 그리고 머리를 얼른 하나로 묶었다. 긴 머리는 이럴 때 좋은 것 같았다. 그녀가 유니폼을 입고 나오자 그도 옷을 다 입고 있었다.

"뭐라고 말하죠? 둘이 따로 들어가야 하겠죠? 아니다, 옆의 계단으로 가면 모를 거예요. 그쵸?"

해인이 당황해서 말을 막 쏟아내자 그가 해인을 안아주었다.

"김 회장님에게 오늘 촬영 간다고 했어."

"촬영이요?"

"응, 난 가끔 새도 찍고 나비도 찍고 한옥들도 사진 속에 담지. 그리고 그것들을 주제로 디자인을 해. 그래서 가끔 작품 구상을 하러 사진을 찍으러 다녀."

"아~ 그럼 저만 출근할게요."

"안 해도 돼. 해인이랑 같이 간다고 했거든."

"진짜요?"

"그래, 얼른 나가자. 배고프니까 밥부터 먹고. 오늘은 저만 따라오시면 됩니다."

"네."

해인은 웃으며 그의 뒤를 따랐다. 먼저 그들이 향한 곳은 옆에 있는 명동 백화점이었다.

"여기는 왜요?"

그는 그냥 그녀의 손을 잡고는 앞으로 계속 걸어갔다. 에스컬레이터에 몸을 싣고 자꾸만 올라가더니 여성복 매장에 들어가서야 발길을 멈추었다.

"이거 커플로 주시고 제 여자친구는 청바지도 하나 보여줘요."

그가 해인을 점원에게 여자친구라고 소개했다. 해인은 너무 놀랐지만 한편으로는 너무나 기뻤다.

"우리 커플 티 사려고 들어온 거예요?"

"응, 이거 입고 가자."

"네."

해인의 얼굴에 미소가 걸렸다.

"너무 예쁘시다. 두 분 너무 잘 어울리세요."

매장 직원의 칭찬도 너무 좋았다. 그가 고른 흰색 커플 티에 청바지를 입은 그들은 누가 봐도 놀러 가는 연인들의 모습이었다.

"우리 어디 갈 거예요?"

"우선은 밥부터 먹고."

그의 차를 타고 그들이 간 곳은 남대문의 갈치조림 골목이었다.

"갈치 좋아해요?"

"응, 어머니가 생선 요리를 아주 잘하시거든. 그래서 돈 주고는 안 사먹지."

"그런데요?"

"여기는 한번 애인이 생기면 와보고 싶었어."

"왜요?"

"어머니는 갈치는 이상하게 조림을 안 해주시거든. 굽는 게 맛있다고. 그런데 난 생선은 굽는 것보다 조림을 더 좋아하지. 알아두라고."

"네."

갈치조림까지 맛있게 먹고 난 그들은 그의 차를 타고 어디론가로 향했다.

"우리 어디 가는 거예요?"

"가보면 압니다."

오랜 시간 운전을 해서 서울을 벗어난 그들이었다. 그가 아주 졸린 클래식 음악을 틀어주는 바람에 해인은 깜빡 잠이 들어버렸다.

"다 왔어."

얼마나 깊이 잠들었었는지 창문에 머리를 박고 있는 줄도 몰랐던 해인은 창피함에 고개도 제대로 들지 못했다.

"여기가 어디예요?"

"내 작업실."

"네?"

산이었다. 아무것도 없이 그냥 산이었다.

"아무것도 없는데요?"

그가 목에 카메라를 걸고 해인의 손을 잡았다. 그리고 나무 숲 사이 길로 그녀를 이끌었다. 이런 곳은 태어나서 처음 와보는 해인이었다.

"여긴 어디예요?"

"휴양림."

"이런 곳은 처음이에요."

"이곳에 오면 여유로운 마음이 생기고 운이 좋으면 작업에 필요한 영감들을 얻어 가기도 하지. 하지만 내가 이곳에 오는 이유는 아무 생각 없이 그냥 걸을 수 있기 때문이야."

서울에서 멀지 않은 이곳은 해인이 봐도 별천지였다. 나무들이 너무나 커서 하늘을 향해 뻗어 있는 것 같았다. 숲의 냄새 또한 그동안 매연 냄새로 고생한 해인의 콧속을 정화시켜 주는 것 같았다.

"진짜 상쾌해요."

"좋다니 다행이군."

그는 한 번도 해인의 손을 놓지 않고 숲길을 걷고 있었다.

"진짜 데이트하는 것 같아요."

해인이 어린아이처럼 좋아하자 그가 해인의 머리를 쓰다듬어 주었다.

"해인이가 좋다니 기뻐."

"어릴 때 이런 곳에 아빠하고 자주 왔어요. 아주 애기 때요. 엄마하고 싸우시거나 기분이 안 좋으시면 동생 말고 저만 데리고 산에 자주 오르셨거든요."

"그랬군."

"네, 오늘은 슬픈 기억 말고 기쁜 기억이 떠올라서 좋아요."

해인은 우혁이 사진을 찍는 모습이 너무나 마음에 들었다. 보석 디자이너보다 사진작가가 더 잘 어울리는 것 같았다.

"그거 알아요?"

사진을 찍다 말고 그가 해인을 바라보았다.

"진짜 사진작가 같아요."

그가 아무 말 없이 해인에게 미소를 지어주었다. 해인은 나뭇잎이 떨어지듯이 맥없이 그의 미소에 무너져 내렸다.

11

시간은 너무나 빠르게 지나서 드디어 대회 날이었다. 그와 데이트를 하고 난 뒤에 대회 준비로 바쁜 해인을 위해 우혁은 데이트를 한 달 뒤로 미뤄주는 바라지 않는 배려를 해주었다.

덕분에 해인은 밤낮없이 작품을 만드는 데 몰입해야 했다. 그리고 드디어 오늘 작품들이 심사위원들로부터 평가를 받는 날이었다. 해인은 너무나 떨려 두 발로 서 있기가 힘든 상황이었다.

결과가 나오기 전의 스포트라이트는 송 디자이너가 받고 있었다. 그녀의 외모 때문인지 모두 그녀에게 인터뷰를 청하느라 바빴다. 해인에게도 기자들이 오기는 했지만 김 대표가 막았다. 처음 인터뷰에 괜히 안 좋게 보일까 봐 걱정을 하는 것 같았다.

"떨려?"

"뭐 좀."

"물이라도 가져다줄까?"

"아뇨."

그때 송 디자이너가 인터뷰를 끝내고 그들에게로 왔다. 아니, 그에게로 왔다. 오자마자 김 대표의 팔짱을 낀 송 디자이너 때문에 해인의 마음이 좀 불편했다.

"오빠, 너무 늦어지는 거 아니야?"

"그렇네."

그는 송 디자이너의 팔을 뺄 생각조차 하지 않고 그대로 있었다. 그러다가 해인의 눈빛을 보고는 얼른 송 디자이너의 팔을 뺐다.

"오늘 오빠 조금 이상해."

"뭐가?"

"자꾸 날 거부하는 게 기자들이 볼까 봐 그러는 거야?"

"유빈아, 넌 긴장도 안 되니?"

"응, 오빠가 있는데 내가 왜 긴장이 돼?"

"내가 아주 못산다."

시상식이 열리려는지 사람들이 전시실에서 시상식장으로 발걸음을 옮기고 있었다. 김 대표의 왼쪽에는 송 디자이너가 팔짱을 끼고 있었고 해인은 오른쪽에 서서 그의 손을 잡고 있었다. 옆에

있는 송 디자이너가 볼까 봐 해인이 손을 뿌리치려 할수록 그가
해인의 손을 꽉 잡았다.

다행히 송 디자이너는 눈치를 못 챈 것 같았다. 가만히 있는 걸
보니 말이다.

"반응으로 봐선 대상은 내가 될 것 같은데……."

송 디자이너의 입방정은 하여튼 대한민국 최고였다.

"해인이는 입선할 것 같던데? 심사위원들이 칭찬하는 거 들었
거든."

"네, 감사합니다."

"초짜니까 이런 큰 대회에서 입선만 해도 대단한 거야. 안 그
래?"

"네."

해인의 떨리는 손을 김 대표가 계속해서 잡아주었다.

"뭐 이렇게 말들이 많아."

시상식의 행사가 길어지자 송 디자이너가 구시렁거리기 시작했
다.

"좀 조용히 해."

김 대표가 도저히 듣고만 있기 힘들었는지 한마디를 했다. 드디
어 시상식 차례였다. 입상부터 발표를 하는데 해인의 이름이 나오
지 않았다.

"너무 실망하지는 말고. 다음 대회에 나오면 되지. 작품은 나쁘

지 않았어."

얄밉게 송 디자이너가 자꾸만 해인이 떨어졌다는 듯 위로를 했다. 송 디자이너의 작품은 거의 공방의 김 실장이 만들어주다시피 했다. 디자인은 천부적인 감각이 있어도 자신의 작품을 제대로 만들 실력은 되지 않는 송 디자이너였다.

"동상, 송유빈."

"어머, 나야?"

송 디자이너는 생각보다 아주 기분 좋게 상을 받으러 나갔다. 대상이니 어쩌니 했어도 속으로는 입상도 못할까 봐 걱정이 되었던 것 같았다. 상을 받고 돌아온 송 디자이너는 김 대표를 끌어안으며 눈물이 글썽일 정도로 좋아했다.

"마지막으로 대상은 정해인 디자이너의 장승이 차지했습니다."

"네? 말도 안 돼."

송 디자이너는 충격적인 얼굴을 하고 있었고 김 대표의 얼굴은 눈물 때문에 보이지 않았다. 해인은 울면서 시상식장으로 갔다.

그다음 해인이 생각나는 건 기자들의 질문들과 그녀를 대신한 김 대표의 능수능란한 답변들이었다. 시상식이 끝나고 축하 파티가 있었는데 송 디자이너는 자꾸만 자리를 뜨려고 했다.

"난 먼저 갈게."

"저녁까지 먹고 가."

김 대표가 송 디자이너를 잡았다.

"그냥 가고 싶어."

"아는데 그래도 오늘은 좀 있어봐."

김 대표가 억지로 송 디자이너를 잡아두었다. 해인은 이해가 되지 않았다. 다른 때 같으면 송 디자이너의 칭얼거림을 받아주지 않는 김 대표인데 오늘은 이상하게 잘 받아주고 있었다. 오히려 해인이 서운할 정도로 말이다.

"어, 미안. 차가 너무 막혀서 늦었다."

태수였다.

"반가워요, 해인 씨."

태수가 해인을 보자마자 인사를 했다.

"그동안 잘 지내셨어요?"

"그럼요, 좀 바빠서 그렇지 저야 잘 지냈죠. 해인 씨는요?"

"저도 잘 지냈어요."

"대상 축하드립니다."

"어떻게 아셨어요?"

"이 녀석이 어찌나 톡을 보내서 자랑을 하는지 아주 그 카톡 소리에 노이로제 걸리는 줄 알았습니다."

태수는 김 대표 다음으로 해인이 본 남자 중에 멋있는 남자였다. 오늘도 김 대표처럼 훤칠한 키에 슈트가 멋지게 어울리는 그는 시상식장의 모든 여자들의 시선을 한 몸에 받고 있었다.

"우리는 나가서 따로 밥 먹자."

김 대표가 그들을 데리고 예약해 놓은 근처의 한식당으로 이동했다.

"여기 분위기가 아주 좋아."

김 대표의 말대로 한옥으로 꾸며진 식당은 물레방아도 도는 것이 제법 한국의 정취가 물씬 풍겼다.

"이곳의 한정식이 아주 일품이지."

송 디자이너는 이곳에 올 때까지 한마디도 하지 않았고 분위기는 그리 좋지 않았다. 해인은 오늘 그냥 집에 가서 쉬고 싶은 생각뿐이었다.

시상식이 끝나고 빨리 이동해야 하는데 녀석이 나타나지 않고 있었다. 아까부터 해인이 대상을 탄 것 때문에 입이 튀어나와 있는 유빈이가 자꾸만 집에 가겠다고 해서 우혁은 머리가 아팠다.

톡으로 어디냐고 계속 물어도 5분이면 온다는 녀석이 벌써 30분이 지나고 있었다.

"어, 미안. 차가 너무 막혀서 늦었다."

태수의 눈길이 유빈을 한번 훑어보는 게 느껴졌다. 그리고 녀석은 얼른 해인에게 인사를 했다. 일단은 녀석의 시선의 움직임으로 봐서 송 디자이너의 외모는 합격이었다. 녀석은 그와는 약간 다르게 대놓고 섹시한 여자를 좋아했다.

여자 보는 눈이 비슷한 그들이지만 우혁과 달리 포르노 배우들에 열광하는 태수였다. 그렇다고 유빈이가 포르노 배우 같다는 뜻은 아니지만 충분히 다른 사람들에 비해 과감한 섹시미가 유빈에겐 있었다.

태수는 여전히 해인에게만 말을 시키고 있었고 그건 좋은 징조였다. 눈은 가자미눈을 하고 유빈이를 보고 있으니까 말이다.

일주일 전부터 그가 직접 예약을 해놓은 곳이었다. 찰거머리 송유빈을 더 찰거머리인 강태수에게 인계하는 자리기 때문에 아주 신경을 쓴 우혁이었다. 오늘 예상 밖으로 해인이 대상을 받고 유빈이가 동상을 받아 타이밍은 좋지 않았지만 태수도 바쁜 녀석이라 둘의 만남을 강행하기로 했다.

정말로 상다리가 휘어지게 음식이 나오고 있었다. 하지만 분위기는 여전히 해인과 태수만이 좋았다.

"해인 씨, 많이 먹어요."

"네."

태수가 해인에게만 관심이 있는 것 같자 유빈이가 슬슬 반응을 보이기 시작했다.

"왜 소개도 안 해줘?"

"어, 저쪽은 강태수야. 나랑 학교 동창이고 20년 된 친구지. 이쪽은 송유빈 디자이너. 내가 아끼는 후배야."

"안녕하십니까?"

태수가 제법 무게를 잡으며 인사를 했다. 녀석의 포위망이 점차

좁아지는 것 같았다.

"안녕하세요."

유빈이가 무뚝뚝하게 인사를 했다.

"오늘 입상 축하드립니다. 제 잔 한잔 받으시죠."

서로의 술잔을 주거니 받거니 하며 둘은 금방 편한 사이가 되었다. 아마 유빈이는 해인에게 그가 말을 걸지 않고 자신에게 관심을 보이는 것 자체가 지금은 좋은 것이었다.

"굉장히 인기가 많으실 것 같은데……."

유빈이 태수에게 물었다.

"인기 없습니다. 인기가 있을 시간이 없네요. 요즘은 남들이 연애하는 게 몹시 부럽습니다."

"그래요? 거짓말 같은데요?"

"말씀만으로도 감사합니다. 그러는 송 디자이너님은 남자들이 한 트럭은 쫓아다닐 것 같은데 말입니다."

"저요? 호호호, 없어요."

"그게 거짓말 같습니다."

둘의 대화를 듣고 있자니 웃음밖에 나오지 않았다. 그래도 다행인 건 그들이 서로에게 호감을 느끼고 있다는 것이었다.

"나랑 해인이는 내일 중요한 일이 있어서 먼저 일어날게. 우리 송 디자이너 좀 부탁할게."

우혁은 이렇게 둘을 남겨두고는 해인의 손을 잡고 자리를 떠

났다.

"두 분만 남겨둬도 돼요?"

"그러려고 온 거야."

"진짜요?"

"태수한테 상황은 다 말해뒀어."

"우리 사귀는 거 말하겠네요?"

"아닐 거야. 저 녀석도 머리는 있으니까 우선은 유빈이의 마음부터 잡겠지. 괜히 우리 얘기부터 하면 유빈이 자리에서 바로 일어날걸?"

"그러네요."

해인의 손을 잡고 나온 우혁은 해인을 얌전히 집까지 모셔다 주었다.

"오늘은 19금 데이트가 아니네요?"

"큰상도 탔으니 가족들에게 자랑해야지."

"고마워요."

해인은 그의 볼에 입을 맞추고는 차에서 내렸다. 꽃다발과 트로피를 들고 집으로 들어가는 해인의 뒷모습을 보며 우혁은 미소를 지었다.

해인의 수상 소식은 디아망의 경사였다. 송 디자이너의 동상도 컸지만 신인인 해인의 대상 소식에 누구보다 기뻐한 건 김 회장이었다.

"축하한다."

해인은 아침부터 작업실에 들른 김 회장 때문에 몸 둘 바를 모르고 있었다.

"나는 네가 해낼 줄 알았다. 우리 우혁이도 못한 걸 네가 해내는구나. 다음에 있는 세계대회에 참가하려면 우리 해인이 바쁘겠다."

"세계대회까지 아직 6개월이나 남았어요."

옆에서 우혁이 한마디를 하자 김 회장이 버럭 했다.

"작품 구상하려면 해인이가 얼마나 바쁜데 네가 난리야?"

김 회장의 말에 우혁은 두 손을 들었다.

"네, 회장님 마음대로 하세요."

"해인아, 저 녀석이 괴롭히면 이참에 5층에다가 작업실 만들어 줄까?"

"아버지, 거기는 해외 판촉팀 사무실로 만들 거라니까요. 4층에 지금 좁다고 난리예요."

"무심한 녀석."

"그리고 해인이는 아직 더 배워야 해요. 몇 달 같이 있었다고 다 배우는 줄 아세요?"

"저놈이……."

두 부자의 말다툼을 가운데서 지켜보던 해인의 입가에 미소가 번졌다. 정말로 잘 어울리는 부자였다. 아빠가 살아 계셨다면 해인도 아버지와 이렇게 아웅다웅하며 잘 지냈을 것이다.

"그나저나 오늘 엄마가 저녁식사에 해인이 초대했다."

"네? 오늘요?"

"왜, 시간이 안 돼?"

"그건 아니지만 너무나 갑작스러운 얘기시라……."

해인은 순간 너무 당황했다. 어떻게 해야 할지 좀 당황스럽기도 했다.

"이따가 오는 걸로 알고 있으마."

"네."

얼떨결에 대답을 한 해인이었다.

"달호 때문에 집사람이 널 보고 싶어 해."

"네."

해인은 돌아가신 아버지와 사모님이 친남매 이상으로 잘 지내셨다는 얘기를 듣고는 깜짝 놀랐다. 그래서 더 이상은 거절할 수가 없었다.

김 회장이 나가고 해인은 아침에 사 온 길거리 토스트를 한입 베어 물었다가 뱉어버렸다.

"왜 그래? 상했어?"

"모르겠어요. 비린 냄새가 확 나서요."

그가 와서 한입을 먹더니 이상이 없는지 그녀의 토스트를 다 먹어버렸다.

"이상하지는 않은데?"

요즘 예민한지 자꾸만 속이 미식거리는 해인이었다. 아무래도 대회 때문에 신경을 많이 쓴 모양이었다.

퇴근 후, 해인은 과일 바구니를 사들고 김 대표를 따라 그의 집에 갔다. 잘사는 줄은 알았지만 이렇게 잘살 거라고는 상상도 하지 못했다. 성북동의 부촌을 태어나서 처음 와본 해인이었다. 이 길로 지나다닌 적도 없었다. 담벼락이 높은 집들 사이에 그의 집도 있었다.

"여기예요?"

"응, 아버지와 어머니께서 평생을 바쳐서 장만하시고 가꾸신 집이야."

해인은 지하차고에 들어가서도 입을 쩍 하고 벌렸다. 그의 차가 벤츠라는 것만 알았지 이렇게 많은 수입차가 있는 줄은 꿈에도 몰랐었다.

"이게 다 당신 거예요?"

"응, 아버지는 차에 관심이 없으셔서 그냥 그랜저 한 대뿐이셔."

그의 차고를 빠져나가자 넓은 정원이 그녀의 눈앞에 펼쳐졌다.

"멋있네요."

정원의 나무그늘에 있는 의자그네가 그녀의 눈에 들어왔다. 저기에서 아이가 놀면 참 멋지겠다는 생각이 들었다. 그 아이가 그녀의 아이면 좋겠다는 생각도 들었다. 그녀는 누려보지 못한 걸 자신의 아이는 누리길 해인은 바랐다.

"그네네요."

"응, 아버지가 손자들이 놀았으면 좋겠다고 만들어놓으셨는데 아직 손자가 없으셔서 늘 안타까워하시지."

그의 집은 아주 세련된 공간이었다. 언제나 단칸방에 살던 그녀로서는 대궐이었다. 친구 중에 잘사는 아이들의 집에도 가보았지만 지금 그가 사는 이 집은 단연코 최고였다.

"집이 너무 예뻐요."

그녀의 과일 바구니를 들고 가던 그가 그녀를 보며 웃었다. 그리고 현관문을 열고 안으로 들어갔다. 집 안에 들어서는 순간 음식 냄새로 해인의 인상이 확 구겨졌다. 뭔가 이상했다. 왜 자꾸만 이렇게 예민한지 아무래도 위에 이상이 생긴 모양이었다.

"어머니, 저희 왔어요."

그가 말을 하자 앞치마를 하신 자그마한 아주머니가 해맑은 미소를 지으시며 나오셨다. 김 회장도 작고 어머니도 작은데 어떻게 김 대표처럼 큰 사람이 나왔는지 해인은 신기했다.

"안녕하세요."

"어서 와, 네가 해인이구나. 어릴 때 봤는데 아주 예쁘게 컸어."

김 대표의 어머니가 그녀를 안아주셨다. 어릴 때의 생각이 나셨던 모양이었다.

"어릴 때 저를 보셨어요? 전 기억이 안 나는데……."

"당연하지. 넌 그때 두 살도 안 됐을 땐데."

"아버지와 가까우셨나 봐요?"

"그래, 나한테 춘삼 오빠와 달호 오빠는 진짜 오빠 같았어. 우리 신랑이랑 사귀기 전부터 우리는 한 공장에 있었거든."

"공장에요?"

"응, 자세한 얘기는 들어와서 하고."

"네."

분위기가 썰렁할까 봐 걱정을 했는데 상당히 밝은 분이어서 해인은 안심이 되었다.

"잠깐만 거실에 앉아 있어요."

"네."

"어머니, 이건 해인이가 사 온 거예요."

그가 과일 바구니를 어머니에게 드렸다.

"뭘 이런 걸, 그냥 와도 되는데."

김 대표의 어머니는 음식을 준비하시러 주방으로 가셨다. 김 대표가 해인을 거실로 안내했다. 거실에는 김 회장이 미리 와서 앉아 있었다.

"왔어?"

"네."

지금은 직원이 아니라 친구의 딸을 대하는 느낌이어서 해인은 좋았다.

"앉아라. 뭘 그리 많이 준비를 하는지 아까부터 난리다."

"그러실 필요 없는데, 괜히 제가 죄송하네요."

"아니야, 원래 사람들 데려와서 밥 먹이는 거 좋아해. 이놈 친구들은 거의 우리 집에서 숙식을 해결했지."

해인은 갑자기 민호가 생각났다. 민호도 친구 집에서 신세를 많이 졌기 때문이었다.

"이제 와서 식사들 하세요."

해인과 김 대표 그리고 김 회장이 자리를 잡았다. 정말로 상다리가 부러지게 차린 상이었다.

"잘 먹겠습니다."

"그래, 많이 먹어."

해인은 생선 비린내에 속이 울렁거리고 있었다. 왜 그런지 오늘은 정말 김 대표 어머니 앞에서 실수를 할 것 같았다. 그래서 계속 오이무침만을 먹는 해인이었다.

"달호 오빠, 춘삼 오빠, 그리고 이 양반이 다니던 공장에 나도 다녔지. 여자들은 중학교도 다니기 힘들던 시대라 나는 초등학교를 졸업하고는 바로 공장에 들어가서 심부름을 했어. 그러다가 이 양반하고 눈이 맞은 거지. 잘해주기는 달호 오빠하고 춘삼이 오빠가 더 잘해줬는데 연애는 이상하게 이 사람이랑 했어."

"그래서 후회해?"

"아뇨, 내가 결혼이야 잘했지."

모두가 웃는데 해인은 자꾸만 역한 냄새에 웃지도 못하고 있었
다.

"해인이는 오빠가 우리들하고 연락을 끊은 이후로 못 봤지. 그
렇게 자존심을 세우는 게 아닌데……."

"자존심이요?"

"응, 춘삼이 오빠하고 이 사람하고 공장을 만들어줄 테니까 공
장장을 하라고 그랬거든. 그러면 월급이 나오니까 사업을 하는 것
보다 집안에 보탬이 될 거라고 말이야. 그런데 그때 달호 오빠가
거절을 했어. 친구들의 도움은 필요 없다면서."

"몰랐어요."

"네 아빠가 사람은 좋은데 사업수단은 약하잖아. 그 좋은 실력
을 그렇게 썩히는 게 너무 아까웠어."

김 대표의 어머니는 정말로 아빠를 안타까워하셨다.

"이것 좀 먹어."

갑자기 김 대표의 어머니가 생선을 발라서 밥 위에 얹어주셨다.
해인은 생선 비린내에 그 자리에서 헛구역질을 했다.

"우욱!"

"괜찮아?"

해인의 옆에 있던 김 대표가 해인을 챙겼다.

"우욱! 화장실이요."

"어? 이리 와."

그가 해인을 데리고 화장실로 향했다.

"우욱!"

"괜찮아?"

"네."

"체한 거 아냐?"

"그런 것 같아요."

해인은 속엣 것을 다 토해낸 다음에 다시 식탁으로 갔다. 해인의 얼굴이 노랗게 변해 있었다. 어른들은 걱정이 되시는지 해인의 안색을 살폈다.

"아침에 토스트를 먹은 게 체한 것 같아요. 아까 작업실에서부터 해인이가 안 좋았거든요."

"그래? 손이라도 따줄까? 아니다, 잠깐만."

김 대표의 어머니는 따뜻한 물에 매실차를 타오셨다.

"마셔봐. 좀 속이 편안해질 거야."

이렇게 말을 하시며 잔을 건네시는데 생선 냄새가 어머니에게서 또 났다.

"우욱!"

"누가 보면 임신한 줄 알겠어."

어머니는 자신이 움직이자 또 구역질을 하는 해인에게 농담을 건네셨지만 해인과 옆의 김 대표는 웃을 수가 없었다.

"임신 아니야?"

김 대표가 해인에게 물었다. 하긴 이번 달에 생리도 건너뛰었다. 한 번도 그런 적이 없었는데 그냥 대회 준비 때문에 피곤해서 그러려니 하고 있었는데 해인의 심장이 갑자기 두근거리기 시작했다.

"우리 한 번도 피임한 적 없잖아."

"……."

어른들의 시선은 상관하지도 않고 그가 지금 막 얘기를 하고 있었다. 해인은 속은 울렁거리고 어른들의 아주 희한한 표정까지 보면서 어쩔 줄을 몰라 하고 있었다.

"아니, 그게 아니에요."

"뭘, 우리 피임 한 번도 안 했는데……."

"김 대표님!"

해인이 그의 말을 잘랐다.

"왜 사실인데. 검사라도 해봐야 하는 거 아냐?"

그는 부모님의 표정은 보지도 않고 계속 얘기를 하고 있었다.

"잠깐, 그러니까 해인이가 네 아기를 가졌다는 거야?"

"네."

"아니오."

해인과 김 대표가 동시에 대답했다.

"네라는 거야? 아니라는 거야? 우혁이가 대답해."

"만약 임신이 맞다면 제 아이예요."

순간 침묵이 흘렀다. 해인은 이 난감한 상황에서 울음이 터질 것 같았다.

"해인아, 우혁이의 말이 맞아?"

해인의 눈에서 눈물이 흘러내렸다. 이 자리에서 어른들에게 이렇게 알려지는 건 정말로 싫었다. 하지만 만약에 아이가 생겼다면 그건 김우혁의 자식일 수밖에 없었다. 좀 더 생각 있게 행동했어야 하는데 지금 해인은 걱정이 태산이었다.

어른들이 아이를 지우라고 하면 어쩌나, 아니면 그도 아이를 지우라고 하면 어쩌지라는 생각이 해인의 머릿속에 꽉 차 있었다.

"우혁이 말이 맞니?"

김 대표의 어머니가 해인을 보고 물으셨다.

"만약에 아이가 생긴 게 맞다면 김 대표님 아이인 건 맞지만 제가 알아서 키우겠습니다. 걱정 안 하셔도 됩니다."

"뭐?"

이번에는 김 대표가 버럭 소리를 질렀다.

"정해인, 지금 그걸 말이라고 해? 아이가 생기면 당연히 결혼을 해야지."

"하지만 그렇다고 제가 대표님 발목을 잡을 수는 없잖아요."

"누가 발목을 잡아?"

김 대표는 완전히 뚜껑이 열린 것 같았다.

"왜 애한테 화를 내고 그래? 뱃속의 아기 놀라면 어쩌려고."

어머니의 말에 김 대표는 더 이상 말을 하지 않았다.

"해인아, 임신한 거 맞는 것 같아? 이번 달에 했어? 안 했어? 여자들이 하는 거?"

해인이 고개를 저었다.

"오늘 당장 병원에 가봐야 하는데 너무 늦었고 우리 내일 아침에 일찍 가보자. 아니, 너 약국 가서 테스터기부터 사 와."

"네?"

이번에는 김 대표가 놀란 것 같았다.

"밥이고 뭐고 넌 빨리 다녀와."

갑자기 집안이 어수선해지기 시작했다. 김 대표는 나갔고 김 회장은 잠깐 자리를 피해주었다. 모두 축하한다기보다 당황한 눈치였다. 왜 아니겠는가. 식사 초대를 받고 와서 갑자기 아들의 아이를 가졌다고 하니 안 놀랄 부모는 없을 것이다. 해인은 불안해서 눈물이 나오려고 했다.

김 대표가 약국으로 간 사이에 김 대표의 어머니는 해인을 데리고 소파로 갔다. 김 회장은 잠시 다른 곳으로 갔는지 보이지 않았다.

"너무 걱정하지 마라. 아이를 가졌으면 당연히 우리 우혁이가 책임을 져야지, 누가 책임을 지겠어."

해인은 지금 이 상황이 감당하기가 어려웠다.

"우리 우혁이를 어떻게 생각하는지 물어봐도 될까?"

"저는 대표님을 진심으로 사랑하지만 대표님의 마음은 잘 모르겠습니다."

"왜? 아직 고백도 안 한 놈이 잠자리를 했단 말이야? 내가 이놈을 잘 못 가르쳤다. 미안하다."

"아니에요."

갑자기 서러운 마음에 해인의 눈물이 터졌다.

"제가 너무 어려서 사리분별을 못 하고 선을 넘은 거죠 뭐."

"그만 울어. 해인이는 잘못한 게 없어."

우혁이 눈썹이 휘날리게 약국에 다녀왔다. 해인은 어머님이 시키는 대로 화장실에 들어가 테스트를 했다. 소변을 묻히고 테스터기의 선이 두 줄이 생기고 나니 울음이 또 터졌다.

"해인아, 왜, 임신이 아니야?"

"흑흑흑."

"해인아."

어머니의 목소리에 해인이 화장실의 문을 열고 나갔다. 그리고 어머니에게 테스터기를 보여 드렸다. 선명한 두 줄이었다.

"아이고, 잘했다. 장하다."

의외로 어머니가 아주 기뻐하셨다.

363

"태환이 색시가 애기를 혼수로 해가서 얼마나 부러웠는데 우리 우혁이도 성공을 했구나. 우리 내일 아침 일찍 병원에 가자. 내가 집으로 데리러 갈게. 아니다. 아직 엄마가 모르시니까 내일은 매장으로 가마."

"해인아, 축하한다."

회장님도 해인의 손을 잡으며 축하를 해주셨다. 해인은 지금의 상황이 당황스럽기만 했다. 아직 준비가 안 됐는데 엄마가 된다고 하니 어안이 벙벙했다.

지금 이 순간에 가장 기뻐해야 할 김 대표는 그냥 멍하게 있었다. 해인은 그게 더 슬펐다. 갑작스럽게 생긴 아이 때문에 그도 당황하고 있었다. 이럴 때 무조건 기뻐해야 하는 게 아이 아빠가 아닌가? 해인은 너무나 서운했다.

"저 죄송한데 집에 가봐야 할 것 같아요. 그리고 내일 매장에서 뵙겠습니다."

"그래, 어서 가서 쉬어."

해인은 어른들께 인사를 드리고 그와 함께 집을 나섰다. 그는 차에 타서도 아무 말이 없었다.

"혹시, 아이 때문에 화났어요?"

"왜 자꾸 그렇게 생각하지?"

"우혁 씨가 가만히 있으니까 불안해요."

"……."

그는 아무 말이 없었다. 해인은 설움이 북받쳤지만 아무런 말도 하지 않고 있었다. 그리고 해인도 눈을 감았다. 이제 더 이상 상처 받고 싶지 않은 해인이었다. 이제 집에 도착할 때가 된 것 같은데 아직도 차가 움직이고 있었다. 눈을 뜬 해인은 집으로 가는 길이 아님을 느꼈지만 더 이상 말을 하고 싶지 않아서 눈을 다시 감아 버렸다.

드디어 차가 멈추었다.

"해인아, 일어나."

해인이 눈을 뜨자 한강 앞에 그가 차를 세웠다. 사람들도 없는 인적이 드문 곳이었지만 한강과 도심이 한눈에 보이는 아주 경치 가 좋은 곳이었다.

"여기는 한강 아니에요?"

"응, 내가 가장 좋아하는 장소지. 지난번에 갔던 휴양림하고 이 곳이 머리가 복잡할 때 오면 마음이 아주 편한 곳이야."

"좋네요."

그가 갑자기 해인의 손을 잡았다. 그리고 손가락에 갑자기 반지 를 끼워주었다.

"이게 뭐예요?"

"웨딩 링."

해인은 눈을 깜빡이며 자신의 손을 내려다보았다. 백금에 다이 아가 반짝이고 있었다. 물결이 치고 있는 밴드는 이 반지를 그가 얼마나 정성 들여서 만들었는지 알 수 있게 섬세하게 만들어져 있었다.

"너무 예뻐요."

"사실은 오늘 저녁은 아버지께 내가 부탁을 한 거야. 오늘 이렇게 아기 때문에 소동만 없었더라면 어른들 앞에서 프러포즈를 할 생각이었거든."

해인은 그의 말에 놀라 아무런 대꾸도 할 수가 없었다. 너무 그에 대해서 오해만을 했다는 생각이 들었다. 해인의 눈에 눈물이 차올랐다.

"먼저 임신을 시킬 생각은 아니었지만 그래도 기뻐. 해인이 닮은 딸이었으면 좋겠어."

그의 말에 해인은 눈물을 흘렸다.

"나와 결혼해 주겠어?"

"네."

"사랑해, 이 세상 그 무엇보다도."

그리고 해인을 따뜻하게 안아주었다.

"저도 사랑해요."

해인은 그에게 프러포즈를 받으리라고는 상상도 하지 못했다. 그들은 그렇게 오랫동안 한강에서 서로를 안고 사랑을 속삭였다.

해인은 임신 사실을 알아서 그런지 평소보다 피곤함을 느끼고 있었다. 하지만 오늘은 전체조회가 있는 날이었다. 은제품 매장인 아르종이 오픈을 하면서 매장 직원교육이 본점 매장에서 이루어지고 있었다.

공방 직원들을 제외하고 모인 직원만 30명이 넘었다.

"오늘이 매장에서는 마지막 조회입니다. 직원교육은 앞으로 5층에서 따로 이루어질 겁니다."

지 매니저의 말에 모두들 집중하고 있었다.

"디자인실은 송 디자이너님이 맡아서 운영하실 거고 아르종의 모든 디자인은 3층의 송 디자이너님에 의해 운영이 될 겁니다."

"네."

"그리고 디자인실에 새로 들어온 다섯 명의 디자이너는 송 디자이너님의 교육이 따로 있을 예정입니다."

"네."

"아르종의……."

이때 문이 열리고 김 대표의 어머니가 들어오셨다.

"어머, 다 모여 있네. 죄송해요. 지금 해인이 좀 데려가야 하는데……."

어머니의 당당한 모습에 해인은 웃음이 터질 것 같았다.

"안녕하세요, 어머니?"

송 디자이너가 어머니의 옆으로 가서 아는 체를 했다.

"어, 그래. 유빈이 잘 있었니?"

"네, 어머니. 오늘 너무 아름답게 하시고 여긴 어쩐 일이세요?"

"볼일이 있어서. 아가, 얼른 가자. 예약 시간이 늦어."

"아가?"

송 디자이너의 표정뿐 아니라 모두들 경직된 표정이었고 해인의 얼굴만 빨개졌다.

"지 매니저님, 해인이 먼저 보내야 할 것 같습니다."

김 대표가 이렇게 말했다.

"해인 씨, 얼른 사모님 따라가 봐요."

"네."

해인은 송 디자이너의 벌레 씹은 표정을 뒤로하고 어머니를 따라 병원에 갔다. 산부인과는 태어나서 처음인 해인이었다.

"저는 산부인과 처음이에요."

"여기 김 박사가 내 친구 딸인데 진짜 잘봐."

"네."

"잘해줄 거야."

해인은 초조하게 순서를 기다렸다. 소변검사를 다시 하고 그녀는 어머니와 함께 진찰실로 들어갔다. 그리고 침대에 누워 처음으로 초음파를 했다. 화면을 보면서 의사선생님이 친절하게 설명해 주셨다.

"여기 검은 거 보이시죠? 이게 아기집이에요."

"……"

해인은 괜히 가슴이 뭉클했다.

"이제 아기 심장 소리 들려……."

의사선생님이 좌우로 다시 초음파 기구를 움직이시더니 말씀을 하셨다.

"여기 또 아기집이 있네요. 쌍둥이 축하드려요."

이번에는 어머님도 놀라신 것 같았다.

"진짜야?"

"네, 이모. 축하드려요. 한 방에 끝내시겠는데요. 며느님이 복덩어리네."

어머니 친구의 딸이라서 그런지 해인에게는 어려운 어머니를 의사선생님은 편하게 대하고 있었다.

"이거 완전 경사네."

어머님이 좋아하시는 모습에 해인도 기뻤다.

"나는 죽기 전에 손자 못 보는 줄 알았다."

"우혁이가 이렇게 예쁜 신부 보려고 그동안 장가를 안 갔나 봐요."

"그러네."

해인은 평생 살면서 어제 그에게 프러포즈 받은 것과 오늘 이렇게 쌍둥이를 임신했다는 소식이 가장 기뻤다.

"얼른 너희 아버지에게 전화해야겠다. 넌 우혁이한테 전화해 줘."

"전화할 필요 없어요."

언제 왔는지 우혁이 그들의 뒤에 서 있었다.

"뭐래요?"

"쌍둥이란다."

"네?"

우혁의 얼굴에 웃음꽃이 피었다. 얼마나 좋은지 사람들도 많은데 해인을 꼭 끌어안았다.

"진짜 내가 쌍둥이 아빠가 되는 거야?"

"네."

해인은 이 순간이 너무나 행복했다. 엄마와 민호에게 이 사실을 알리는 게 몹시 겁이 나기는 했지만 그래도 그녀의 곁에는 우혁이 있으니까 잘 헤쳐 나갈 것 같았다. 우혁은 해인의 손을 꼭 잡고 병원을 빠져나갔다. 그들은 차에 탈 때까지도 손을 놓지 않았다.

"우혁이가 아주 해인이 너에게 빠져 있어서 다행이다. 어제까지 아무 소리도 안 한 괘씸한 녀석이기는 하지만 해인이에게 이렇게 잘하니 안심이야."

어머니의 말에 해인이 웃었다.

"잘할게요, 어머니."

"그래, 고맙다."

"나도 잘할게. 사랑해."

우혁의 말에 어머니가 우혁의 등짝을 쳤다.

"으그 팔불출아, 어서 운전이나 해."

"어머니는 잘하라고 하시는 거 맞아요?"

"네가 차 운전할 때 중앙선만 안 넘으면 안 그래."

"죄송해요."

뒷좌석에 있는 해인을 보다 그가 실수를 한 모양이었다.

"해인아, 난 아직도 어머니에게 맞고 산다."

"맞을 짓을 하지 말아야지."

"알았어요."

모자의 아웅다웅하는 모습을 보며 해인은 앞으로의 시집 생활
이 왠지 즐거울 것 같다는 생각이 들었다.

언제나 어두웠던 그녀의 과거가 우혁을 만남으로써 이제부터
꽃길만을 걷게 될 거라는 걸 해인은 예감할 수가 있었다. 해인은
앞좌석의 어머니와 우혁을 보며 행복한 미소를 지었다.

에필로그

짜증나게 멋진 커플인 해인과 우혁의 결혼식이 치러지고 열 달이 되지 않은 날, 아기천사가 찾아왔다. 유빈은 그 아기천사를 만나기 위해 지금 병원으로 향하고 있었다. 썩 내키지 않았지만 말이다.

유빈은 그녀의 뒤를 쫓아오는 남자 때문에 아주 신경이 곤두서 있었다. 잘생긴 얼굴에 큰 키를 자랑하는 그는 슈트발도 아주 죽여줬다. 하지만 유빈을 더 짜증나게 하는 건 그가 벗었을 땐 더 끝내준다는 것이었다.

"나 혼자 간다고요."

"……."

태수는 꽃바구니를 들고 말없이 유빈의 뒤를 따르고 있었다. 우혁이 그들을 한식집에서 소개시켜 준 그날 그들은 바로 불같은 하룻밤을 보냈었다. 어찌나 그 밤이 강렬했던지 그 후로 그가 유빈에게 연락을 해올 때마다 유빈은 미친 여자처럼 그를 만나곤 했다.

자주도 아니고 그가 섹스가 필요한 날만 말이다. 유빈은 그에게 싫다고 계속 말하고 있지만 어느 순간 보면 그의 손아귀에서 놀아나는 기분이었다.

하긴 그는 유빈이 좋다고 말한 적이 한 번도 없었다. 그녀의 풍만한 몸을 마구 주무를 때도 그가 헐떡이며 그녀의 몸 위에 있을 때도 그는 한 번도 그녀를 원한다고 말한 적이 없었다.

"아니, 왜 자꾸 따라와요? 우리가 같이 들어가면 오해한다니까요."

"……."

이번에는 그가 그녀보다 앞장서서 걸어가고 있었다. 항상 이런 식이었다.

"내가 벽을 보고 얘기를 하지."

오늘도 병원에 온 건 다 그 때문이었다. 얄미운 해인이 쌍둥이를 낳았으면 낳은 거지 굳이 축하를 하러 왔다. 유빈이 그렇게 시간이 되냐고 물을 땐 콧방귀도 안 뀌던 인간이 말이다. 그리고 혼자 가면 되지 왜 그녀를 데리고 왔는지 그녀는 알지 못했다.

"아니, 내가 언제…… 어머!"

그가 갑자기 그녀를 주차장 구석에 몰아넣었다. 그리고 꽃바구니를 한 손에 들고 다른 한 손은 벽을 짚고는 그 안에 그녀를 가두었다.

"뭐, 뭐 하는 거예요?"

그의 숨결이 그녀의 머리카락을 가볍게 흩날리게 했다.

"왜, 왜 그래요?"

항상 그의 앞에서는 당황하는 유빈이었다. 천하의 유빈이 정말 제대로 임자를 만난 것이다.

"빨리 가요."

그의 가슴을 밀어내며 유빈이 마음에도 없는 소리를 했다. 상황을 이렇게 만들었으면 키스라도 해야 하는데 그는 그저 유빈을 바라볼 뿐이었다. 성격이 급한 유빈은 그가 가만히 있자 그의 넥타이를 당겨 입을 맞추었다.

참았어야 하는데 오늘도 그의 술수에 말려든 기분이었다. 하지만 키스는 최고였다. 그의 입안에서 약간의 담배 맛이 나기는 했지만 그마저도 좋은 유빈이었다. 그의 목에 양팔을 감고 유빈은 입술을 더 크게 벌려 그의 키스를 받아들이고 있었다.

빵!

놀란 유빈이 그의 몸에서 급하게 떨어졌다. 그들의 키스를 보고 지나가던 차가 경적을 울린 것이었다.

"된장!"

그의 입이 아닌 그녀의 입에서 나온 소리였다. 태수는 씩 웃고
는 옷을 가다듬고 또 앞장을 섰다.

"아니, 먼저 가면 어떡해요. 그리고 당신 입술에 립스틱 묻었다
고요."

그녀는 엘리베이터에 가기 전에 백에서 손수건을 꺼내 그의 입
술을 닦아주고 넥타이도 바로 매주었다.

"몇 호인 줄은 알아요?"

"알아."

그가 여기 와서 처음 한 말이었다. 그는 첫날밤을 보낸 이후로
말이 거의 없었다. 해인과는 말만 잘하더니 그녀에게는 입을 닫아
버린 그였다. 뭐, 확실히 코가 펜 느낌이기는 하지만 말이다.

병실에 도착한 유빈은 깜짝 놀랐다. 병실이 아니고 화원이었다.
어찌나 꽃바구니가 많은지 병실 안에 장미향이 가득했다. 꽃바구
니에 붙은 리본을 보니 모두 우혁이 보낸 꽃이었다. 간혹 다른 이
름이 있기는 했지만 사랑해 여보가 붙어 있는 게 대부분이었다.

"어머, 오셨어요."

해인이 인사를 하자 태수는 입가에 미소를 띠며 해인에게 꽃바
구니를 주었다.

"이렇게 많을 줄 알았으면 다른 걸 사 올 걸 그랬습니다."

왜 별도 달도 따주지. 유빈은 완전히 지금 삐딱한 상황이었다.

"송 디자이너님도 오셨네요."

"그래, 고생했어."

"그래도 아기들이 넘 예뻐요."

그때였다. 문이 열리더니 유빈의 넋을 빼놓은 아기천사들이 들어왔다.

"수유 시간입니다."

"저희는 잠깐 나가 있겠습니다."

"네."

태수와 유빈이 수유를 할 동안 병실 밖으로 나왔다.

"갑자기 아기가 낳고 싶어지네요. 너무 예뻐서 훔쳐 가고 싶을 정도예요."

"낳으면 되지."

"애는 혼자 낳나요?"

"같이 만들면 되지 않겠어?"

유빈은 멍하게 그의 얼굴을 바라보았다. 지금 이 남자가 뭐라고 하는 거야?

"같이 만들기 싫어?"

"누, 누가 싫다고 했어요?"

또 당했다. 아무래도 이 남자에겐 이상하게 말리는 유빈이었다.

쪽쪽쪽.

배가 고팠는지 큰 녀석이 엄청나게 젖을 빨아들이고 있었다. 큰 녀석이 젖을 물 때면 둘째가 보채서 정신이 없었다. 누군가 옆에 없으면 정말 힘이 든 상황이었다. 하지만 엄마가 딱 붙어서 그녀를 도와주고 있어서 해인은 안심이 되었다.

"아이고, 우리 예은이 오빠 밥 먹는데 못 참겠어?"

엄마는 예은이를 안고 어르고 있었다.

요즘은 교회 활동도 덜하고 그녀의 옆에서 산후조리를 해주셨다. 이건 다 신랑이 엄마에게 생활비를 따로 주기 때문이었다. 그녀는 자신이 전생에 나라를 구한 게 아닌가 하는 생각을 가끔 하곤 했다. 멋진 신랑에 쌍둥이까지 그녀는 너무나 행복했다.

"사부인."

시어머니가 저녁식사를 하시고 돌아오셨다. 요즘 두 분은 교회도 같이 다니시고 보기 좋았다. 마치 자매처럼 잘 지내셨다.

"우리 예담이 다 먹었어?"

이렇게 말하며 시어머니가 큰아이를 받아 안으셨고 보채고 있던 예은이를 해인에게 안겨주었다.

"사부인, 얼른 밥 드시러 가세요."

이렇게 서로 식사 교대도 해주니 해인의 부담도 그만큼 줄었다. 예은이에게 젖을 다 먹이자 유빈과 태수 커플이 들어와 한참이나 아이들과 놀다 돌아갔다. 아무리 봐도 유빈과 태수는 너무나 잘 어울리는 한 쌍이었다.

"헉헉헉."

부산 출장을 다녀온 우혁이 병실 안으로 뛰어 들어왔다.

"천천히 다녀, 애 놀라겠다."

"다녀왔습니다."

"누가 보면 여기 안 오면 큰일 나는 줄 알겠다. 아기들은 수유 시간에 왔다가 갔고 오늘 엄마랑 사부인도 너 왔으니까 퇴근한다."

"네, 고생하셨어요."

어른들이 모두 집으로 향하자 우혁이 준비해 온 옷으로 갈아입고 특실에 있는 소파에 앉았다. 힘이 드는지 그는 손으로 머리카락을 넘기며 한숨을 쉬었다.

"오늘 고생했어요."

"고생은 당신이 더했지."

그가 웃으며 해인을 바라보았다. 남편이 이런 눈으로 그녀를 볼 때면 해인은 아직도 떨렸다.

"예담이랑 예은이는 오늘 예쁘게 잘 먹고 잘 자고 했어요."

"그래? 당신은?"

"저도 오늘 잘 먹고 잘 잤어요. 어른들이 워낙 잘 챙겨주시니까요. 아참, 태수 씨랑 유빈 씨 다녀갔어요."

"그래, 둘은 잘돼가는 것 같아?"

"네, 아주요."

"다행이네. 조만간에 국수도 얻어먹을 수 있겠군."

해인이 침대에서 조금 움직여 그의 자리를 마련해 두고 손으로 침대를 툭툭 치자 그가 웃으며 그녀의 옆에 누웠다.

"이러면 셋째 금방 생겨."

"그건 안 돼요."

"왜?"

"쌍둥이에 연년생은 너무 힘들어요. 그리고 다음에 세 쌍둥이면 어쩌려고요. 일 년은 쉬어요."

"알았어."

그가 그녀의 가슴을 만지며 그녀 옆에 누웠다.

"이걸 내가 녀석들에게 강탈당했어."

"뺏어올 거면서."

"하긴."

그가 그녀의 가슴을 부드럽게 주물렀다.

"난 전생에 나라를 열 번은 넘게 구한 것 같아."

"저도 그 옆에서 같이 도왔나 봐요."

"우린 천생연분인 것 같아."

그의 입술이 해인의 입술에 닿았다.

"내가 요즘 밤마다 얼마나 몸부림을 치는지 우리 해인이는 알까?"

"알다마다요."

해인이 남편을 꼭 안아주었다.

"내가 많이 사랑하는 거 알지, 해인아?"

"그럼요."

그는 피곤했는지 금세 코를 골았다. 마음이 안쓰러운 해인은 우혁의 머리카락을 쓸어올려 주었다.

"사랑해요. 예담, 예은이 아빠."

누구의 아빠라는 말이 어색하면서도 해인이는 너무나 좋았다. 이제 그를 부를 때 이렇게 부를 날이 더 많을 것이다. 그녀의 옆에서 세상모르고 자고 있는 남편의 이마에 해인이 입술을 가져다 댔다.

그를 잡지책에서 처음 보고 연예인처럼 좋아했는데 그의 우상이 지금 자신의 옆에 잠들어 있었다. 해인은 이렇게 자신에게 행운처럼 다가온 사랑을 너무나 감사하게 생각했다. 이제 그녀는 아이들과 함께 그의 곁에서 행복한 삶을 사는 일만이 남았다.

물론 디자이너 정해인으로서도 지금처럼 차근차근 이름을 알려 나갈 것이다. 그녀에게는 든든한 남편이 있으니까 일도 사랑도 모두 얻을 수 있을 것 같았다. 해인의 눈꺼풀도 점점 무거워져 갔다. 잠든 해인과 우혁의 입가에 미소가 걸렸다. 꿈속에서도 그들은 서로를 사랑하고 있었다.

정해인의 이름이 걸린 전시회가 열리는 날이었다. 큰 대회에서 대상을 받자마자 아이를 갖고 결혼을 하는 바람에 그녀의 보석 디자이너로서의 꿈은 약간 뒤로 밀려났었다.

하지만 지금 아이들이 걷기 시작하고 양가 어른들이 아이들을 봐주시면서 해인은 디자이너로서의 삶을 시작했고 오늘 드디어 생애 첫 전시회를 열었다.

세계적인 디자이너인 김우혁이 남편이다 보니 홍보를 하기 위해 노력을 하지 않았음에도 불구하고 각 신문사에서 알아서 보도를 해주었다.

해인은 아직 남편을 뛰어넘지는 못했지만 언젠가는 그와 어깨를 나란히 하고 싶은 마음이었다.

"해인아."

영희와 친구들이 그녀의 첫 전시회를 축하해 주기 위해 우르르 몰려왔다. 그중에는 해인이 학교에 다닐 때부터 그녀를 욕하고 다녔던 친구들도 있었다. 하지만 지금은 자신들과 너무나 위치가 다른 해인을 보며 욕은커녕 부러움의 시선을 보내고 있었다.

"축하해."

"고마워."

"역시 보석 재벌집에 시집을 가서 그런지 다르긴 다르다."

친구들과 얘기를 하고 있는데 누군가 그녀의 뒤에서 백허그를 해왔다. 익숙한 향기와 느낌이 그녀가 사랑하는 신랑이었다.

"내가 오늘은 좀 늦었지? 미안."

"아니에요."

섹시한 외모로 유명한 우혁이 그녀를 계속해서 안고 있자 모두의 눈에 부러움이 스쳐 갔다.

"누구?"

"대학 동기들이요. 영희는 알잖아요."

"영희 씨야 알지."

그가 영희를 보며 윙크를 하자 영희의 입이 귀에 걸렸다.

"잠깐, 우리 부인 좀 데리고 가겠습니다."

그가 해인을 데리고 전시장에 있는 대기실로 들어갔다.

"무슨 일 있어요?"

해인이 걱정스럽게 묻자 그가 갑자기 해인을 안더니 목에 목걸이를 걸어주었다.

"이게 뭐예요?"

해인이 이렇게 말하며 거울로 가서 자신을 비췄다.

"너무 예뻐요!"

그가 그녀의 뒤로 와서 안았다. 그리고 그녀의 뒷목에 자신의 입술을 지그시 눌렀다.

"첫 전시회 축하해."

"어제도 축하해 줬잖아요."

어젯밤 그는 그녀의 전시회를 축하한다며 밤새 그녀를 괴롭혔다. 제대로 잠을 못 잔 그녀는 하마터면 전시회 첫날 늦을 뻔했었다.

"이 예쁜 목걸이는 뭐예요?"

"그냥 당신을 생각하면서 만든 거야. 의미 있는 거니까 오늘같이 좋은 날에 했으면 해서."

"마음에 들어요."

그녀의 탄생석인 오팔로 만든 하트 목걸이였다.

"내 마음이야."

"평생 이래야 해요."

"당연하지."

그가 그녀의 입술에 대고 말했다. 짧은 입맞춤이었지만 그 어느 때보다도 행복한 키스였다.

전시회는 그녀의 바람대로 성황리에 진행되고 있었다.

"작가님, 기자분들이 오셔서요."

스태프가 그녀를 불렀다.

"떨지 말고 잘해."

남편의 응원에 힘입어 해인은 기자들에게로 향했다.

"첫 전시회신데 소감 좀 말씀해 주시죠."

기자들의 질문이 시작되자 진짜 디자이너가 된 느낌이었다. 그전에 몰랐던 책임감도 느끼게 되었다. 기자들의 질문에 계속 답을 할수록 해인은 이제 자신이 진정한 보석 디자이너가 되었음을 느꼈다.

"디자인만 하시는 게 아니라 직접 모든 작품을 만드시는 몇 안되는 작가 분이신데요. 특별한 이유가 있으신가요?"

"돌아가신 아버지께서 보석 세공의 명장이셨는데 아버지로부터 어려서부터 전수받았던 기술을 사라지게 하고 싶지 않아서 시작하게 되었습니다. 지금은 제 작품을 만들어내는 데 보람을 느끼고 있구요."

"마지막으로 한 말씀 해주시죠?"

"이 기쁨을 사랑하는 가족과 나누고 싶습니다. 특히 제가 제 목숨보다 사랑하는 남편 김우혁 씨에게 고맙다는 말을 하고 싶네요."

그녀의 말을 뒤에서 흐뭇하게 듣고 있던 우혁이 엄지를 척하고 들어 올렸다. 언제나 가난함에 모든 걸 포기해야 했던 그녀가 지금은 누구보다도 더 많은 것을 가진 사람이 되었다.

해인은 남편을 바라보며 미소를 지었다. 그리고 하늘에 계신 아버지께 가슴속으로 말했다.

이제는 미안해하지 않아도 된다고, 아버지 덕분에 결국은 더 큰 것을 얻었다고 해인은 말하고 있었다.

인터뷰가 끝나자 우혁이 그녀에게로 왔다.

"당신 오늘 멋졌어."

"고마워요."

해인은 남편의 손을 잡고 행복한 표정을 지으며 전시회에 온 손님들 사이로 행복한 걸음을 떼었다.

THE END *